INK

文學叢書

241

北回歸線

林佛兒◎著

目錄

序　俯視黑暗的井底　陳芳明　005
第一章　星光是紫色的　011
第二章　天空映出山林的影子　033
第三章　溫泉的水質像女人的肌膚　055
第四章　人生有若某邊陲的小站　067
第五章　在盛夏它與雨點同樣鼓譟　103
第六章　敗德者在床笫間興風作浪　137
第七章　而寂靜，寂靜啊　187

第八章　他們有離別，有黯然　237
第九章　她猥褻著那蒼白的少年　265
第十章　農夫農婦已經老邁　299
第十一章　在客運車上看見北回歸線的座標　309
第十二章　是入世不是出世，是回家不是出家　329
附錄
在蒼白年代裡的蒼白青年　鍾肇政　343
「色即是空」的生活　葉石濤　346

〔序〕

俯視黑暗的井底

——重讀林佛兒《北回歸線》

陳芳明

俯視廢井深處，可以看見黑暗中的記憶嗎？

從一九七〇年代歷史現場脫困出來的知識青年，如果回味成長時期的感覺，可能再次嚐到抑鬱、冗長、沒有出口的滋味。在那極端封閉的歲月，肉體與靈魂彷彿都禁錮在不見天日的井底。抬頭往上看，僅能窺見窄仄衰弱的天空。仰望的視線穿過時間長頸，天外的夢看來是伸不可及也深不可測。好深的井啊，那逝去的年代。

重新翻閱林佛兒的早期小說《北回歸線》，驀然又俯臨那口深井。模糊且遙遠的記憶，挾帶濃郁愁緒，幽幽自井底浮升上來。悸人的律動，翻騰的詩情，以青春之血的衝力注入漸漸荒老的胸懷。一些遺忘的感覺，在重新閱讀中隱約回到就要遲鈍的肌膚與感官。小說中那位叫做杜榮的青年，在已呈泛黃的場景裡漫步時，不禁使人想起當年在都市街頭似曾相識的身影。杜榮可能不是虛構的人物，而是整個苦悶世代的一個縮影。富於熱血、理想的青年，好像是在追求一切，又好像是在追求一無所有。他內在的痛苦呻吟，與外在的倔強形象，完全不成比例。那是撕裂的人格，是殘缺的意志，是無法定義的青年肖像。

這冊小說初稿於一九六八年，完成於一九七九年。是台灣社會已經發生騷動而還未開放的歷史階段。文學的現代主義已宣告成熟，鄉土文學運動則方興未艾。在西方美學中漂泊的浪子正要啓程回航，但台灣文化主體仍等待確立。一絲希望之光還在遠方閃爍，虛無的情緒也還未退潮。那是相當可疑的時期，沒有眞正的自由主義者，只因沒有空間容許發言；也沒有眞正的社會主義者，更因爲沒有勇氣付諸實踐。杜榮是一位無法歸類的青年，甫結束服役，對整個社會感到陌生。他嗜讀哲學，也偏愛文藝，但沒有確切的信仰。

這位青年的內心充滿憤怒，卻找不到恰當的地方發洩。受到遷怒的，往往是身邊的女性。那種徬徨、挫折、掙扎、吶喊，都只能在私密的內心完成。即使身邊有一位大學情人，他似乎患有嚴重的行動未遂病，從來不知如何表達自己的情感。他與外面的世界對敵，卻不知眞正的敵人何在。服完兵役後，選擇到山上的溫泉區度假。在深山避居的日子，他自己也無法釐清究竟是介入還是隱匿。

小說相當成功地形塑一位青年，完全不知如何處理自己的情緒。他勇於說話，不切實際；他敢於行動，不知目的。林佛兒筆下的青年，是一九六〇年代封閉文化下的典型產物。這樣的青年接受過完整的教育，他被賦予崇高的理想，也被燒起無窮盡的熱情，只是沒有提供他足夠實踐的機會。如果這位青年是苦悶的象徵，那麼他的壓抑與抗議，不應受到苛責。時代帶給他知識的重量，卻不給他有卸下包袱的時刻。如果這樣的生命有任何錯誤，則不應該歸咎於他個人，而應該讓他的賴以生存的社會來承擔。

杜榮眞正理解社會的現實滋味，可能始於陰錯陽差地擔任了溫泉旅館經理一職。他在櫃枱前看盡人間百態，第一次發現社會有各種不同的奇異情感演出。也因爲接受經理職位，他第一次啓開情感的花朵。他的性啓蒙發生在旅館服務生的身上，在一個醉酒的夜晚。性的完成，反而爲他帶來更爲巨大的空虛。對於自己的家人與情人，他永遠維持疏離的態度，對於山下的世界也保持某種程度的恐懼。杜榮的生命哲學是什麼，他的熱情將注入何處，他的理想要如何追求，小說裡全然沒有確切答案。每翻閱一頁，小說故事就進入另一層苦悶。他耽溺於性的愉悅，卻又覺得無需負起任何責任。這種人物形象，也許在每個時代都可發現。不過，如果容許時光回到一九六〇年代，這樣的青年圖象應該暗藏高度的政治的意義。

小說情節之臻於高潮，在於他發現一位少年之陷於畸戀。杜榮看到一位中年婦人帶來一位蒼白少年投宿時，全然感到駭異。事後他寫信規勸少年，未料信箋落在少年的父親之手。蒼白少年受到家人苛責後，竟然選擇自殺。故事至此有了劇烈轉折，杜榮受到少年父親的討回公道。他無法承受如此的打擊，驟然決心遁入空門。小說的結局似乎稍嫌不負責任，林佛兒在面對自己所創造的故事困境，僅以杜榮選擇出家一途做爲交代，遂揚長而去。這樣的故事，就像那個空虛的年代，完全不能找到答案。

肉慾即罪惡，是那時代的道德觀。如果肉慾是昇華，整個故事也許就會改寫。然而，受制於欲開未開的時代氛圍，小說能夠展開的格局就只能是這樣。愛情與人生，社會與志業，歷史與理想，顯然沒有任何交集。各有各的軌道，有時平行，有時迴旋，卻從未有過遇合。對於曾經從那個時代走過來的知識青年，也許還可以理解小說中人物的猶豫與遲疑。但是對於一位身處資訊高度開放的二十一世紀青年來說，是否能夠理解杜榮內心的畏怯與蠻勇，也許還有待考證。

小說中保留的感覺與記憶，不免使人發思古之幽情。在故事之間隱隱流露的背景音樂與時代情調，不時挑逗著欲逝未逝的青春欲望，那是無盡止的鄉愁，也是永遠無法回歸的歲月。書中的庸俗對話，笨拙的肢體語言，以及清麗的少女形象，在在使人情不自禁墜入曾經有過的幻想。打開這冊小說，無異於打開自己的身體，終於又窺見黑暗中的記憶。好深的井啊，那逝去的年代。

二〇〇九年十二月二十日於政大台文所

北回歸線

第一章

星光是紫色的

穿過黑暗起伏的海上
星光是紫色的
她正慢慢拉起人生
悲壯的序幕

一九六五年八月某日

船已經在廣大起伏的大海航行一晝夜，當滿天的星子在黎明前逐漸歸隱，海上的粼光蛻爲深綠的波浪時。矗立在台灣海峽中央的澎湖列島，灰色的、朦朧凸起海平線的陸地，看起來彷彿在標高三千多公尺被雲霧所籠罩的森林一樣，參差不齊而且陰森。在陷落的一處坳地裡，燈光彷若七月鬼節送出的黃燈籠，隨著霧氣若隱若現。

蜷縮在艦橋下孤獨的杜榮心情是愉快的，雖然海風和徹骨的寒冷侵襲著他，但打從運輸艦駛離金門的海岸時，他內心的雀躍簡直就無法形容，他在甲板上蹦跳著，對著漸離漸遠的黃色沙灘、馬尾松，以及整個料羅灣歡呼著：我終於退伍了。而這艘船在經過一日一夜後，就可把他送回離別八個月的故鄉。在湖邊的家，溫柔的床，甚至後院一棵小小的番石榴樹，都構成對他絕大的誘惑。他將脫離呆板而緊張的軍隊生活。那段吹著起床號的日子，對於一向懶散的他，無疑是拘束他生活在敵對的壓迫裡。當然，某些老夥伴的照顧和友誼，某些地理上的麥田和沙地，某些憐憫和同情，都使他枯燥的心靈深受感動，譬如射擊組的副組長送他離營時，杜榮看著蒼老而友善的他，那種默默無語的相送，讓人淒然。

副組長是個老兵，從剿匪到抗戰，以及至今的戰爭，他從少年就把大好時光投入巨大的洪流裡，這是一場悲劇。但他毫無怨言，更有一顆良善的心。杜榮被分發到這個連隊不到三天，就認識和了解他。此後在休閒的時間裡他們時常在一起。一個年輕的充滿怪誕思想的青年和一位歷盡人生艱辛的保守老兵，彼此間能處得那麼融洽，在一般人的眼裡有些不可理解。

杜榮不僅對他存有同情和諒解，更有一分深深的謝意。春天的某個傍晚，他和副組長在附近的民屋打彈子，回程時，夜色很好，有渾圓的月亮。當他抵達營房不遠時，在單日的宣傳砲擊裡，對岸連續打過來許多砲彈，咻咻的砲彈聲音不絕於耳，而且越來越尖銳，這個時候的杜榮嚇呆了，他愣住站在原地不知所措，副組長手快，一把拉他一起跳入線溝，一顆在空中迸開的宣傳砲的彈頭正緊接著落在杜榮剛剛站著的位置上，雖則那不是一顆會爆炸的砲彈，可是肉做的身體仍然頂不住這從天而降的力道。杜榮知道如果沒有副組長，他的腦袋一定開花了，他的生命就在短促的廿二年裡殘酷地化為烏有。副組長還帶他去跑軍中樂園，那是他的第一次。在脫光衣服而談笑自如的妓女面前，他自暴自棄的把他的童貞獻給她。爾後的日子，他回想起這件事，茫然多於自慰。自然，他會在此時也連帶地想到促使他鼓起勇氣走進軍中樂園，推他進房間的副組長。但他並沒有責怪他關於這次他的得失。

還有穿過兩道長長的隧道，去圖書館借書的樂趣，趕晚點的快跑。在山外泡冰果室的小姐，在高爾夫球場看將軍們打球，在料羅灣的漁村點燈喝酒……這一切都是貫穿他生活在島上的線，這條線終於斷了，在九月的大海中，或多或少給杜榮帶來某種程度的感觸。

而現在，船艙裡的夥伴有的在嘔吐，有的在賭錢，有的在睡覺。昏暗的艙中，污腥的空氣和鐵鏽的鹹味逼使杜榮走出甲板，這一方面是由於他心情愉悅，想目睹一下星夜的大海。現在澎湖列島又漸漸消失了，冷而清新的空氣夾在風中打他，在紫色的天空底下，亮麗的光線從大海四周湧起，起伏的波浪，已可以清晰的看出，天亮了。杜榮動動倦怠而麻木的身體，他眞想站起來走一走，但過久委屈身子，以及爲抗抵寒冷而用力咬緊牙根的結果，使他的臀部以下，形成一種虛脫般的痠痛。

他勉強站起身體後，顚簸了幾下，才剛剛站定，馬上又覺得胃裡正翻騰著，透過嘴巴淺淺的嗅覺，杜榮連忙走到船舷，扶著欄杆，然後做個長嘯狀，一口黏狀的混合物，從他的口腔嘔出。

他嘔吐很久，胃裡的什麼東西都嘔出來了，最後連胃裡的黃色黏質，也傾巢而出。他淚水直流，沾滿了兩頰，好像一個可憐的小丑已到窮途末路。

杜榮又走回艦橋下，他覺得這陣嘔吐後，一切舒服多了，正像一口哽在喉嚨裡的濃痰，經年累月的咳嗽不出，使他難過，而今，一下子什麼都清光了，這畢竟是一種轉變。他的臉容又由緊張而鬆弛，變得明朗起來。

可愛故鄉的港口在午間即可到達，碼頭生鏽的鐵纜柱，裝卸貨物嘈雜的馬達聲，還有港中的浮筒，港內的污油，這一切都是他以前所憎惡的，現在他卻恨不得即刻回到紊亂不潔大量呑吐著船隻的高雄港。杜榮發現人的喜惡受著時間和環境的牽制是太大了。在金門的每天夜晚，在碉堡裡微弱的馬燈下，他向友人寫信是如何地大談他的抱負和理想，他睡覺也作這種夢。風輕輕地在窗外巡迴，月亮被黑雲遮得明明滅滅。杜榮想著：這是被限定在異鄉的一年。脫離這段孤獨的過程，舉手間，他好像可以把整個世界撐持起來。

杜榮以前很少想到大學時認識的一個女孩，嚴格地說，他們已經進入談戀愛的那種情況，某夜談情，某夜擁抱，他們都經歷過，只是當他們進入巓峰時，他畢業而入伍了。到了連芝麻小事都要報告的連隊後，因爲離得太遠，隔著一道廣闊的台灣海峽，想也沒用。而且杜榮實際上也常常和她意見不合，意氣用事吵吵架，故杜榮和她漸漸疏遠了，雖然她大部分時間都原諒他，信也寫得很勤，情感堅定。

女孩子叫李苾苾，是唸企管那一類科系的。標準台灣人的身材，白皙的皮膚，一頭鬈曲服貼的短髮，細細的眉毛像畫的，圓頰以上，嵌著一對烏黑的大眼睛。講起話來聲音悅耳，就像在敘說著一則淒迷的愛情故事。

他們的開始是充滿羅曼蒂克的，可以說是異乎尋常的一件事。某日杜榮在餐廳撿到一把女用的高級洋傘，質料和做工都很精密細巧，看來像是舶來品，當天下午杜榮便在一個非正式的布告欄看到這麼一張尋物廣告：找尋女洋傘一把，兩節，紅藍相間的布面，十二月廿日早晨遺落於餐廳，拾獲者有獎。逕向女舍二〇二室李洽。

杜榮仔細地把這張尋物廣告看完了，最後被那兩個字「有獎」吸引住了。他靈機一動，便拿出鋼筆和紙，另外寫出一張告白：拾獲者建議將「有獎」改為請看一場電影，如何？請與男舍三〇三室杜聯絡。

那是杜榮大二的時候。

傍晚時分，一個身材纖弱的女孩來到三〇三室的門外，很多同學都驚異的看著她，其時杜榮正躺在上鋪大唱〈聖塔露其亞〉，睡在下鋪的同學李多亮拉他一把，「阿杜，有人找你！」杜榮停止歌唱，他翻下床，還沒站定，眼前突然一亮，門口站立著一個面目清秀的女孩。

「妳找我嗎？」

「請問你是不是姓杜？」

「是。」

「我叫李苾苾，我的一把洋傘遺落了……」
「哦，是的，我撿到了。」
「能還我嗎？」
「當然要還妳，不過，我想妳一定看過我寫的那張條子，那是有條件的。」
「我知道，我準備送你一本日記簿，聊表謝意！」
「不。」
「你是說……」
「那張回條說，妳要請我看一場電影，記住，不是妳買一張電影票讓我自己去看，而是妳請我一道去看。」
女孩面有難色，她開始感到緊張起來，好像要跟他爭辯什麼？但女孩忽然看到四周有許多男同學帶著詭笑的眼光在看熱鬧。她覺得自己像個俘虜，在暴徒中被看中啦。一陣紅潮，迅速地襲上她秀麗的雙頰。儘管如此，她不能不回答杜榮的話：
「我覺得你的要求過分一些……」她不安地看看四周，有笑聲譁散開來。「我以為我們該換個地方討論這個問題……」
「可以，我們到福利社去吧！」杜榮輕鬆地說，眼睛狂野地瞪著弱小的她；如果這是場戰爭，杜榮已看出不管是氣候和人心，他都穩操勝算，因此他表現得很瀟灑。
李苾苾在眾目睽睽下垂著首走了，杜榮得意地朝旁邊的人露出一種勝利的微笑，然後跟著李苾苾穿過昏暗的長廊，走出男生宿舍。結果，他們沒到福利社去，在中途經過一片花園的時候，李苾苾建議在那兒談判，不等杜榮同意，她便躲到一棵木瓜樹的後邊去。

「你一定要我請你看場電影嗎？難道別無選擇，譬如送你日記簿！」

她說著，同時把雙臂捲起的黃色襯衫的衣袖放下來，然後瞥他一眼；

「嗯，怎麼樣？」

杜榮一直看著她，一直輕輕地笑著，那笑容充滿神祕的自信，他站在她側面，中間隔著木瓜樹，他可以看到她的半邊臉龐，羞澀的，像月亮一樣迷人的，只不過氣質有異。

「我希望妳請我看電影。」杜榮說。

「爲什麼你一定要這樣呢？你眞的在強人所難，再說，我們兩個一起去看電影，不是太唐突一點嗎？而且並不是必要的。」

「對我來說是必要的。如果勉強妳，妳也應該想到，這是妳丟掉東西應付出的代價。」

「你……」

他們一直辯論下去，杜榮說她應該請他看電影，李苾苾覺得那樣不適合……也難怪，那時候她才進入大學兩、三個月。很快地，天就暗了，也起風了，李苾苾不知是由於纏不過他，或是黑夜增加她的勇氣，她終於答應請他看電影。

杜榮想起他們那次一道去看的電影是美國片，珍妮佛瓊絲主演的《珍妮的畫像》。

這是他們的開始，當然他們不會止於此點的，後來他們加深了友誼，談起戀愛來，李苾苾覺得他雖然有點懶散不羈，但她並不在乎，杜榮有一張還算英俊的臉孔，身材中等，很結實，眞正有那種魅力吸引住她的，便是他的那種懶散和不羈，他有些舉止和表情，幾乎像透了某個電影明星，因此當她升上大二時便已死心塌地喜歡他了。

有一次在台北一家著名的純吃茶咖啡室裡，他們經過了甜言蜜語、經過了撫愛，杜榮瘋狂地尋找她的嘴唇，要吻她，卻一把被她推開了。

杜榮現在坐在艦橋下想起來還覺得好笑。大海起伏，他像沉坐在兒時或回憶裡的搖籃。

「你要做什麼?」

「我要吻妳。」

「爲什麼?」

爲什麼?眞是廢話。但杜榮不但因此有些迷茫，他那顆急速蹦跳的心，也逐漸緩慢下來，像黑夜裡的一堆炭火，只剩下星星火焰，說不定一陣風吹來，就把它吹熄了。杜榮別過頭看著走道旁的盆樹，他並且用手撫摸它，他感覺出那是小棕櫚，而音樂是古典的，貝多芬的交響曲《悲愴》。

過了一些時候，李苾苾憂愁地說：

「我知道你要吻我，但我知道你這種舉動是訴諸直覺的，那是一些沒有經過昇華的肉慾，對我們雖是一時的快樂，但到底有害的，我希望我們別貪圖這些，精神上的慰藉比這更有價値……」

杜榮冷冷地接下去：

「我們應該追尋柏拉圖式的愛情!」

「對的。」

杜榮把自己手指的關節壓迫得格格作響，他顯得有些不耐煩，而且沮喪。這種氣氛李苾苾自然體會出來，她覺得自己有點過錯，她抗拒他的接吻只是心臟急劇跳動下由於少女一種維護尊嚴的下意識，這種意識是薄弱的、象徵式的，倘若杜榮堅持，或是表現得更堅決一點，那是一道不設防的防線。可是，尷尬的氣氛已經造成，李苾苾伸出一隻手去挽杜榮的手臂，有點表示道歉的意思。

杜榮卻喃喃地叫著：「我是一陣流浪的風，而妳不是隨風飄繞的落葉。」

「你說什麼？」李苾苾豎起耳朵，她聽不大懂杜榮所說的意思，她坐正身子，整個臉孔靠過去問他。

「我記起不知在哪裡讀過的一節詩，妳說，它很美嗎？」

「你再唸一遍……」

「我是一陣流浪的風，而妳不是隨風飄繞的落葉……」

「啊！眞是太美了。」

杜榮和李苾苾都知道，這是他們之間命運關鍵的一次相聚。如果他們那次超越了接吻部分，便可能超越了男女之間的一切；可是畢竟沒有，以致他們三、四年來，雖然仍保持著互相牽制和關懷的情愫，但已經隔閡著，並止於某些簡單的愛撫。

李苾苾很快就後悔，感覺那是一種損失。

從那個時候起，他們的關係斷斷續續的，而所謂關係，也不過是他與她被動的一種代名詞。當他們在傾懷暢談時，突然會因某種觸發，而使情緒變了樣。以致後來，當李苾苾在處理她和他的情感糾紛時，變得悲觀、多愁善感又優柔寡斷。

杜榮是一個用木棍撥火的人，他徹頭徹尾具有反叛的性格，雖然這種性格對社會秩序是無害的；可是反過來說，對於李苾苾，他像一條響尾蛇，咄咄作勢，時刻威脅和傷害著她。

去年十月，當她獲悉他即將遠赴離島時，她約他做個聚會；見面時大家都很愉快，杜榮還提議到歐洲風味很濃的淡水小鎮去走走。

十月的陽光充足，臨港的風帶有海腥味。他們已經走出市街，左邊的淺灘上擱了許多熄火的漁船，迤邐而出的外海，閃著細碎的粼光。下午的海，明豔而豐滿，彷彿一個美婦人的浴後小睡，而在右側山上，矗立一幢紅磚城堡式的古老建築，那是英國領事館，米字旗在晴朗的天空下隨風強勁的飄展。

在通往高爾夫球場的山坡路上，他們從中途岔開到左邊禮奉先烈的日式建築——已因時間久遠而顯得破舊的房屋裡去，他們在房子周圍轉了一圈，一直沉默無言。後來杜榮走下臺階，斑駁而長滿苔蘚的臺階，幾乎使跟在杜榮後面的李苾苾滑倒，李苾苾顛躓了幾下，終於撲倒杜榮的身上。

「妳要小心啊，失足可是一件很糟糕的事……」

杜榮嘲笑地說，然後用一隻手去挽住她的手臂。

當李苾苾跌跤撲到杜榮身上，杜榮用一隻手臂去挽住她，無意間碰觸到她的乳房時，她的生理上起了一種顯著的變化，她的情緒突然昂奮起來，腦海裡渴望強烈愛撫的心理是不能否認的。而這，不也是極自然的反應嗎？

李苾苾不說話，她趁勢把身體的重心一半倚靠在杜榮的身上。她感覺到自己的心跳像鐘擺似的加快起來。

他們一直朝山上走去，樹林越來越茂密，陽光也越來越薄弱。突然眼前出現一片平地，是經過砍伐的矮樹叢，樹頭根根屹立，像墓地的白骨頭。來路已經不明了。蔓草在四周搖擺，彷彿風雲湧起，變成方圓四周的屏障。地上鋪著一層雜草，雖不柔軟，但像一張床地攤開。這是森林的樂園，戀愛者的溫床。

杜榮找了一棵斷面的樹頭坐下來，李苾苾在他的旁邊站著，她眼睛注視著因風吹動樹葉而漏進來的陽光，破碎的，閃爍的，像金子般地追逐。她雖然沉默著，但神思已飛到一再夢幻的國界，她正癡癡地倚靠在高大濃密的樹林裡，而有所期待地盼望著杜榮的擁抱。

「說實在的，我的畢業使我更加茫然，對現實的生活也罷，負起責任也罷，我覺得這是一種無形的鐐銬，它拘束我奔放的生命。」

杜榮終於開口，風聲颯颯，久久在四周吹襲。李苾苾背著他，杜榮從側面看著李苾苾的身段，她的臀部圓滑，在深色窄裙的包裹裡，兩片富有彈性的屁股像兩座非常誘惑性的遠處山峰，柳腰纖細，以致延伸到肩膀的時候，她的右乳房顯得特別發達，幾乎要突出她那薄薄一層的半透明布料，她的白頸微微彎曲，因爲她低著頭，鬈曲的髮叢在耳畔隨風飄拂，杜榮只能看到她一半的臉孔，那臉孔是幽暗的，只有像我們在教室裡做素描的白色石膏像的那男性挺直的鼻梁，沾露著黃暈暈光采。李苾苾已不像他們剛認識時那樣纖弱，現在的她，正像一朵在春天裡盛開的豐腴的花。

愛的甜蜜和痛楚，起動的情慾，像蜜蜂採擷的嗡嗡然，使她陷入某種遐思中，一幕亞蘭德倫與女人赤身露體在床上做愛鏡頭，正火熱地在她腦海裡放映著，翻騰的裸情，彷彿海浪拍岸所衝擊而起的高潮一樣。

「以我們來說，我對妳亦是一種逃避，我深怕陷入難以自拔的境地，哪一天我占有了妳，便要負起責任，我便要改變我的生活觀念和方式，這個，對我本身不僅是一種損失，對妳也是一樣的，我不忍看到妳，這樣一個柔弱純潔的人，受到傷害……」

杜榮在停頓了一會後，接下去說，他的口氣和腔調越來越柔和，彷彿一個抒情的演講比賽者。李苾苾從來未曾聽到過杜榮如此赤裸坦白的話，如此溫柔的口氣和安撫。李苾苾本來衝動的內心，再經杜榮的挑撥，整個崩潰了。她回身過來，柔軟的鼻孔翕動著，當他們的眼光一接觸，黃昏的光線在樹林裡迸射，風席地而起，李苾苾在那一晃的深情臉龐裡，終於投降，一切的克制終成虛假，她不顧一切地回轉身來，投入他的懷抱，嬰兒般地哭起來，她間隔著呻吟，口齒不清地：

「我只要你愛我，我不要你負什麼責任，我願意受到你的傷害……」

說罷，李苾苾低低的啜泣變成嚎啕大哭。她神經正在最緊張的時候，所說的話不但沒有經過考慮，而且語無倫次。

杜榮把她抱起來，整個上身承受她的重量，她的乳房豐滿圓滑，緊貼著他的胸膛，隨著她的哭聲而顫動，呼吸而起伏。杜榮覺得他的心彷彿被一隻火熱的熨斗壓著，他感到一種癢癢的難過，而李苾苾的淚水沾在他的肩膀，她的嘴在他的耳畔吐氣如蘭，她的雙臂緊緊的箍著他，彷彿綠色的藤蔓盤纏著巨樹。

「苾苾，妳要聽著，我雖然具有一點叛逆的個性，但對於妳，我不願做出不負責的事。妳記得嗎？三年前我們有一次在咖啡室裡，我幾乎要做越軌的事，而當時妳拒絕了我。那是對的，我常想……」

李苾苾突然抬起頭來，滿臉淚痕的對著杜榮，她的臉緋紅中帶著怔然。

「哦，你還記得三年前的那件事，原來你就是爲了三年前的事而記恨我，使我們互相折騰，生活在一種敵對的態度裡，使發霉的陰翳在我的內心逐漸滋長，哦——」

「我不是記恨，我只是抑制著自己，不把我自己的情感率直地表現出來，如果那樣，妳便失去妳自己，二十幾年最值得自豪的完璧的一件東西，也完了。」

「我寧願如此，我才不在乎那虛僞的幌子。而感情不眞，那又有什麼用，難道用以紀念？」

李苾苾已停止哭泣，她和杜榮正互相質問著，兩張臉孔齊高，相隔大約三吋，在逆光裡很像一張特寫鏡頭。

樹林裡的光線變得橘黃，幽暗，下午的陽光逐漸消失了，薄暮的十月，秋末的季風增強。

杜榮鬆開李苾苾，從坐著的樹頭站起，他背著她走開幾步，掉轉回來的臉顯得呆板而正經。他說：

「天快要黑了，我們回去？」

人是虛僞的東西，這點用在杜榮的身上一點不假。李苾苾豐滿的身體，以及剛才的緊緊摟抱，已把杜榮搞得頭昏腦脹，意志飄移，但他一直裝著倔強的外表，說大話教訓人，其實，他並不是一個性冷感或無能的人，只是他的心地狹小，一直牢記著三年前李苾苾的拒吻。每次他們快樂地在一起，或者做些親暱舉動時，杜榮便想起往事，就又裝得道貌岸然，殘酷地輕蔑著李苾苾，自然，他的此種作爲也大大地虐待自己。

每當李苾苾從他那裡或黯然神傷，或憤而掉頭離去時，杜榮的內心更升起一絲輕微的遺憾和絕大的快感。說起來，這彷彿是一種自我的虐待狂。

杜榮把這種病態看做爲一種嗜好。

「今天我要你明確的表示。」李苾苾說著走到杜榮的身邊，又環抱著他，目光閃亮，像燃燒的一團火。「你到底要把我怎樣？三、四年來，你把我吊在半空中，若即若離，我再也不能受你的折騰……」

「那麼，我們分手吧！」

「啊？」

李苾苾好像突然從一場噩夢中醒來，她用深深怨恨的眼神，看他一眼，然後帶著悲痛萬分的心情，立誓要永遠離開這個人。

一句話也沒說，她又一次地憤而離去。而這次尤其堅決，她撥開蔓草和枝葉的空隙，沿著一條不太明顯的山坡小徑，直奔下去。一會兒，她微小的影子便消失在杜榮的視線中了。

杜榮本來想喊住她，但結果沒有。杜榮沒想到來到這麼遠，又是偏僻的山林裡，又是起風的黃昏，李苾苾還是走得這樣果斷和堅決。杜榮想，他和李苾苾，這次大概眞的完了。

他有些惆悵，一個人在逐漸暗下去的樹林中，任憑風撩著他的髮梢和衣角，任憑黃昏無情地落下來，遮掩白日下的某些醜陋的事物。

杜榮拍拍自己的腦袋，他思慮又辨認著，老是在他內心裡嘀咕和叫嚷的一句話，用在他的身上是不是確切而眞實的？那句話是說：

「杜榮啊，你是個令人嫌惡的人！」

在透早寒冷的風中，在運輸艦起伏衝浪的暗色大海上；杜榮的思維終止了，由於整夜的顚沛，他終於闔上苦澀的眼皮，進入睡眠狀態。

他蜷曲在艦橋下，一件薄薄的襯衫抵禦不了飢寒，他的樣子，看起來就像一堆被丟棄的白色而敗壞的物體。

不久，旭日自水平線升起，迷濛的海上逐漸被陽光塡滿，空氣中充滿著溫暖和甜蜜的氣息。

像沉鐘敲響，大海復甦了，前方的一片海濤，在金色絢爛的光影下起舞。太陽升高了，天氣也漸漸暖和起來。從船艙上到甲板的人越來越多，那些衰弱疲倦的人一上甲板，不是做深呼吸，就是手舞足蹈地狂跳起來，彷彿他們是身經百戰的兵士，光榮的凱旋歸來。他們從宿醉或暈船中醒來，高興地看著海，或者注視著船尾所剖開的浪花，逐漸遠去。

睡眠中的杜榮一直覺得眼前有件灼熱的東西在侵擾著他，可是他就是睜不開眼睛，那簡直像一場噩夢，有許多砲火追襲著他，他拚命地奔跑、掙扎，突然，他覺得他的腿部被炸斷了，猛一驚叫，他惶恐地醒來。

首先太陽直射著他使他睜不開眼睛，運輸艦一搖晃，艦橋於是擋住太陽，杜榮勉強睜開眼睛，一個熟悉的影子站在他的眼前，那人是他大學的同學，又是同一個寢室有三年之久的好朋友李多亮。

「怎麼了？踢你一腳就嚇了那麼一大跳，你做了什麼虧心事啦？」

「哎呀！」杜榮坐著伸展著筋骨，好半天，才勉強地站起來，晃了兩下，李多亮一把抓住他，「我正在作噩夢。」他說。

「中午啦！你知道嗎？」李多亮一張興奮的臉幾乎要撲向杜榮，說話的口氣多少有點調侃，「下午就可抵達高雄港了，這是我生平最快樂的時光。」

「哦，我暈船得厲害，」杜榮還有點迷糊，「昨天晚上，我嘔吐得幾乎要死掉。你說船下午就可抵達高雄港嗎？」

「是呀！還有啊，我有個好消息要告訴你！」李多亮說到此停了下來，故意賣個關子。

「什麼好消息？」

「從昨天到剛才，我在艙底下跟那些充員兵血戰……」

「哈哈……」杜榮笑起來，彷彿把所有的暈船、嘔吐、飢餓都忘掉了，「你還在講充員兵呀？你不知道你這個少尉營務官已在大前天被解除職務了嗎？從上船起，他們和你、我都是道地的老百姓了。」

「對，對極了，哈哈哈，我在艙底下跟那些老百姓血戰了一整夜，結果，嘿嘿……我贏了一千八百多塊，哈哈！怎麼樣？」

「好傢伙，到高雄時我們大吃一頓。」

「到高雄時你不被李苾苾搶走才怪。」

提起李苾苾，杜榮又陷入沉思裡，他們之間自然沒有完，自從最後一次約會在樹林裡鬧翻以後，在外島的第三個月，因寂寞難耐，杜榮寫一封信給李苾苾，告訴她他的鄉愁、他的寂寞和苦悶，李苾苾便馬上回信了，除了慰問之外，並且盡釋前嫌，李苾苾便又三天兩頭給杜榮寄信，或書籍，或罐頭。

雖然杜榮對她仍然像以前一樣，雖不拒人於千里外，卻冷淡如岩石。

可是關於李苾苾對杜榮的好處和癡情，不要說他一些大學的同學都知道，就連他當兵的一年，部隊裡的幹部們哪一個不知曉和羨慕，他正被某個女子關懷和癡愛著。

杜榮自信而又不在乎地說：

「她不會到港口來的——她在前幾天就到我家去了。」

李多亮捶了杜榮一拳，然後朝甲板的欄杆走去，這時背過臉他說：「我們眞替李苾苾抱不平，你這個窩囊貨還值得她這樣對待你，眞是瞎了眼，而你竟然也神氣起來。」

欄杆旁有許多人聚集在那兒看海，李多亮找個空隙插進去，又回過頭來問著杜榮：

「你有什麼好神氣的？」

杜榮跟著走過去，船在大浪中搖擺不定，他好不容易戰戰兢兢地抓住欄杆。

「男女之間的事很難擺平，總有一方面要吃虧的，至於我對李苾苾，我心安理得，我沒有對她允諾過什麼。我對她雖然稍許有點興趣，但還不會強烈到要得到她的地步，如此而已。我們四、五年朋友一場，而你還不了解我，是令人悲哀的。」

風從船頭吹過來，桅桿上的旗幟被風颳得索然作響，雖然光天白日，站在欄杆旁邊的夥伴們仍然哆嗦不已，衣袂飄然的聲音亦不小。

在颯颯的風聲中，李多亮聲音粗獷地爆開來：

「我並不是不了解你，我一再地爲李苾苾的事和你爭吵，是因爲你的作風像個無賴，你恃著你那自以爲英俊瀟灑的外表，還有那懶散勁兒，勾引李苾苾，把人虛懸起來，又說，男女之間的事是很難擺平的，你有這種心，說你壞蛋還便宜你呢。」

「嘖嘖嘖！李老夫子呀！你又莫名其妙地發火，還教訓起人來啦！」

「我才懶得教訓你呢！」

「好了吧！我肚子餓扁了，我們去買個便當吃如何？」

李多亮看著杜榮嘻皮笑臉，又好氣又好笑，他放開欄杆繩索的右手，一拳又朝杜榮的肩頭擊過去，杜榮這次注意到，他閃開了。

「揍扁你這個壞蛋！」李多亮嘴裡嘀咕著。

杜榮咯咯地大笑起來。

正當他們兩個難兄難弟要到艦橋下去買便當的時候，船頭突然有人興高采烈地大叫起來：

「到了，到了，看到陸地了……」

這一呼喊誘惑力很大，杜榮和李多亮面面相覷，然後顧不了肚皮，隨著船在海上起落的幅度，提起輕飄的腳跟跑過去。

艦首砲塔下，圍聚一群人，蹦蹦跳跳，指指劃劃，那種樣子彷彿中了愛國獎券，或發現新大陸一般。杜榮找個空隙終於看到遼闊的綠波上的遠方。

「哇！可愛的故鄉啊！」杜榮放肆地叫著。

李多亮也馬上跟著狂熱地呼喊起來。他們在甲板上擁抱著，隨後高興地舞蹈起來，那是從社團學來的一種轉著圈圈的土風舞。

而他們所看到的所謂陸地，也只不過是在遙遠的地方浮在藍海上的一點點白色影子罷了，如果沒有經過傳喚和海軍士兵的證實，說它是海鷗的影子，說它是白色的浪花，一點也不爲過。一點點白色的影子，就是故土的緣起嗎？當杜榮從狂歡中平靜下來，他注視著遠方的那點白沉思著。爲什麼從海上遠望高雄港是白色的呢？爲什麼我們人類所賴以生存的泥土不是灰黃色、鐵青色，就是橘紅色的呢？它爲什麼不是其他的顏色，例如藍、綠、黃、橙、紫、白等等的顏色呢？杜榮又反過來想著，爲什麼高雄港是白色的呢？其中什麼原因一定要探究個清楚。

「喂！你有沒有想到一個問題？」杜榮問李多亮。這時他們已從艦首退回到砲臺遮風的地方，他們一起斜靠在漆著灰色的鐵牆上。

「什麼問題？」

「爲什麼地球上的泥土只固定那幾種暗淡的顏色呢？爲什麼它不是大紅的、蒼藍的……？」

李多亮回顧他一眼，想了一會兒，終於反問杜榮一句：

「你怎麼知道這個地球上沒有大紅、蒼藍的泥土？在深深的地心裡，那些沸騰著的岩漿，那些飽含礦物質的固體，你能說它沒有大紅和蒼藍的顏色嗎？」

「我是說我們所接觸到，所生存的地球表面上的土地，你不覺得土地要是可以隨時變換顏色，像天空的顏色隨著氣候變幻一樣，那，我們所生活的大地，不是增加一種光艷虛幻的美嗎？那時候，詩人用什麼文字來描寫它呢？畫家又用什麼彩筆來繪畫它呢？」

「你又在作文學的夢了吧？」李多亮調侃他，頓一頓他又接下去：「不過，隨著時間的累積，科學日新月異，誰能保證二十一世紀、二十二世紀，這個世界會變成什麼模樣呢？說不定到那時候，人已失去靈性和肉慾，只是一架機器而已。」

「是呀，一個人既然這樣痛苦和麻煩地生活著，他的思想又是那麼複雜，何不把它處理成一種只受命於操縱器的機器呢？它既沒有怨言，也沒有不平，多麼簡單與和平的一個世界。」

「好，我等著按開關的這一天。」李多亮又幽默地打斷杜榮的幻想。

杜榮也輕快地指責他：

「算了吧！你這輩子也只能吃吃蓬萊米，不要說按未來的開關，就連出國的事兒也留給你的子孫吧！」

「哼，你別瞧不起人，回去我立即考上托福給你看！」

兩個人又哇哇叫地抬起槓來。抬了一會兒，杜榮發覺肚子餓得呱呱叫，便和李多亮買便當去。

他們吃完便當又聚集到艦首，遠方的白色陸地目標越來越顯著：隨著船的起伏，它在下午璀璨的日光下載沉載浮，展現出一種空曠的美。

從發現那凸出的白點起，到杜榮看出港的輪廓時，其間經過了兩個鐘頭。在冗長的兩個鐘頭裡，太陽逐漸偏西，光線由白花花變爲橙黃，整艘運輸艦的退伍夥伴歡呼聲響個不停。杜榮和李多亮夾雜其間，他們終於在廣大而具體成一山陵狀的目標裡，看出那些最初出現的白點是鼓山區一帶被水泥廠吞噬了的削直的石灰黏土。這是大自然被破壞的一項殘酷的事實。

杜榮弄清楚這個疑問，心上反而壓上一塊石頭。可見這並沒有解除杜榮的衝擊，他的不滿像重雲一般地聚起，船愈接近港，杜榮的精神愈恍惚。看到燈塔了，長長的防波堤也在左灣裡伸出手臂。夢想與現實驟然接近而混合，像平靜的河床本來流淌的清澈的水，大雨突然傾盆而下，把清澄的水污染混濁了。換爲一個人，這種崩潰變爲一種至美的、歇斯底里的幻覺。

「嘿！那裡有一條船。」李多亮拍拍杜榮的肩膀，把他從神遊故土的狀態中驚醒：「右舷，右舷有條美國船拋錨在那裡。」

杜榮隨著李多亮的手勢，右舷大約二百碼處有一艘白色的貨輪在碧波上浮沉，載貨不多，因爲可以看出一大截的吃水線下是漆成褐紅色的，甲板上有赤著上身的白種人在走動，艦橋旁有兩支大煙囪在冒煙，其中一支比較大的煙囪上畫了一個金星，代表航運公司的標誌。

「進港了，進港了。」

像歡樂晚會裡的呼聲，有人把帽子和上衣朝天空扔。運輸艦駛過燈塔，進入防波堤內的港灣，測候所，寫在山壁上海底電纜的白底黑字，船的汽笛，起重機的軋軋聲，小舢板，都一一進入眼簾和聽覺了。從旗津開過來的交通船，嗚嗚地叫著，交會時，渡船上許多人直朝運輸艦上的人們揮手，他們是一群男男女女可愛的老百姓。

風中夾帶著污濁的空氣，吸入鼻孔時，杜榮在發愣中感覺眼角癢癢的，他的整個心直往上浮升，像跑完馬拉松，呼吸急迫，但整個負擔解除了，一瞬間，故鄉沒有改變的景物，向他傾斜下來。

杜榮內心低低地呢喃著：

「到了，到了……」

而天空中的那一層煙塵的帷幕，在橘黃色溫煦的陽光中，閃動著飄飛的碎物，正像某人的一隻豐盈的手，輕輕地搖著……

第二章

天空映出山林的影子

倘若斷垣，倘若病癒
而天空映出山林的影子
那綠色的影子
在九月的盤旋裡沒有回來

爭先恐後的下船，鬧哄哄的點名，輕快的解伍，緊緊的握手。

「你做何打算呢？難道眞的什麼都不管，要跑到山裡去嗎？」

在寬闊的月臺，杜榮和李多亮身上各揹著一只旅行袋，杜榮的旅行袋裡裝了許多書籍和軍用的牛肉罐頭，因此重量不輕。把他的背壓得有點駝，他一隻手撐在生鏽的柱子上。李多亮在杜榮的斜對面，他的臉一半浴著黃暈暈的暮光，這樣低語調地問他。

「嗯，已經這樣決定了。」杜榮說。他眼睛注視著遠方的軌道，模糊地，好像有一列燒煤炭的火車頭，正緩慢地駛來。

「杜榮，不是我說你，你應改變一下你的處世態度和觀念，生活方式也要……唉！我好像又在教訓你了，我眞不願意。」

「我知道你的意思，你要我呆呆板板的找個事做，必要的時候結婚，過著像鐘擺般那樣無聊的日子，是不？」

「那才是人生的正途呀！」

「算了吧！你還是回去過你的老師癮，誤人子弟吧！至於我，我有我自己的理想。」

「好了，就算你有你自己的想法，可是，關於牽涉到你的另外一個人呢？憑良心講，李苾苾如何對待你，而你又如何對待她，從在學校我們就替她抱不平啦。我還記得有一次我爲了你對李苾苾的態度，和你吵了嘴，差不多有一個月沒講話，哈哈，不過我現在還是要勸你，李苾苾是個敦厚柔弱的女人，我希望你對她公平點！」

「我對李苾苾沒有任何企圖，她那麼好，你要隨時可以接收過去。」

杜榮這句話是開玩笑說的，但，李多亮臉孔一紅，生起氣來了，他又是一拳打過去，杜榮身上負荷的東西太重，來不及躲，他的肩膀著實挨了一拳。

「你這個狼心狗肺的，只好送你到此。」李多亮說完話，從地上提起旅行袋，手臂一用力，旅行袋就拋起來貼在背上：「我們再見了。」

李多亮說走就走，他頭也不回，杜榮知道他的個性，現在抓也抓不住他了。他只好笑著對漸漸遠去的李多亮叫著：

「我到山裡就寫信給你，不要忘記到我修煉的地方探探啊！」

聲音在黃昏裡飄漾著，李多亮的影子也在地下道入口處消失了。杜榮看著迷濛的夜像一層寒冰地籠上來，只有他孤單單的一個人，悵惘地佇立在那許多情感在此受到撞擊的月臺上，像一朵菊花地萎落。

在南部鄉下一處濃密的樹林裡，有幾幢正冒著炊煙的小屋，飄繞的炊煙，在剛入夜的薄薄月光下，穿過林葉冉冉上升。小屋裡有些燈光從窗口流瀉出來，黃暈暈的一片柔和夾在月光中，美得眞叫人心痛。

其中的一幢廚房裡人影晃動，一個梳著髮髻的中年婦人，穿著一身漿得乾淨挺白的家常服，但衣服上的黃顏色已褪得幾乎看不見了，只有幾條重色的花紋，尚若隱若現。她正忙得團團轉，四周騰著一片熱氣，中年婦人輕漾著笑意的臉容浮著細碎的汗珠，她已經做好許多道好菜，像五柳羹、紅燒肉、燉雞等，擺在碗櫃裡還冒著熱氣。現在，她正在做最後的一道三鮮湯。

小屋的前庭有個空曠的院子，院子四周幾棵高大的大王椰子聳入淡紫色的夜空中，院子西邊的花圃裡的夜來香，醉人的芳馨像月色一樣地散播著。而在庭院當中，兩個女孩坐在籐椅上交談著，顯然的，那種語氣期盼中帶著焦慮和喜悅。

「哥哥爲什麼還不回來呢？」一個說。

「……」

另一個默默無語。

「會不會船期耽誤了？」

另外那一個還是沒有開口，不過她的視線朝著吊鐘花圍起的矮牆外面。她更渴望自己能回答這個問題。從下午開始，由於過多的喜悅帶來的衝動，加上久久的等待，她的內心已被分割得像紛飛的色紙。

「苾苾，妳說話呀！」

黑暗中的影子動了一下，彷彿催眠者的魔力失效了，她從出神的狀態中癱瘓下來，把身子埋入祖師爺式的籐椅裡，深深地舒了口氣：

「他信上是說今天要回來的，不知道什麼把他耽誤了，如果他今天能回來，天也這麼晚……」

「今晚不回來，我們大家要多失望，尤其媽媽已經爲他忙碌一整天了。嘿，說不定哥哥下船後同他們那狐群狗黨，去高雄胡鬧了呢？哥哥老是那種吊兒郎當的勁兒。眞是討厭！」

「不會吧！」苾苾雖然這麼說，但她不願想下去，杜榮她雖了解，但他那種灑脫，往往就是一種叛逆的縮影，只是，在某人來講，這種境況並無傷大雅。

這是杜榮的家，李苾苾兩天前就來到這個小鄉下做客了，這不是李苾苾第一次來，因此環境和人都不會使她感覺陌生。三年前第一次來時便有這種感覺，從這種感覺裡，李苾苾知道杜榮的家人對她印象不壞，最少，起碼的好感是有的，尤其到了最近，杜榮的母親表現得更露骨，她很喜歡李苾苾，如果雙方同意，李苾苾做爲她的媳婦，是她所樂意和希望的，這何嘗不也是李苾苾的希望。而李苾苾的慇懃和表現，也贏得了杜家的信任。

所謂杜家，也只不過是杜榮的母親和杜榮的妹妹杜麗及他本人而已，這是個人口極少的小家庭。杜榮自然有父親，只是他父親在二次世界大戰期間，被日人徵召到南洋，後來輾轉新幾內亞，從此沒有回來，傳說他死於飢餓和瘧疾，又一說他死於毒蛇咬嚙。總之，連骨頭也沒有寄一根回來。

杜榮的父親留下若干的房地產，使他們的生活不愁。杜榮就在他母親的寵愛下成長起來。杜榮愛他的母親，愛小他兩歲的妹妹，只是當杜榮長大後，尤其受了大學教育以後，他發現人生不是抒情的東西，愛情也是多方面的，再加上讀了些艱深哲學的書籍，受到它皮毛的影響，他幾乎要蛻變成了另外的一個人，這點憑良心說，杜榮的轉變緩慢多多少少受制於李苾苾。

在國內忽然流行起來的存在主義，像一種消化不良的病症侵襲著杜榮，杜榮變成一個衰退者，他曾爲人生充滿苦難和荊棘，短暫及不平而憤激，但又覺得這個人類的悲劇是美的、剛毅的。杜榮因此立下了宏願，他願意揹起人生的十字架，歷盡艱難和苦痛，向生命進行挑戰。爲了這一表現，這一年輕氣概的激勵，他遭受的困難與無情的考驗是想像得到的。

杜榮認爲他自己必須受苦，才能陶冶出生命的光輝，透過這種認識，杜榮所追求的悲劇美尚未達到，卻已變得玩世不恭，一種不負責任的頹廢行爲在他的思想裡蔓延。說生命是痛苦是對的，而嘲笑生命是捨棄自己的說法更無可厚非，可是杜榮不以爲然。

可是，杜榮還沒有回來。

鐘已敲了九響。夜空的月被烏雲遮住了，可愛的鄉村紫色的夜晚氣氛，突然變得黯然無光，風也起了，大王椰子的巨葉在風中摩擦，發出嘆息的聲響。

可是，杜榮還沒有回來。廚房傳來叫喚，是母親的聲音，窗口燈火飄搖，婦人的影子出現窗邊；站立在屋脊上的煙囪，像一根熄了的蠟燭，連煙也不見了。

「我們進去吧！」杜麗說。

李苾苾嘆了一口氣做爲答覆，她倆把籐椅搬回廊下，然後穿過客廳到了廚房，母親正用湯匙掬起一匙湯，哈著氣嘗試著味道。她把熱湯在嘴裡潤濕著，眼珠子也跟著轉。

「啊！還不錯，妳們試試。」母親說，但她馬上看到李苾苾和杜麗憂愁的臉，「怎麼？阿榮還沒有回來嗎？」

「沒有！」杜麗氣餒地說。

「沒關係，再等一會兒，他既然說今天晚上要回來，他會回來的。」

「媽，已經九點啦！」

母親這時才看看錶，啊呀，眞的九點了，母親高高興興地在廚房忙碌，爲了她那個疼愛的兒子，竟不知時間消失得快。母親這下可也有些擔憂。

「可不是嗎？九點了還不回來！這孩子會不會野到哪裡去呢？」

「伯母，可能是船期的關係！」李苾苾看看杜麗，然後向杜榮的母親安慰著。

「我才不管了，」杜麗右手按著腹部說：「我肚子餓扁了，哥哥不回來，我們晚上都不要吃飯了？」

杜麗是個內向的女孩子，已經二十出頭了，因爲住在偏僻的鄉下，爲陪伴母親，她高中畢業後便沒再繼續升學，在家裡管理著一些大街上的房地租借的事。她遺傳了她母親有一張姣好的臉蛋，風度也不錯，她個性雖然內向，可是在家裡，在母親寵愛的世界裡，她相當地俏皮。杜麗有隻特別柔軟的鼻子，在唇下有顆醒目的黑痣，她髮腳下的耳墜很厚重。

母親猶豫一下，說：

「那我們把菜擺好，等到九點半，到那時阿榮還沒回來，我們就先吃好了。」

李苾苾是客人，不便表示意見，她含笑地站著，杜榮的母親看她沒有異議，就開始動手了，她從碗櫃裡端出做好的菜，杜麗在旁邊接應，李苾苾說：

「我去把桌子弄好。」

於是她們三個人一起又忙碌起來。

九點二十分，飯菜都已擺好了，一切準備就緒；這時，戶外傳來口哨的聲音，接著，沉重的腳步聲也自黑暗的庭院傳來。

李苾苾首先聽到動靜，她屏息傾聽，後來杜麗也注意到了，那幽揚抒情的口哨聲立刻使她認出來人。

「聽，哥哥回來了。」

說罷，她不顧其他兩人的反應，直奔大門。李苾苾瞧了她母親一眼，也跟著跑出去了，那個年老的母親，靜靜地留在原位置上，眼睛閃耀著喜悅的光芒，身體被來自希望與快樂所結合的力量所撐持，她感覺到自己內心的溫熱與跳動。

在若隱若現的搖曳樹影裡，一個黑色的影子出現了，口哨聲仍然持續著，此時，風幾乎息了，天空的塵雲也撕開一大片，金色的月亮又露出來，因此，薄薄的光暈傾照的這角大地，走近來的那個身體，變成一個美的投影，像某人精潔的靈魂，慢慢地靠攏過來。

「哥哥，哥哥……」

杜麗跨過門檻，在院子中央和影子會合了，李苾苾跟著過去。在庭院當中，在流露著一片清香的花圃裡，三個人像一個定點般地停在那裡。

果眞是杜榮回來了，憑藉微弱的月色的光影，李苾苾和杜麗看出杜榮一張似笑非笑的臉。

杜榮把行李袋從肩上拿下來，放在地上，他看李苾苾一眼，然後回看他的妹妹杜麗，突然，他嚎啕大哭起來，情形突出，兩個女孩愣住了，他哭了一會兒，終於停下來了。

「媽呢？」杜榮有點不好意思地問。

「已經等你很久了，媽在客廳裡。」

杜麗回答他，然後拿起他的旅行袋，但旅行袋太重了，李苾苾過去幫忙提。

「我們進去吧！」

杜榮說完逕自先走，在暗廊下，杜榮感覺有鄉土或親情的溫柔連結著他深深的體內，使他激動，尤其室內的燈光，透過那淡色的熟悉的窗簾，直射他的眼瞳，他相信他經年在煤油燈下的蒼白的臉龐，此時也受到滋潤了，突然他一切的輕蔑與悔恨，統統消失了，繼之慢慢在心胸擴展的，是愛的波浪吧。杜榮現在像溺水的人，愈陷愈深，他甦醒的腦子告訴他自己，是由於怠惰和憤忿所累積起來的結果吧，抑或透過理智這一層所得的直接報復呢？

從開著的廳門看到裡面的一角，母親站在餐桌旁像一尊塑像，杜榮看到母親昂奮的臉，也看到母親臉上的皺紋，母親是老了，母親二十多年來獨立撐持，孤獨的從艱苦中走過來，她所付出的代價有多大呀！彷彿機器裡的一只齒輪，雖然是微小的，但沒有它，便可使這世界停頓，母親是一首溫柔的歌曲，熨貼杜榮空漠的心。而杜榮，他能以冷峻來對待他母親的憐愛嗎？

杜榮走進客廳，在母親的面前，露出一個出自內心眞誠的笑容，他像一個到幼稚園上學回來的大班學生，規矩而親暱地說：

「媽！我回來了。」

母親在燈影下克服自己的情感，她的心葉像薔薇花瓣，一瓣一瓣地在晨露中開啓，向來沉靜、豪爽的母親，有兩顆珍珠般大小和晶瑩的淚珠，在眼睫上顫動發光，當母親的眼睛一眨，它順著兩頰，落在她洗得發白的襟前，碎了。

跟著進來的杜麗和李苾苾看到這種情況，都怔住了，調皮的杜麗，低下了頭，李苾苾更是難過，那是摻雜著喜悅的難過，她的眼睛像一片嵌在木板裡的窗玻璃，或風雨打著她，或感情的水蒸氣瀰漫著她，本來透明的玻璃，也逐漸模糊了。

擦著眼眶的母親，在表面上轉變她的感情，欣喜而爽朗地說：

「你們看我都高興得哭了，阿榮退伍回來我們都太快樂了，來，大家坐下來，我們趕快吃飯，菜都涼了，阿麗，替妳哥哥端盆水來，讓他洗洗臉。」

「媽，我自己到裡面洗好了，妳們先用。」杜榮說。

「哥哥還客氣幹嘛！因爲你從前線回來，我們久別重逢，所以讓我效勞一次。」杜麗扠著腰說，臉色已經明朗：「我要證明，我不是一個大小姐。記得你常常要我做事被我拒絕而吵嘴的事嗎？」

杜榮咯咯地笑起來：

「知道，知道，不過今天有客。我不好意思讓妳端臉盆水，和在客廳裡客人的面前洗腳。」

李苾苾聽到杜榮提到她，心上一陣清爽，可是她覺得三個人六隻眼睛都在瞪她，所以，她顯得羞答答地低下頭，不勝嬌柔的模樣。

「喲！」杜麗捉弄著她哥哥，「你不是一個很瀟脫的人嗎？怎麼今天就拘泥起來了，眞是士別三日，要刮目相看啦！」

「是，是，今天要特別例外！」杜榮說著，他朝浴室走去，在離開客廳時，回過臉來交代著：「媽，妳們先吃好了，我馬上就好。」

母親覺得等都等了一整天，還在乎這幾分鐘，於是大家便坐在飯桌旁等杜榮。這期間，杜麗對著從杜榮回來就變了樣的未來準嫂子，尋起開心。

「苾苾，哥哥回來後，妳怎麼一直不說話呢？是不是哥哥……」

李苾苾覺得灼熱從耳根燒起，她整個神經都震顫起來，她的臉好像在夜裡湖中的一朵水蓮，逐漸綻放，並且飄著沉沉的清香。

她招架無力，抬起臉又覺得燈光刺眼。

「我……」

「你們是三、四年的同學了，難道這下子反而怕羞起來了？」

「阿麗！」母親制止著，她朝杜麗使個眼色，叫她不要再惡作劇了。

李苾苾在杜榮母親的觀感裡，也可以說在婦人的心目中，是一個很體貼溫順的女子，杜榮大二暑假第一次帶她回來的時候，短短的一天中，杜榮的母親就對李苾苾深具好感。爾後每逢寒暑假，杜榮總帶她回來住一兩天，而杜榮的母親對李苾苾好感不但日增，到了杜榮畢業的那一年，她甚至暗示著，李苾苾當她的媳婦，她是非常的希望和贊成。杜榮當然知道母親的意思，他並沒有表示反對，其實他對李苾苾的感情，連他自己也捉摸不定，李苾苾從來就待他很好，可以說到百依百順的程度，可是杜榮深爲內心的一種反叛的力量所苦，而且，往往這種力量戰勝他，因此他常無理地排斥一些善意和友情。他堅持要從這個醜惡的現實世界遁失，要不然就超脫它，他拒絕所有對他有意義的、至美的給予，從某些帶著思想色彩的書籍中所吸收的東西使他變成極端的頑固，這就是他的心象；從大學一年級纏綿至今的一種撇不下的包袱。

李苾苾自然也知道杜榮母親的意願，而她對杜榮這般徹底的奉獻（倘若講得現實一點，李苾苾從咖啡室那次拒吻後，雖然他們還是時常吵吵鬧鬧，可是假使杜榮對她的貞操有興趣，表現得積極一點，相信他隨時可以得到的），與其說是李苾苾貪圖杜榮有個簡單的家庭，慈祥的母親和妹妹，毋寧說她已自絕於一種自設的陷阱中，她又愛又恨，杜榮那種狂傲不羈的浪漫勁兒，好像木柵圈圈裡的一頭肥羊，哪個獵人不對牠垂涎欲滴呢？何況李苾苾的心，從開始就一面倒地傾斜在杜榮一旁，那是在後面追趕她的動物呀，她逃命之外，又遇上豐盈的誘惑，在她已失去平衡性的當口，她能自持到風吹不起波紋的境界？焉有不跳進自掘陷阱的道理？

大概過了半個鐘頭，杜榮才從房間裡走出來，洗過澡，又換了件白襯衫和西裝褲的他，看起來容光煥發、英俊瀟灑。

「怎麼妳們還沒開動呢？」杜榮有些訝異地問。

「大少爺回來，我們豈敢造次！」杜麗調皮地說，她順便拉開她左邊的一張椅子，「坐，哥哥，你再不出來，我要餓扁了。」杜榮在杜麗的左邊坐下來，他的另一邊是李苾苾，對面才是母親。

杜榮說：

「我不曉得妳們要等我，我暈了一天一夜的船，差點死掉，身體髒得不得了，簡直像個煤礦夫，所以洗了個澡。」

「先吃飯再說吧！」母親說，她拿起筷子，指著幾道菜對杜榮說：「這些都是你喜歡吃的，哪！這是蝦仁燒賣，這是紅燒肉，這是五柳羹，這是燉雞……」

「媽，我知道，讓我自己來。」杜榮客氣地說。

杜麗拿起筷子，夾起菜就大吃起來了，李苾苾也跟著動筷子，大家就一起吃著。杜麗這時滿口油膩地向杜榮撒嬌說：

「哥哥，媽的心目中只有您，這些菜全是爲您燒的，今天眞是託您的福，才能享受到這頓山珍海味，非常感謝您。」

「算了吧，妳還不是十八姑娘一枝花，嬌得不得了。」

做母親的站起來，她說：「你們兄妹不要光鬪嘴呀，也該招呼招呼苾苾呀！」然後端起大湯碗，要到廚房添湯。

這時李苾苾連忙站起來，伸手過去要接她的碗，頻頻地說道：

「伯母，讓我來。」

「不用了，我來，妳是客人，還客氣什麼！」

母親端著湯碗朝廚房走了，李苾苾爭不過她，只好尷尬地坐下椅子。杜榮側首看她，李苾苾這時也偷偷地瞥了杜榮一眼，突然間，李苾苾的目光被杜榮的抓住了，那像雷電的一擊，火花散開了，李苾苾神經一震，然後暈眩得不由自主地垂下頭。而杜榮呢？這是杜榮回來後第一次正式的、明確的看她，也是一年多來的一次。一年的日子對他來說實在夠長久的，雖然杜榮在外島的十個月，渾渾噩噩地過日子，李苾苾也不是很特別地掛念在他的心中，可是現在，這重逢後短暫的一瞥，竟使他呼吸急速起來，杜榮心志一亢奮，他想，現在如果能好好擁抱一番，不是很美的嗎？但是，妹妹正在旁邊，他只好說：

「苾苾，妳來幾天了呢？」

「前天來的。」

「妳住得慣嗎？」

「嗯，很好，伯母和杜麗對我都很好。」

母親端了一大碗熱湯，小心翼翼走來，杜麗站起來移開桌子上的盤碟，讓出一個比較大的空間。母親把熱的三鮮湯放在桌上，母親也隨著坐下，喝了一口湯，然後問道：

「阿榮，你說說在金門的事，會很苦嗎？」

杜榮用手帕抹一把嘴唇的油漬，把兩隻腳在桌下伸直，做個酒酣飯飽狀。

「苦是不苦，不過太無聊了。雖然金門也有幾處風景區，像太武山、海印寺、古崗樓、金門城啦，不過玩幾次就膩了，再說，我們是軍人，要受到很大的拘束，尤其我是分發在野戰部隊，住在碉堡裡，到了晚上只能點了一盞馬燈，光線幽暗……」

「啊，」杜麗插嘴說：「那不是充滿羅曼蒂克的情調嗎？」

「哼，人都是一樣的，對每次新鮮的事無不懷有莫大的嚮往及喜愛，時間久了，那種新奇的魅力消失了，你詛咒都來不及。我對馬燈的情形就是這樣，兩、三天後，我就覺得它非常可惡了，看書寫信的時候，它的光線不夠，做起事來好費力。」

「同袍相處得怎樣？」母親問。

「還不錯，尤其我是個營務官，管錢的，發薪水的，他們要對我特別客氣，除了這些關係外，有些老士官，所謂老士官，我是說從大陸追隨政府來臺的職業軍人，由於他們識字不多，從抗戰到這時共當了三十多年的兵，階級卻比我還小，不過他們的本質善良，除了國仇家恨外，他們滿足現實，不做非分之想，這種人性是很可貴的，我非常敬佩他們。」

李苾苾坐了半天的冷板凳，飯也吃飽了。她聽到杜榮上面這段話，甚覺懷疑，她認爲杜榮從她認識以來，他所表現的，所作爲的，尤其是他的思想，根本是反叛不負責任的，他怎麼可能對那些本質善良、滿足現實、奉獻他們寶貴的一生給國家的人產生敬意呢？這是一個極端啊，難道這就是杜榮人性中難忘的、留存的一點點根本？李苾苾不解，可是她不願意當著大家質問他的矛盾。她放下筷子，裝出很好奇的樣子問：

「我曾經在報紙上看過，說金門有個開鑿在巨岩下的電影院，你去過嗎？」

「哦，對了，」杜榮坐正身體，他很高興的展開笑的臉容，好像李苾苾引給他一個很好的話題。「那個在岩石山洞內的電影院叫擎天廳，它不僅演電影，大規模的康樂晚會也都在那裡舉行。擎天廳的牆壁和天花板，都是灰斑的大理石，地方的大小可以和我們這裡的一流戲院相比，而且它有天然的冷暖氣，冬暖夏涼。」

「眞棒呀，可惜我是女生，不能當兵，要不然我眞想到金門去看看！」杜麗羨慕地說。

「可以呀！妳去報名救國團的金門戰鬪營不就行了嗎？」

「眞的？那太好了。」

「妳免想，女孩子那麼好玩幹什麼？」母親插嘴阻攔著。「人家是不去不行，而妳卻自找死路，那地方整天飛著砲彈，妳不怕危險啦？」

杜麗經母親一申斥，皺起眉頭，眼睛往上翻，高翹的嘴唇好像可以掛一斤豬肉。

「妳休想去！」母親補充一句。

「媽，金門很安靜平安啦，妳看我去那裡住了將近一年，我還不是好端端地回來了？」

「再平安也不行，女孩子單身跑那麼遠像什麼話！」

「哎呀！媽！妳看妳多頑固，現在二十一世紀都要到了，妳看妳還這麼保守，好像我一出去就會被人拐跑了似的。其實，我又不是小孩子。」

杜麗推開椅子站起來，邊說邊退，然後打開冰箱拿出兩瓶汽水。

「我保守也好，頑固也好，總之，還不是為你們，怕妳受騙，怕妳吃虧……」

「好了，好了，」杜榮也跟著站起來，他攤著手說：「不要再說了，大家吃飽，喝汽水，吃水果，這是最保守的事，對不對？」

母女終於沒有再爭下去。母親就開始收拾殘盤，杜麗過去幫忙，李苾苾自然不好意思袖手旁觀。

「苾苾，妳不用了，開瓶汽水，冰箱裡的柳丁端出來，妳跟阿榮先吃，聊聊。」

杜榮的母親這樣說，可是苾苾仍然堅持幫忙，後來就沒有人再攔阻她。

女人們忙著收拾桌面上的杯盤剩物，談話中斷了。杜榮拍拍吃飽的肚子，端著一杯汽水，喝著喝著，獨個兒走出客廳，在昏暗的庭院中佇立，仰首看著雲層中忽隱忽現的殘缺的月亮。

在月亮和群花的世界裡沉靜了一陣子，杜榮被身後的腳步聲驚醒。他回頭，原來李苾苾正溫婉地站在他身後，燈光下水綠的洋裝，在夜色中變成一盞白色的燈籠一般，罩住李苾苾散發著青春氣息的胴體，她身後的房屋裡燈火輝煌。

「都收拾好了嗎？」杜榮問，他側著臉，但目光沒有凝視，那是一種虛無的空茫。

「嗯！」

「媽和杜麗呢?」

「在屋裡。」

這是夏夜，走出杜家的庭院，在水溝和田裡可以聽鼓譟的蛙鳴，嘓咯，嘓咯，蟋蟀的叫聲也響成一片，這種青蛙樂隊和蟋蟀鼓手拼湊起來的田園交響樂，對杜榮來說，已經非常陌生了，童年時期的夏天黃昏或夜晚，用蚯蚓做餌釣青蛙的事兒已成爲一種淡色的記憶。台北四年，外島一年，五年時光讓杜榮心底沒有鄉村的淳樸情懷，有的只是散亂在迷幻裡的苦悶。

杜榮輕快地走在村路上，李苾苾默默地跟在身後，灌溉稻子的水在溝裡流動，響著輕微的碎語，在月光中發出鱗片般的反光。夜風柔軟地吹著。

他們走下一道土堤，那是嵌腳的界線，種植著玉蜀黍的田畦的那邊，糖廠小火車馳行的小小鐵道，像兩條平行線，穿入廣曠的田園。月亮破雲而出，明亮的月光照出他們明顯的影子，他們的步子像風車的轉動，輕飄飄且不穩定。

他們走到鐵道路時，雙腳以及褲管已被草地的露水弄濕。在枕木間的鵝卵石，也像被蒸洗過的雞蛋，有白色的、有黯色的，但一樣閃著粗糙的光。

「這是糖廠的小火車路，冬天的時候，它載運甘蔗，平常時它到北方的海邊載鹽，一天之中也有幾班搭載旅客的，唸中學的時候，我們到鎮上上學，早上天朦朧亮就要搭這種車上學，車站就在那邊轉彎的地方，現在被前方的一幢虎爺廟遮住，大約有二百多碼！通常早上我還在睡夢中，聽到火車頭在上一站的汽笛聲，才猛然起床，隨便抹一把臉，提起書包，便和火車比賽跑步。啊！那段日子眞是充滿了幸福和快樂。」

杜榮不勝感慨地說，他踮著腳尖在鐵軌上搖擺地行走，同時把兩隻手張開像個十字，以求平衡。

李苾苾在後面踏著枕木走。杜榮終於開腔了，她想，杜榮是個不易捉摸的人，整個晚上他沉默著，她倒希望杜榮來冒犯她，不希望自己打破這層沉默，面對著杜榮，李苾苾發覺自己越來越紛亂和脆弱，愛是加深了，但爲什麼也一定要加深這一些呢？難道這是出自一種衷誠的敬畏。

「人是容易耽想於過去的，自然，這些事是很親切和値得懷念的，不過，現在的你，日子不是也挺好嗎？你退伍下來，人生的某一階段告了一段落，你可以舒展你壓抑的胸懷，發揮你的抱負了。」

「其實，我是沒有什麼抱負的，或許這是一種病態。」杜榮從鐵軌上跌下來，身子傾斜，左手腕剛好碰到李苾苾柔軟渾圓的乳房，兩人都表現得不在意。杜榮便接下去說：「我覺得人本身如果有値得陶醉的東西，並不一定要有偉大的作爲，我的痛苦或許也是一種快樂，只是這種快樂是短暫的、空虛的……」

現在他倆擠在狹小的兩行鐵軌當中，踏著枕木行走，李苾苾不知是由於適才杜榮無意中對自己胸部的碰觸所引起的昂奮，或是由於語言的刺激，李苾苾突然壯起膽來，提高聲調說：

「你應該腳踏實地去生活，你的夢想是虛幻而歪曲的，建立在一些不負責任，或是由你曲解的思想中所得的痲醉；倘若你，認眞地從事一個人的基本生活，你或找個老師的職位，或找個辦事員的職位做做，正常的狀態一定使你活得有意義些，並且……」

杜榮停下來，截斷李苾苾的話：

「並且，在這個社會上盡到了一分責任，對你四周的人，那些關懷你的人，你的親人或朋友啦，能讓他們信任，給他們安全上的保障……對不對？」

「是的！」

李苾苾不但堅決地回答他，而且目光如炬，那種灼熱像雷射線穿過合金鐵板般地洞穿他。這是李苾苾從來沒有的勇氣。杜榮不免有一些凜然，可是對於一個老菸槍，你警告他吸菸容易得到癌症這類話，其警覺性充其量也不過是一陣耳邊的風，是枉然的，所以杜榮馬上更加堅定地說：

「但是我已經告訴過你們，我有我的想法、生活觀念和態度，這一年來沉思的時間加多了，我更堅定我的信念，我一直認爲這個世界是墮落的、醜惡的，充滿罪惡和不平，所以我要離開它。我不願在這個醜陋的社會上混，我要深入內山，到一個人跡罕至的地方，完成我的願望……」

說得口沫橫飛的他，黑暗中眼睛閃爍著詭異的神色，把李苾苾激火了，她的一張臉頓然像一枚葉子，在風中翻覆，時而青，時而白。李苾苾因爲激動而顯得有點口吃：

「杜榮，你還是一樣，我以爲一年的軍隊生活能改變你；但沒有，你在逃避現實……」

杜榮卻突然地笑起來，笑聲雖豪放，但傳到李苾苾的耳中，刺耳如悶雷。

「是的，我沒有改變！」杜榮說：「其實是我不想改變啊。我是拒絕現實，而不是逃避現實……」

李苾苾萎然地低下頭，她一個人逕自朝前走，無意間踢到鋪在枕木上的石子，有一顆蹦跳了幾下，碰在鐵軌上叫了一聲，然後落在枕木上，憂鬱地發亮。杜榮只好跟在後面走，經過了一段路，鐵軌緩慢地彎向左邊，就在左邊的大榕樹下，有座小小的虎爺廟。

挺立在鐵路旁，被一棵大它三、四倍的大榕樹的陰影籠罩住，像海灘中一艘古老的帆船。李苾苾走到這個地方，她發覺已走到她自己的界限，彷彿世界一下子縮小到一棵榕樹這麼大，月光在田壟中照著熟睡的農作物，甚至風中的空氣，都在監視她，她喧騰的一腔悶氣，和著不滿及委屈攪拌著，最後終至像一頭束緊的髮，紫色的絹帶一解，便蓬鬆地散開來。

「那麼，我的努力都白費了，我還有什麼話說。」李苾苾的音質濕潤、緩慢，彷彿一個生過大病的人痊癒後的疲憊。「我想，我明天得走了。」

李苾苾的這種語氣不是杜榮頭一次聽到，不過態度倒有點異樣；從來沒像這次如此灰心的樣子。杜榮心裡想，大概又是最後一次了，心裡猝然有浮著一層苔蘚的感覺，但經過大腦一過濾，傳達出來仍是他近乎虐待人的倔強！

「我是個以自我爲中心的人，我的想法就是我的理想，而這，又是不容易改變的，妳應該從大一的時候就了解我了。」

「我非常了解你，只是在此以前我從不死心，現在，我可以覺悟了……學期開始時，我要在故鄉的第三中學執教，我希望你有空來找我，但一定要你改變了叛逆的思想、頹廢的人生觀以後……說起來，我還是期待著你，只是，我想仍然會落空的……」

李苾苾說著說著，視線模糊起來，她不敢眨動眼睛，怕一眨，眼淚就掉下來。

「每個人透過種種的體認和經驗，尤其一些知識的誘導而對人生的看法和處世，是沒辦法相同的，妳應當明瞭這點才對……」

李苾苾終於忍不住，哇的一聲哭出來了，她雙手捧著臉，疾步地向在月光下遠遠的朦朧的火車小站奔去，頭也不回，只有傷心的哭聲……

四年間的相處和感情，李苾苾就是這次在杜榮的面前哭過，這舉動給他最大的訝然。杜榮愕住了，他無意識地用手撫著額腳的墜髮，感覺空曠的額和油質的髮，都給露水沾濕了，堅固的冷意立刻透進他的內心，遠方奔跑的影子，彷彿即將從他手中失落的屬於紀念物般的菩提子，像是掛在胸前的一串。

「苾苾……」

杜榮嘴角一抿，他不由自主悽楚地低叫著李苾苾，聲音只有他和上帝才聽得到。

李苾苾次日一早就辭行，眼角紅腫，杜榮和他的家人挽留她，但李苾苾找個藉口回絕了，杜榮自然送她到車站，但沒有交談，他們態度漠然。車子一股煙地把李苾苾帶走了。杜榮回家便向他的母親提起要出外的事。

「你不想找個事情做嗎？」母親問。

「我讀的是冷門，沒有什麼作用的。」杜榮喪然地。「如果當年我照您的願望考上醫學院，現在的我，可能與您同擁有這個世界的夢想也實現了，可是，我多……」

「我並沒有怪你沒考上醫學院，這一切都是命運的安排，你沒有什麼好慚愧的。」

母親的話突然變了一種聲調，跟著表情變得十分倉皇，好像在哀求著她的兒子。

「媽的年紀已經很大了，你看，整個鬢腳都是白髮了，我只希望你在我的身邊住下來，討一個媳婦，讓我早日抱個孫子。」

「媽，」杜榮非常不願的，他像一個喝醉酒的漢子。「難道我的一生就這樣注定的在這個鄉下完蛋，我個人一點點嗜好和理想也要被所謂家庭拘束壓垮，人生眞的如此無意義嗎？」

杜麗猛然從沙發上站起，本來閒散地聽著他們對話的她，好像一隻貓的尾巴突然被頑童打了結，她惱火地逼視著素來尊敬的哥哥：

「你怎麼可以這麼說，媽把你養得這麼大，叫你結婚生子，是光明正大、理所當然的事，而你竟然把這種神聖的事說成無聊的人生，哥哥，四年的大學讓你完全改變了，你簡直變成另外一個可怕的陌生人！」

妹妹的鋒芒也沒有使杜榮產生什麼反應，他表情漠然，回答她的話像在唱一首熟稔的兒歌：

「我仍然會走著傳統的步子來孝敬我的母親，只是我報答的方式不能以結婚做爲條件，四、五年來更深一層的知識教育，使我覺得，人生的最高極致，是放任自己。目前，我不能完成您們的意願，我並且不願意和您們生活在一起，雖然我不能說我自己是個罪惡的附體，但我嫌惡我自己是千眞萬確的。」

杜榮頓了一下，目光掃視著母親和妹妹。英雄式地宣布：

「所以我怎麼能以這樣腐敗的身心面對您們呢？」

母親惘然地用一隻手扶住桌沿。杜麗像在大眾間被抽打耳光似的感到羞辱。

「喔，你這樣一個人覺得你自己是種可悲的存在，是不是？那麼，你即使逃遁到再深山林內去，也仍然是這樣一個可悲的人。哥哥，今天你要原諒我的放肆，雖然我書沒唸比你多，但我認爲你揚棄了家庭，背叛了社會，你像個精神病患走入瘋狂的路途。」

「那不是瘋狂，是自私——」杜榮接住杜麗投過來的一個強勁正直的好球，他手不麻，面不改色，然後又以一種昂然的姿勢把球投出去，球偏向，故杜麗沒有接它，她突然地反駁他：

「是的，你自私，就是你對李苾苾也是這樣，李苾苾是個被你犧牲掉的人，她實在很不值得……」

「我不願和妳談論李苾苾，妳對她認識不深。再說，我已決定下午離家，先找一個地方……」

「哥哥，你眞的就這樣撇下我們嗎？」

「妳們不愁生活，我在身邊反而是種累贅。」

「哥哥……」杜麗失望地。

沉默的母親兩行淚水從頰邊流下來，她像站在風暴中的大樹，雖經風雨撲打，但仍咬住牙關，穩住她的軀幹。母親低沉而哀傷地說：

「讓他去吧！讓他去吧……」

母親的決定，不知是對兒子的失望或愛護。彷彿我們分析不出鏡子與水的分別一樣；她的心境，是水中的一面沉鏡。

而杜麗呢？杜麗用目光照射著哥哥，以太陽的鋒刀斷斷續續地雕刻著杜榮的塑像；從此，哥哥只是她心中要了解和探究的一件事物而已。

「你去吧，你去吧，我的心肝寶貝……」

第三章

溫泉的水質像女人的肌膚

溫泉的水質像女人肌膚
蝴蝶蘭高掛在窗格上
熱騰和芬芳
在山中瀰漫

朝東的方向走，經過一道河流，山巒就在層層密雲的低壓下，恆久的憂愁著，它既像默想沉思，又像發著無聲的喟嘆；客運車的終站在盤旋的瀝青路的盡頭，在群山之間的谷底裡，設著簡陋的車站，車站附近是個著名的溫泉風景區叫「關仔嶺」。旅社及土產店林立，分排在山壁上，一條在夏天傾瀉著湍流的河隔開兩旁的飲食店及旅社，小小的巷道，鋪著磨光的花崗石，山上的下午通常有著間歇性的陣雨，雨急而透徹，在街道以及像魚鱗櫛次般蓋著厚瓦的屋頂，淋得冒煙，並且洗刷乾乾淨淨。在房屋的四周，即是河床焦黃冒煙的石頭，也宣洩著健康的硫磺味。

旅舍的後邊，有道三百多級的階梯「好漢坡」，直往山上通行；那古舊堅固的石級，通往山林的樹莊和小學國校的植物園，從石級的最上面朝下鳥瞰，整個山谷盆地裡的房子，像積木般，被圍繞的雲絮所浮貼，露出幽深的低度感。

山林的鬱翠像是必然的，尤其是雨後，遠山和近樹，都表現出一種生意盎然的樣子，樹木交錯，山嶺重疊，在朝日昇起的時候，更令人感覺到大自然的壯美和奧妙。

這個山谷最美麗的地方，要算河上流一處漫開像潭的池沼，水是泉水，倘若沒有暴雨傾瀉，水冰冷清澈，本地人或來此避暑養病的旅客，均常來此游泳，因爲水是流動的，故在浮著細沙及荒石的水邊，漩渦在岸內漾開去，簡直像煞伊人美貌的笑容。從岸邊蜿蜒而去的叢草，以及長著苔綠的峭壁上，常常棲止花色美麗的藍蝴蝶和水蜻蜓，在山秀的天籟裡，是大自然的賜予。穿著牛仔褲白襯衫的青年，利用這種盛產蝴蝶的地方，在暑假的時候，一批一批絡繹不絕地來此採集昆蟲標本，總之，此地在八、九月雖然是個觀光季節，是個熱鬧的地方，可是，它還不失淳樸，並且來此地的人，沒有一個官僚的面孔、俗氣的面孔，他們的天眞及活潑的樣貌，簡直像個不懂世事的嬰兒。

這個四面環山的溫泉地帶在山谷裡，早晨九點多鐘才能看到東昇的太陽，而下午四點鐘的時候，雖然陽光熾烈，它便在西方的山嶺消失。

人們所體會和欣賞的美，完全爲大自然所操縱，並且我們衷心地信賴它的操作。山是寂寞而靜肅的，像個博愛的哲人，那是做爲一個常常沉思的人的恩物。它跟大海不一樣，大海廣曠而深沉，有若燈塔一般，它迸射著光芒，但給人類的最大用處是溝通情感，供人遨遊。

堅決辭行家人的杜榮，身上祇帶著軍隊儲存下來的幾千元，肩上揹著一只旅行袋，在黃昏的時候，他來到這個飄滿硫磺味的山村。當他下了客運車，暮靄染上他的眼際，旅舍窗格裡露出黃暈暈的燈光，以及前方半山腰某家農戶小小煙囪上升的炊煙，整個使他愣住了，那種喜悅和感動出自他心腔的急跳。他的思維爲美所震懾，他腳下所踩著的花崗石，像磁石般地吸住他。他已接近他的願望；這願望使他看到一件畢生難於忘懷的事物。就彷彿童年的冬至之夜，在廚房裡搓著湯圓的母親，爐灶旁的上樑吊著一只微弱的煤油燈，那樣熟稔與甜蜜，出自一個成年而異端的男人。

杜榮在山谷的四周瀏覽了一周，在昏暗的山路裡，他喝醉酒一樣，藉著飄浮的腳，鼻間嗅著山間清新而充滿蝴蝶蘭花的氣味；他終於走過兩家旅舍，又過了一道拱橋，飲食店的夥計們站在門口一直招攬他進去用膳，但他沒有理會，轉過左側一條石階的小徑，在一家日式三樓木板屋的旅店停腳，從室內射出的白熱日光燈，不客氣的刺著他的眼睛，並照亮他那蒼白的臉龐。

玄關處有位女人坐在矮椅上看書，看到站在外面的一個男人，急忙丟下書本跑出來招待，那是個年輕的女人，臉上有點邪氣，嘴角溢著牽強的笑，她尖聲地說：

「裡面坐，裡面坐……」

興奮的杜榮便在女人的指引下走進這家不怎麼高級的客棧。室內兩旁有兩座長條沙發椅，磨白破爛的絨布露出污黃結塊的棉花，正前面榻榻米上有個用簡單木條架設起來的櫃枱；一個笑容可掬的男人高高在上地坐在那裡，取悅的迎著他；杜榮的目光從那男人掃視而過，他看到左邊有道下降的樓梯，右邊的甬道也接著樓梯，但它是向上的。那女人從他的手上接下旅行袋，這時杜榮看到牆壁上掛著一幅複印的米勒的〈拾穗〉，再旁邊是一隻大龍蝦的標本，紅色的，那些展開的腳和鬚，猛一看，像是洪荒時代恐龍的爪牙。

「先生，請坐。」

坐在櫃枱上的男人也說話了，他的聲音沙啞，不是喝酒過量，便是房事過多所引起腎虧的虛弱。男人現在仔細看起來，臉皮白皙得變成一種病態，他艱難地牽動臉的表情，活像布袋戲中採花賊的造形。

「我要一個清靜的房間。」杜榮說。

男人交給女人一把鑰匙，順便在女人的手腕上捏了一把，嘻笑地吩咐：

「招待到八號房。」

女人提著杜榮的旅行袋，帶頭地走下像深入地層下的左邊樓梯，杜榮跟在後面，下完樓梯，是一間暗室般的空房，角落放著一些換洗的床單和雜物，地板是木造的，在六十燭光的燈光下，還可以看出洗刷得很乾淨。女人帶他走上一條甬道，右側隔成一小間一小間的房子飄出硫磺味，潑水聲中夾雜男女嘻笑的聲音，女人告訴他那是溫泉的澡房。

走到開闊處是一片長廊，木造地板和木造的欄杆，藉著房間散開來的燈光，欄杆下是亂石的河床，河床中央急奔著河水，嘩嘩的水聲，好像也帶著水氣，直撲上來。而隔著河的對岸，是一面昇高的山壁，黑影模糊。

杜榮看到聽到這種景象，屏息著氣，眞的太美了，他在內心想，整個晚上可以徹夜地讓流水的奏鳴曲來催他入眠，而山籟間的冷氣，像海濤的飛沫濺上他的身體，這將是多麼過癮的事。

在走廊的最左的一間房間，女人推開了門，在壁間按下一個開關。室內閃了一下白光，繼之日光燈就亮了。女人說：

「喏，這間如何？」

這是個長方形的房間，像捕鼠籠子，不過裡面收拾得還算乾淨，除了榻榻米之外，還有一座沙發椅，杜榮勉強中意的是牆上粉刷的顏色：蒼白。

杜榮點點頭。

「那麼，我去沖茶，等會兒要洗澡，剛才經過的甬道左邊就是澡房，有四間，你可以任選一間。」

女人說罷順手關上門，走了，嗒嗒嗒的腳步聲漸漸消失在廊外。

「啊，」杜榮滿足又讚嘆地叫了一聲，然後把身體整個朝榻榻米傾倒下去！他四腳朝天，「我的解放的生活開始了。夢想了好幾年的今天，終於在這山野的客棧開始實現，親密的夜晚啊，你賜予我劈裂醜陋現實的力量，如今我在新環境中站立起來，在新生活中瞭望，過著爲所欲爲的快樂生活，不用受到別人的吹噓及自我僞裝，還我本來的面目。從今以後，我就是我啊。」在內心狂呼的杜榮猛地從榻榻米上蹬起，「日子是多麼偉大啊！」他說。

他站著狂想了一會兒，樣子顯得有點癡呆，然後他脫掉衣服，剩下一條短褲，拎著毛巾往澡房跑。

三四間澡房的門都關得緊緊的，有水聲和講話聲傳出來，顯然裡面都有人。杜榮正要走開，嘩——的一聲第二間的門被拉開了，從燈光裡走出一男一女，男的跟他一樣祇穿著一件短褲頭，女的穿一件夏天的絲質透明睡衣，稍一掃視，黑色的胸罩和紅色三角褲都看得清楚，女的見到杜榮，不但沒有害臊，反而用眼角有點輕佻地瞥了他一眼。兩人擦身而過，杜榮聞到一股帶著腥騷的香水味，大概是廉價品，想那穿褻衣的女人是個風塵女郎也說不定。

所謂溫泉是一池泥濁的水，水面上冒著熱氣。杜榮要不是看過溫泉的種種礦物質含量，對皮膚有很大的去淨和滋養作用，打死他也不會用這種污泥般的溫泉水洗澡的。現在他脫下了內褲，赤裸地，小心而緩慢地走下那個方形的澡池，起初溫泉的熱度燙得他全身起雞皮疙瘩，過了一會兒他就覺得滿身舒服，他筋骨上的血液舒暢無比，他雙手反轉著上半身，下體自然地在水中浮起來，毛茸茸的一雙大腿，胯間微曲的生殖器，忽隱忽現地漂浮。

杜榮仰頭平視他身上浮在灰泥般水中的陽具時，突然感覺很好笑，尤其那像鱔魚般微微彎曲的一支，他思忖著，倘若男人沒有這個東西，這個世界不知道會變成什麼模樣：大概便沒有所謂人的存在，在地球上繁衍的，我想祇是一些機械而已，就像汽車是使用汽油的，收音機是靠插電的等等一樣，而這些機器便沒有什麼快樂可言，人類之所以有快樂、慾望可言，可能就是男人有了這個東西，而女人有那種東西。以男女之間來說，倒不要冠上生男育女為天經地義這種堂而皇之的帽子，他們若沒有這種工具使他們快樂，人活著有什麼意思？而女人若沒有男人這種器具，她們還活得成嗎？反過來說那種器具延續著我們的後代，生生不息。而假若這種延續的方法是痛不欲生的，像外科醫生沒有注射麻醉藥而割盲腸；像兇殺案的主角一把二尺七的武士刀朝腦袋直砍下來的可怕，我們不但不用擔心人口爆炸，說不定這偌大的地球，已剩下你我兩人……杜榮當然知道兩性間做愛的登峰造極的樂趣，他雖然在金門軍中樂園緊張地試過一次，但從高中時代開始自慰「打手槍」起，以至現今的數百次，其中的高潮他體驗得淋漓盡致。有時候想起來，覺得這是造物者給這個苦難的世界人類所賜予的最大甜頭和福祉。

泡在池裡的杜榮越想越好笑，他大笑得像狂人，後來變成歇斯底里，他雙手一軟，噗通一聲，整個人連頭帶臉沉進溫泉水裡去。

他掙扎起來時已喝了兩口泥巴水，那黏質溫泉水，像牛乳糅合著蛋白，從頭髮慢慢滲出，沿著光滑的裸體，直往下滑，生殖器那端，昂奮得像跟某人接觸後痛快地射精一樣，一滴，一滴……

或許由於黑夜的寂靜，廊下的水聲特別響亮，嘩嘩地叫著，不像溫柔底水的低吟；或許由於山間的海拔高，九月裡的炎夏竟然冷氣襲人，那種冷，是純然的寒氣直往骨髓裡鑽，使人打從心裡發出涼意。

杜榮挑了一張籐椅放在木板走廊，坐在籐椅上把下顎抵在木造的欄杆上，有時看著河床奔流的水，有時看著黑暗的山壁，或峭直山壁頂端的天光。而斜左側面拱橋那邊的飲食店和土產店放射著淒迷的光線，恍惚可看到店前店內的人影搖晃。輕輕踏著勃露斯舞步的風，不知從哪間店裡低低傳來，電唱機播出〈落花流水〉的國語流行歌曲：

我像落花隨著流水
隨著流水漂向人海
人海茫茫不知身何在……

唱歌的女人聲音是輕快的，跟歌詞甚不配合，不像歌詞那樣淒切無奈，可惜那些人都一樣，不愛惜自己，雖然明明知道茫茫人海是個痛苦的漩渦，但他們還是擺脫不了自己所憎惡的，而隨波逐流，人眞是既可憐又可悲的動物啊。

沉思的杜榮想。

杜榮並不是一個被迫的人，他雖然一心一意要建立他生活的原則和目的，而以他目前的思想及付諸行爲的事件來看，他是與這個社會格格不入的，甚至可以說他揚棄了我們生活的規範。這種固執雖有點成績，但收穫還是談不上的，他因此所付出的代價（我們可以不說它是代價，而是奉獻），是非常重大的，因爲他到底是個人，從人類母體誕生下來的，有良好的親情呵護，受過講究倫理道德的教育，所以，你要叫他完全背棄這些是不可能的。但嚴格說起來，他也並沒有眞意要揚棄這些；杜榮衹是讀了一些皮毛的哲學書籍，加上西風東漸，逐漸受到某些觀點的影響，他並不深入，他一方面以嫌惡這個醜陋的社會心理來嫌惡自己；一方面以先馳者的姿態來解除自己的苦悶。由此他所付諸於行爲的就是生活浪漫、懶惰、不負責任，整日作著狂人的、不符實際的反叛常人規範的白日夢。

就像現在的杜榮，他陶醉於山野的清新，奔騰毫無阻攔的流水，夜空的月，他把下顎靠在木造扶把，心志神遊在自我爲中心的私慾意念下。他目前就是這樣一個人；可是又有誰敢保證，他在睡眠的時候，他的母親，甚至社會的公益、伸張的正義，不會在他的夢中出現；杜榮衹是個迷失的人。

走廊又響起了腳步聲，一個中年婦人姍姍而來，她穿著一件綢質洋裝，身體豐腴，微紅的臉展露輕爽的笑意，她客氣地問著杜榮：

「先生，你要休息了嗎？」

杜榮不明白這個長得雖然有點胖，但看起來令人有興奮感覺的服務生爲什麼如此問他。杜榮打量著對面的婦人，婦人在日光燈下皮膚白皙，豐滿而嬌嫩，她的頭髮齊肩，左邊的臉被一片表現神祕和迷惑的瀏海遮住一些。

「爲什麼？」杜榮把婦人看得害臊了，才戲謔地問道。

「如果你要休息了，」婦人說，小小的聲音像夜鶯的鳴叫，親切而且甜脆。「我便要替你鋪被，掛蚊帳！」

「哦，是嗎？」杜榮從籐椅上站起來，向夜色挺胸做個深呼吸，「那麼，我要睡覺了。」

兩個人先後走進那個狹長的房間，杜榮脫掉港衫，祇留下一個背心。婦人雙腳跪在榻榻米上，上身撲倒，兩隻手打開摺疊整齊的棉被，把其中一件小的攤開做爲墊被，她在做的時候，翹起來的肥鼓鼓的兩片半月形的屁股，像划龍船地在他的面前搖擺，使杜榮看得身上的血直往腦門沖，他頭昏腦脹。這時婦人鋪好了被，站起來拉下收縮成一個圓圈的蚊帳，散開後的蚊帳像一面網，網中的婦人像童話中赤裸著上身的美人魚。美人魚在榻榻米上轉著圈子，無非是把蚊帳的下襬拉到棉被外，婦人跪著朝杜榮的時候，她襟前的扣子有兩個沒扣好，碩大的乳房在綢質的衣衫裡垂得像兩隻倒放的麻豆文旦，杜榮從那空隙中看到潔白富有彈性的肉，還有那引人遐思的深深的乳溝。杜榮心臟噗噗地跳，女人給他這麼大的魔力還是第一次，他的雙眼空洞，露出白癡般的怔忡之色，他的靈魂像出了竅，一霎間，支配他思想和行動的理智被洪水沖掉了，腦海裡只有一個念頭，要抱住她，要把她撕裂——；他一步一步趨向婦人——

婦人這時整理好了蚊帳，準備走開，她忽然看到杜榮的異態，她已摸清並且看透了男人，她知道杜榮此時的心理，閱人無數的婦人，飽經世故和做愛的婦人，對杜榮嫵媚一笑，離去的時候面對面與杜榮擦身而過，婦人堅挺的乳房，便碰觸在杜榮的手臂上，杜榮的神經像觸了電，不但從腳到頭引起一陣震顫，眼睛更閃爍著滿天的火花——

婦人走了，杜榮張著嘴巴，要不是呼吸急促，他簡直像一尊木偶被擺布在那裡。

山間清新的夜晚使杜榮睡得像個嬰兒，雖然冷洌的空氣在早晨像羽毛輕拂著杜榮的鼻孔，他輾轉幾下，朦朧中他以為還在軍伍的金門，等他睜開眼睛，環境馬上給他感覺有異，清新的空氣和曙色完全跟住在碉堡裡的悶熱與濕暗是兩回事；腳底那邊的木板門，玻璃是霧色的，外面漂染著一片清淡的白。

杜榮在榻榻米上伸個懶腰，覺得身心都異常的舒服，不像以前每早的起床幾乎痛苦得像肉割一樣。他輕快地從榻榻米上躍起，簡單地披上一件衣服，準備到早晨的山間去走走，呼吸藍色的空氣。

走出旅社的時候，沒有一個人發現他，天才濛濛亮，曦光中有一層繚繞的霧，不是飄著便是附在物體上，把樹木、石板路及建築物都滋潤得濕亮，像機器工作了一天休息之後，次晨動工前又被學徒們灌上一層潤滑油一樣。

杜榮朝上走，有一條小小的曲徑，是通到山上去的，沿路儘是些賣土產和蝴蝶蘭的人家，可是現在他們尚未開店，他們的店門是用鋁片做的，也被露水沾濕了。杜榮抬頭仰望遠方的山巒，因霧氣潮濕，山的形象暗淡，不過紫灰的天空，有鳥隻吱喳著飛翔而過，給這個還在睡夢中的山村，象徵著和平及友愛。

喜悅著、感動著的杜榮，非常滿足這樣的山色，他邊走邊想，生活在都市的人眞傻，傾軋、排斥，樣樣損害著人性尊嚴和意義的事沒有一樣不在都市裡發生，有那麼多人一心嚮往並朝那個罪惡的地方跑；歸根究柢起來，人如果不是爲了生存起見，就是一種幼稚和可悲的盲從。杜榮想，像我憎恨人的虛僞和城市的罪惡是有道理的，我拒絕他們，不僅表現了我的個性，最重要的一點是我認識能眞正表現、適合生活眞諦的人生。

我爲什麼還要回去呢？我爲什麼要找個包袱來揹呢？自自由由的一個人，簡單而清淨的生活是多麼痛快的事呀，像魯賓遜一生終極於荒島，他體會出多少大自然的奧祕，並且，他免除了人的一切煩惱、慾望，他赤裸而快樂完成他美好的一生。杜榮冥想著，羨慕之情躍然於臉上。

向上穿伸的路一下子便離開住家，它轉入一條濃蔭蔽天的竹林小徑，小徑朝上逐漸爬高，但不陡，徑上有若干大石頭橫在路上，石頭長滿了青苔，看起來彷彿大雨後的山水傾瀉下來，這條小徑變成一條臨時的溪流。杜榮走在上面，覺得腳下踩的泥土直滲到他的內心，因此感覺心的噗噗跳動和溫暖，他一時相信，倘若沒有這山林、這滋養的泥土，他的心跳便會停止一樣。

竹林蔽天，看不出絲毫的天空，那些綠色中帶點白的竹葉子，負荷著露水的重量，葉葉下垂，連尾梢的細枝，也弧形地彎曲著，像人工做成的拱門，而每根竹子便像列隊的兵士，精神奕奕迎著杜榮。而杜榮眞像一個英雄，至少他的下意識的感覺，彷彿成吉思汗征服歐陸凱旋歸來那樣；從竹葉上掉下來的露珠，滴滴答答響在林內，若干沾在他頭上身上的，使他感覺像歡迎人群所撒開的彩紙。

在此不需要替杜榮下註腳；杜榮雖然是一個揚棄傳統、鄙視感情的人，但他重視自己的存在和利益是不能否認的，這樣說，他是個徹底自私自利的人嗎？

小徑的前面突然出現一片天光，走近時才看得出一條橫躺著小河所牽出的一片廣曠，在九月的早晨，散開的空中浮著片片的白雲，白雲的邊緣像摻著黃，像是等待旭日升起來或是已經受到她的渲染。

小河流水清澈，可以看到水底的石頭，白色的、灰色的和褐色的都有，有的像拳頭大，有的像盆子大，浮起水中的石頭擋著流水，因而激起水花或湍流。河是流動的，它是無知的生命，可是，它多快樂，祇知道唱著歌，一路瀏覽著風景，排開阻攔，匯入波浪壯闊的大海，產生更雄壯的生命。

可是，當冬季來臨，雨量減少，小溪便乾涸了，狹小的河床便讓給野生的蕨類苔蘚去生長，和動物們去棲存的土地奔跑；即使這樣，它的生命也並不算完結，從石頭下、泥土裡，它醞釀一個更新更活潑的生命。

穿過小溪的路中墊著幾塊大石，人可從上方跳過去。杜榮走到溪中央，停下來蹲著身子，在一塊巨石圍起來的止水裡，他看到自己瘦削的面影，笑容漾在水中，眼睛也在水中眨動。他眞是快樂極了，把手探進水裡掬上一把水，朝臉容一抹，一股沁涼立即從臉頰傳到感覺中樞，他連續掬了幾把水，因此清靜的水被攪亂，他的面影也跟著破碎了，他凝視好久，水還是不能復原，杜榮有些惆悵地站起來。

走回歸途時天已大亮了，雖然還看不到陽光，露水還是在竹林中滴滴答答地落著，露珠落在草上或枯葉上的聲音很悅耳，並且有增無減，杜榮的髮和雙肩都濕了，可是他不在乎，反而覺得這是大自然給他的第一件禮物，因此，他心情愉快，並且在逍遙的散步中，對著他周遭的景物說，他已經找尋到他所理想的地方，杜榮決定在這個飄著濃郁溫泉、寂靜而又充滿和諧的地方住下來。

第四章

人生有若某邊陲的小站

人生有若某邊陲的小站
燈火飄飄忽忽
而往事不堪回憶
祇有苦澀

陰天的下午，杜榮告訴昨天爲他掛蚊帳的婦人，他要在此長住下來，房租是否能便宜一點。婦人的臉上閃著一個詭異的笑。她今天已換了一件洋裝，是玫瑰圖案的花色，但同爲綢質的。杜榮想到昨天那一次碰觸，他不免又引起一陣異樣的感觸。婦人放下手中的報紙回答：

「這嘛，我不能決定，我去找老闆娘來跟你談談，你要住好久嗎？」

「總要一年以上吧！」杜榮蹺著二郎腿，懶散地說。

婦人走下櫃枱的榻榻米，拖著木屐，走出大門，朝左邊吊滿蝴蝶蘭的一幢平房走去，木屐聲從屋內的水泥地到屋外的石板路，聲音像非洲熱情的擊鼓聲。

杜榮拿起報紙看了一段社會新聞，瘋狂的屠夫拿著刀砍殺太太的新聞只看到一半，木屐聲又從門外響起了，兩個影子從大門內進來。杜榮抬頭一看，婦人的旁邊多出一位四十出頭的胖女人，她臉上的脂粉痕跡明顯，細小的眼睛上面畫著兩道彎彎的眉毛，頭髮噴著膠水，高聳蓬鬆得像個雞窩。她的雙頰由於脂肪過多，因而下垂，脖子也溢滿一層脂肪，左右上下包抄下，一張厚嘴唇下勾出兩個浮腫的下巴。

這樣庸俗和肥胖的女人，杜榮感到很噁心，他一手扶著胸口，坐直了身子。

「這是我們的老闆娘！」婦人爲他介紹。

被稱爲老闆娘的胖女人掃視了杜榮一眼，她的臉因爲笑而被擠成一堆，但世故一點的人，可以看出那是勉強裝出來的笑容。

「先生，你貴姓？」她問，聲音很尖。

「我姓杜！」

婦人這時插嘴進來：

「他昨天住在八號房，我們已經登記下來，他身分證的名字叫杜榮。」

老闆娘在杜榮對面的沙發椅坐下，婦人同時也走上櫃枱的位置。

「哦！」老闆娘算是回應了婦人，然後轉向杜榮。

「有什麼問題嗎？」

「是這樣的，我想在這裡長住下去，關於房間的租金，能否減少一些？」

「我們經營的是旅館業，不是普通的租住，像你這種客人我們這裡常有，現在三樓十七號房就住著一對老夫婦，已經半年多了，如果住一個月以上，按一般的租費打九折。」

杜榮自己的想法中，以爲住上一年可能會減爲五折也說不定，可是她竟然說九折，差得多遠哪！他咋著舌問：

「九折？那，我那一間房間一天多少錢呀？」

「三十元！」婦人在櫃枱上回答。

「三三得九，一個月就要九百元，打九折，等於八百一十元！」

「是，不過十元不用算了。」老闆娘慷慨地說。

「不能再便宜嗎？」

「不能。」老闆娘臉上已經有點不屑的神色，好像是說你這小子有錢長期住旅館嗎？

杜榮當然看得出來，他一方面爲了還以顏色，一方面也由於喜歡這個地方。

「好吧！那麼就這樣決定了，我住下來。」杜榮突然想起一件事：「對了，那我吃飯如何解決呢？」

「橋頭那邊有幾家飯攤，你可以到那裡吃，如果你覺得不方便，你可以跟我們搭伙，一個月五百元！」老闆娘以做生意的腔調說，她的笑容也變得誠意一些了。

杜榮當然要考慮一下，倘若照這種預算下來，連零用錢，一個月最少要一千五百元，一千五百元對他來說不是一筆小數目。他在金門一年的薪餉，連同母親寄給他的錢，他儲蓄了大約一萬元，這一萬元不到八個月便光了，難道要再向母親要錢嗎？他已決定不再向家裡拿錢了，那麼八個月以後的經濟來源呢？

「要五百元？」

杜榮再一次地問著，他是想從他的問句中，能否得到老闆娘的減收，但是老闆娘仍然冷冷地：

「是的。」

杜榮看她那樣堅決，而她外表又像一個不容易妥協的肥胖女人。他只好說：

「好了，就這樣決定！」

老闆娘得寸進尺，她同時斜視杜榮和那個婦人。問著她：

「這位先生帶了行李了嗎？」

婦人忽然有點窘，她怯怯地說：

「昨天他很晚才住進來，我不在，是阿彬接的，但是夜裡我跟他鋪被時，好像看到他有一只旅行袋擺在被櫥……」

從她倆的對話中，杜榮馬上知道老闆娘的意思，他雖然有一點不悅，但是他還是成全了她們。杜榮說：

「我是帶了一只小行李，只是些換洗的衣服，牛仔褲、運動衫，幾本書，一點都不值錢……」

杜榮停頓了一下，然後詭異地一笑，接著說：「妳們的意思是怕我跑掉，是不是？我告訴妳，我可以先付房租呀！」

老闆娘有點意外，也被杜榮的近乎惡作劇逗得笑起來。杜榮發現這次的笑才是她真意的笑，而剛才那些職業性牽強的皮笑肉不笑的笑，真惹人厭。

「不是啦！」老闆娘訕訕地。「我只是提醒一下，過去我們曾經被騙過，有些一住三、五天，然後就偷偷的溜了，眞不要臉……」

「老闆娘，妳不用客氣，我每月一付，付月頭。」杜榮掏出皮夾，從夾層拿出一疊一百元大鈔數了八張。「飯錢怎麼算呢？」

「每月五百元就好！」

「什麼菜呢？」

「是這樣的，我們三樓不是住著一對老夫婦嗎？他們也是每月五百元，他們下來跟我們一道吃，我們吃什麼你們就吃什麼，通常有三菜一湯！」

杜榮想，跟老闆們一道吃也不壞，菜大概不會差到哪裡去，何況熱鬧一些。於是他又數了五張百元大鈔加在一起。一共一千三百元。

「喏，房租及伙食費一千三百元，都付月頭，妳拿去算算。」

老闆娘接過鈔票，食指在舌頭沾了口水，然後就用日本話一二三四地數起來，到最後一張時，還用食指彈了一下，清脆的紙張聲使她充滿滿足感。

「沒有錯，是一千三。」老闆娘把錢收進一個花色複雜的塑膠皮包。然後指著一直在一邊洗耳恭聽的婦人說：

「喏！我給你介紹一下，她叫阿霞，是我們這裡的女中，你有什麼事就找她好了，她服務親切，又周到……」老闆娘說到這裡好像有弦外之音，吃吃地笑。

叫阿霞的女人反而有些不好意思起來，她忸怩地說：「老闆娘老是喜歡開玩笑！」

這時杜榮想起昨夜那有意無意的碰觸。對著這樣一個熟透的女人，看著她，心裡就有點想入非非，於是他朝阿霞點個頭：

「以後請多關照！」

阿霞嫵媚地回他一眼，說：

「哪裡，哪裡。」

這時候忽然一陣急促拍打聲從戶外傳來，嗒嗒嗒嗒嗒的響個不停，兩個女人若無其事，杜榮探頭外望，原來一陣急雨正打在水泥地上，使地上冒起一層煙，冉冉上升。杜榮覺得很驚奇，這是他到山中來欣賞到的又一景，他悠然神往。

老闆娘看他發了呆，就替他解釋著：

「山內每天下午都要下一陣大雨，沖沖午後的悶熱，短短的西北雨而已。」

室內的單調和女人的嘮叨已經留不住他，他急於要到外面去看看雨景。

「老闆娘能不能借把傘？」

「下這麼大雨你要出去嗎？」

「是啊，雨大好看，我想出去走走。」

「阿霞，妳去拿一把傘給他。」

阿霞應諾一聲，蹬蹬的朝地下室走去。

這時間老闆娘從櫃枱站起，露出上半身包括像汽油桶的腰，她仔細地端詳著杜榮，讓杜榮很意外，他正納悶，老闆娘開腔了。

「杜先生，眞失禮，我倒要問問你，你在此長住到底爲什麼？看你身體那麼棒，又不像生病的人，難道你是來這裡養病的嗎？」

杜榮差點啞然失笑，他當然不是來療養身體的人，但是他覺得要對她解釋他此來的目的，無異對牛彈琴，因而他只含糊地說：

「沒有啦，我只是來休息休息而已。」

「但你年紀輕輕的……」

蹬蹬蹬的木屐聲打斷了老闆娘的話；阿霞從地下室拿了一把褐色的油紙傘上來。油紙上印著四個白色仿宋體的旅社名字。這一把油紙傘，又使杜榮怦然心動，多麼鄉土氣息又古色古香的傘啊！

杜榮連忙接過傘，不理會她們的驚愕，走到門口，輕輕地打開傘，然後像一個古代的俠士一樣，飄逸地走入雨中。

好大的雨點打在油紙上，發出脆耳的聲音，聚集的雨水從傘沿傾注而下，有一些就淋在杜榮的肩上。杜榮心曠神怡，他沿著蜿蜒的小徑直走。在湍急的河邊駐足，從更茂密的北方和更深入的山林，河水挾著泥沙和浮萍，傾瀉而下，在杜榮站著的面前形成一個大窟窿，水浪和落葉隨著漩渦在打轉，杜榮就在打轉中暈眩了。雨沾濕他，風吹起他潮濕的衣角。就像他當年從高雄搭運輸艦到金門，他在離愁和惡浪中，暈眩了。不同的是那次的暈眩是徹心的痛苦，而這次的暈眩卻是滿足的虛脫……

雨停的時候已近黃昏，天色反而比下午大雨時明亮，杜榮回旅館時雖然已沒雨，他仍然捨不得收取傘。他像遊魂似地飄回旅館，正好看到嘤嘤叫著的日光燈管，眨了幾下才亮起來。

旅館的餐室在地下室，就在廚房的旁邊，對面就是四個大眾溫泉澡房。

杜榮回到房間才把濕衣服脫掉，拿著毛巾內褲正想去洗澡，日式的紙門忽然傳出敲打聲。杜榮應了一聲，未置可否，紙門嘩啦一聲被拉開了。開門的是阿霞，她看到杜榮僅著內衣褲，莞爾一笑地又把門拉上了，然後在外面嚷叫著：

「杜先生，吃飯了，大家都在等你。」

杜榮找了一件外褲套起來，才想起下午忘記問起每天三餐開飯的時間。他去開門時，阿霞站在廊上微笑。

「開飯時間早上是七點，中午十二點，晚上六點，你是跟三樓蔡先生他們一起吃，老闆娘他們如果沒來吃，我就補上他們，一桌六個人。」

餐室狹小而幽暗，橫梁上只吊著一只四十燭光的燈泡，因爲接近廚房的關係，油垢和煙痕把小小餐室弄得破舊不堪，一張木頭桌子，長方形的，桌面沾滿了香菸燒焦的痕跡。總之四壁灰色，像個破落戶一般。

兩盤青菜和一碗滷肉，還有一大碗竹筍湯，正在桌上冒著氣。除此之外，右側牆上掛著一只印有台北某水果批發行贈送的十六開日曆，撕到上面紅色星期日就停在那裡，時間在這山裡破落戶也好像停滯了。

杜榮走進餐室，圍著長桌已坐了五個人，個個均已在開動。其中一對老夫婦，大概就是他們所說樓上的蔡姓客人，跟杜榮點點頭，露出一臉親切的臉容；另外除了老闆和老闆娘之外，還有一個陌生的男人。

老闆娘比手畫腳地介紹著，她旁邊的是她先生，姓王，右側的陌生男人叫阿彬，是廚房裡的廚師。對面就是三樓十七號房的蔡姓夫婦。接著她說：

「我們吃飯的時間一到，大家就下來吃，誰也不等誰，所以請你準時。」

杜榮唯諾應著，然後在阿彬旁的最後一個空位坐下，坐下後才發現桌上擺著的是空碗，老闆娘又好像抓到杜榮的尾巴一樣，調侃著他：

「我們這裡都自己盛飯，喏，」她指著牆角擺在一張圓凳上的電鍋。「飯在那兒！」

杜榮自己盛好飯，默默的坐下來吃，大家只顧用膳，面無表情。這是杜榮第一次參加的飯局，他很為這種奇怪的組合和氣氛迷惑住了。他回想起以前在野戰部隊裡的吃飯時間和場所。在金門山外某處，他們用膳的地方是在露天的相思林內，風雨無阻，如遇到特別大的雨，才大家三三兩兩找個屋角站著吃，情形雖然很狼狽，但大家狼吞虎嚥卻也充滿情趣；不像少少的六個人，坐在長方形的屋內，靜靜地扒飯夾菜，活像機械動作，刻板又毫無感情。

杜榮邊吃邊想，偶爾抬頭掃視大家一眼。他發現在座的幾位各人都有各人的面目和特徵。例如坐在他對面那位三十來歲的廚師阿彬，他油頭粉面，大熱天，他的頭髮用髮油塗得濃膩膩的，足可黏住在他頭上停留的蒼蠅。他的眼睛稍微傾斜上吊，因此構成三角眼眶。他雖然在此種環境下沉默不語，但從他老是把湯喝得嘶嘶叫，並不時把筷子重重地放在桌面上看來，他想必是一個相當浮躁的人。

而奇怪的是坐在旁側的旅館老闆王先生，他是一個五十開外的人，長得白白細細，有一點病態的樣子。他任何人都不看一眼，只顧吃他的飯，好像他是另外一個世界的人，即使天塌下來也有別人撐住一樣。至於老闆娘，那個杜榮下午就領教過的女人，除了有河馬般的體積外，她咄咄逼人的氣勢，使人感到她隨時都可能獅吼似的。

杜榮在快要吃飽的時候，他才偷偷的瞧著蔡姓夫婦，蔡姓夫婦一副斯文相，雖然他們的髮腳均已發了白，但看起來並不老，那樣健康乾淨又略帶讀書人的味道，使人覺得他們一定是有很豐富人生閱歷的人，年輕的時候，他們一定受過良好的教育。當杜榮耽於沉思中，忽然有一聲清脆的呼喚使杜榮抬起臉來。

「嗨，請慢用。」這是蔡先生夫婦吃完飯要走前所打的招呼。這時杜榮的目光第一次與他相接，杜榮覺得他的目光既溫柔又和藹，好像整個餐室內，只有他倆才是唯一的正常人。

杜榮的這頓晚餐吃得尷尬無比，但他總算吃完了。他離開餐室的時候，回頭看各位一眼，阿彬正埋首在幹他的第三碗飯。而老闆娘卻給杜榮一個做作出來的淺笑，而那笑容是很曖昧的，杜榮搞不懂那做作的笑代表著什麼意思。

室外已經被夜色所籠罩了，日光燈的光點亮了整個山村。杜榮走到街上，有些遊客正在街上蹓躂，他們穿著旅店所供應的日式和服，鬆鬆的，一副身心俱已解放的模樣，他們邊走邊談邊笑，充滿快樂而自由的氣氛。

杜榮順著小街走下去，街的兩旁不是開著土產店就是飲食店，因爲剛入夜，所以店上坐滿了吃飯的人，一片喧鬧之聲溢出戶外。

在轉角的地方有家冰果室，從裡面傳出時下最流行的一支日本歌曲〈愛你入骨〉。杜榮想喝杯果汁，因此就走了進去。

冰果室兼營麵食，因此冰櫃內除了水果之外還擺滿了山產，那些鹿肉、羌肉之類。杜榮覺得不甚調和，但當一個年輕的夥計過來招呼時，他還是叫了一杯綜合果汁。

杜榮舉目四顧，他覺得這家山村的冰果室感覺上還不會太俗氣。面積二、三十坪大，店分兩邊，靠右邊擺著卡座式的座位，好像是給年輕人坐下來談心喝冷飲的，左邊擺著飯桌，有十二人的圓桌，也有四人的方桌。而四周的牆上掛滿了動物標本，山裡的和海裡的，天上地上的均有，像松鼠、猴子、貓頭鷹以及赤色的大龍蝦，栩栩如生地掛在那裡。杜榮正爲這些詭異的擺設感到嫌惡時，果汁已送上來放在桌上。

那夥計好奇地看著他，雖覺得杜榮很奇怪，但沒拒人於千里外的那種架子，於是就跟他搭訕起來了。

「晚上就住在山上嗎？」

杜榮友善地看了他一眼，夥計是一個年紀跟他相仿的人，長得白白胖胖的，但下巴有一片濃密的鬍髭沒有修剪，是典型的一撮山羊鬍子。

「是啊！」杜榮回答他。

「一個人？」

「是啊！」

「一個人？一個人不寂寞嗎？」夥計反而有些好奇起來。

「就是城市裡太吵，才一個人來此逃避呀，怎麼會寂寞呢？」

夥計似懂非懂，停了一下，又問：

「住哪家旅社！」

「喔，河邊的那一家日式木造的。」

「嗯，那家雖然舊一點，但位置是最好的。」

「是啊！」

杜榮跟他談到這裡，他就低下頭去喝果汁，吸了幾口抬起臉，咦！那夥計竟然還沒走，還是用好奇的眼光看著他。

「怎麼？還有事嗎？」杜榮問。

「啊，沒有。」

夥計雖然這樣說，但是仍然不走的樣子，這下反而使杜榮好奇起來了。

「你是這裡的夥計嗎？」

「可以說是也可以說不是，因爲我是老闆的兒子！我是跑堂打雜兼管理。」

夥計說完做了一個電影裡常有的動作，雙手一攤，露出無可奈何的笑。

「你家就住這裡嗎？」

「是啊！」夥計手一指：「我們就住在後面。」

「你是本地人嗎？」

「不，我們是從山下搬來的，不過已搬來十幾年了，我小學剛畢業就搬來的。」

杜榮似有所悟，但他不曉得再說些什麼，因爲跟一個陌生人一開始就侃侃而談，覺得情形有些過分，所以他就沉默下來，又喝他的果汁。

可是這位小開兼夥計的年輕人，好像在牢獄裡被關了十幾年似的，一被放出來接觸到外界，那些新鮮的人和事物使他好奇得不得了。因此他進一步地拉開一張椅子，就在杜榮的身邊坐下來。

「你是台北人嗎？」夥計問。

「不是，」杜榮想，既來之則安之，反正以後住在這裡，也需要一、兩個談得來的朋友，所以對這個近乎囉嗦個不停的人，沒有表現出反感或不悅的樣子。「我是南部的鄉下人，不過我四年大學是在台北唸的！」

「喔，你還在台北唸過大學呢！眞棒！」

「你沒有去過台北嗎？」

「沒有！」夥計嗒然若失，好像沒到過台北，是他畢生最大的遺憾。可是現在坐在他對面的人是在台北住過四年，又是大學畢業的，因此他又興奮起來，他覺得坐在對面的杜榮，可以補償他某些沒能得到的缺陷。「我初中畢業的時候，畢業旅行有到台北去的，但是因爲那時剛好我的父親去世，我母親就不准我去了。」

杜榮看他對台北充滿嚮往，爲了打破他對台北的近乎偶像崇拜，故意澆他冷水。

「其實，台北並沒有一般人想像中那麼好，它又髒又亂，甚至在違章建築充斥的貧民區，一家十口擠在二、三坪的鴿子籠裡都有，其他……」

這時夥計打斷他的話，搶著說：

「聽說在台北有個地方，都是酒吧區，一到晚上，美軍都在那裡出入，白種人、黑種人公然在街上抱著穿得極少的吧女接吻……」

「是啊，是有這種事。但那是醜陋的美國人幹的事，並不値得羨慕。我每次看到這些肆無忌憚的人，就恨得咬牙切齒，恨不得上去揍他們一拳，尤其我們那些女性同胞們，更是讓人痛心。」

「但是，這些事對我這樣一個只有耳聞而沒有目睹的人，是充滿羅曼蒂克和外國情調的。」

「充滿敗壞與罪惡！」

「可是……」

外頭傳來一陣喧鬧聲，和木屐嘓嘓地打在石板上的聲音，緊接著一群人湧了進來，那群人有男有女，一看就知道是來此度假的觀光客，衣衫不整，有些人甚至只穿著一件背心，呈現出一種浴後的慵懶。

他們一進門就嚷著要吃這個要吃那個。夥計站起來接客，臨走時做個無可奈何狀，他對杜榮說：

「我要去招呼了，你坐會兒！」走幾步後又回來問：「對了，你貴姓？」

「我姓杜！」

「度？肚？」

「是，木土杜的杜！」

「哦，我以爲是大肚的肚呢！」

在熱熱鬧鬧的聲音中，杜榮站起來付賬，這時那夥計在店面右側一片用紗門釘起來的廚房，大炒豬肝及鹿肉。杜榮從偏斜的角度看他，他忙得不可開交，看起來也眞像是一個大師傅無疑。

來收果汁錢的是一個從內室走出來的女孩，長得娟秀而嬌小，一臉掩不住的笑意掛在她白皙的臉龐，使人感到清新和純眞。

杜榮拿著找回的零錢時，忍不住問了那位小姐說：

「那位炒菜的師傅是妳哥哥嗎？」

小姐噗嗤一聲地笑出來，她俏皮地說：

「才不是呢，他是我的老闆！」

「哦，」杜榮並沒有感到意外，他只是隨便問問而已，「那麼妳叫什麼名字？」一時，那位小姐停頓了下來了。但是，她還是告訴他：「我叫阿雪！」杜榮緊接著說：「好美的名字。」

「好俗的名字！」阿雪反而取笑起自己了。

「你們老闆叫什麼名字？」

「他呀，他的名字，」阿雪哈哈地笑起來，「他的姓名叫林鄉土。純粹是鄉下人的名字，可是他思想卻新得不得了，他母親都管他不住，一直說什麼男兒志在四方，反正，一直想到台北去打天下……」

「阿雪，端菜！」

正埋頭苦幹的林鄉土，頭也不抬，幾乎用吼地叫著阿雪。阿雪伸伸舌頭：「你看，他很凶哪！對了，從他母親到這裡所有認識他的人，他們都叫他——阿土！」

杜榮不禁莞爾地笑起來，倒是一個相當有趣的名字，阿土，他口中唸著，他出門的時候，阿土用毛巾猛擦額頭豆大的汗珠，還忙著跟他打招呼：

「對不起，煮菜的師傅下山去了，我只好臨時客串，不能招待你，有空再來坐。」

「沒關係，沒關係，你忙。」

杜榮點頭招呼，然後一頭就走入夜色中。夜涼似水，剛剛入晚的山上，已經把白天的燠熱一掃而空。他走過一道拱形的水泥橋，那橋跨在河的中央，橋上兩邊還置有石桌椅，有兩個本地模樣的老人正在那兒下象棋，路燈是日光燈管的，光線還算夠，就是有好多飛蟲，一直繞著燈管飛，前仆後繼，是一群不怕死的飛蛾。

杜榮站在旁邊看了一會兒他們下棋，可是那兩位下棋的老人對他視若無睹，一副自得其樂的樣子。隨後，杜榮就走到對面的空椅上，他側坐下來，右手靠在橋欄上，把頭探出橋外，黑暗的橋下，還可以看到急流在亂石中流竄，嘩嘩的水聲充塞著杜榮的耳鼓。

杜榮不知在那兒待了多久，他把臉靠在橋欄上，怔怔忡忡，心裡不知想些什麼，反正他就在水聲中呆住了。只覺得他離開那橋時，臉頰有些痲木，而且，夜露把他的頭髮沾濕了。

回到旅館，櫃枱上已沒有人，只有一個他未看過的女服務生正入迷地看著電視，看到客人進來，唯喏一聲，視線沒有離開電視，但她問著杜榮：

「想睡了嗎？連續劇完了後，我就去替你鋪被。」

「我還不睡，等下方便給我一壺茶。」

杜榮說完就逕自上樓去，他也懶得穿拖鞋，走在洗得乾淨的木板地上，別有一番風味，尤其是房間外面走廊上那一片地板，沁涼而光滑，有若女人的皮膚，杜榮想，總有一天，他會在地板上睡它一夜。

在房間裡他換了一件黃色綢質的運動短褲和一件白色的棉布背心，這套運動衫褲陪他度過好多寒暑，尤其是那件短褲，他記得那是大二他參加校運跑四百公尺得到亞軍時所穿的褲子，它還陪他渡海到金門，只是在金門，他從來沒有機會穿它。

杜榮在榻榻米上打個滾，然後又猛做伏地挺身，當他做到四十下時，紙門被拉開了，他抬起頭，看到那婦人手上端著茶壺。

「我給你送茶來。」她說，眼睛注視杜榮的身體在上下起伏。

杜榮沒有停下來，他說：

「對不起，等我做到五十下。」他呼吸急促，停了許久沒做的運動，四十下已經使他感到非常吃力。「四十七、四十八、四十九、五——十。」

勉強做完了五十下，他整個身體癱在榻榻米上，像一條爬蟲。

那婦人說：

「眞是何苦呢？」說完，她跪下來，把茶放在矮几上。

杜榮本來要坐起來，但一抬頭，就看到跪在他面前，又窄又短的黑裙裡露出一截豐滿的大腿，他乾脆賴著不動，讓眼睛大吃冰淇淋。他假裝氣喘如牛地說：

「唉呀，我累死了，幾天沒有運動，骨頭像要鬆掉了似的。」

她倒了一杯茶給他，好奇地問：

「你是杜先生吧？」

「是啊！」這下好奇的反而是杜榮了。他把視線又停留在她的大腿上，不能太明目張膽，他只好坐起來，離她有一公尺遠，背靠在牆壁上。

「我聽說你要在這裡住很久，爲什麼？你生病了嗎？」

「沒有啊，妳看我身體不是很好的。」

「是啊，你看起來一點也不像在養病，可是你要在這裡住很久是爲什麼？」

「沒有爲什麼。我只是不想在城市跟一大夥人混，我只是厭倦而已。」

她不懂他的話，她只覺得沒有看過年紀輕輕的一個人，不在事業上奮鬥，反而脫離社會，說是什麼「厭倦」，簡直不可思議。

「你家人呢？」

杜榮眈眈看她。

「在家裡啊！」

「不管你嗎？」

「我已經長大了。」

「我總覺有點不大對。」

「我也覺得妳有點不大對。」杜榮學著她的口氣說，然後端起茶，喝了口，等她回答。

「你什麼意思？」

「沒有什麼意思，我覺得各人有各人的自由和志向，所以妳覺得我來此長住不做事，使妳困惑，是不是？可是，我也覺得妳很怪，妳的條件並不壞，看外表好像是大戶人家的少奶奶，妳卻跑到這內山裡來做服務生，替人掛蚊帳、倒茶……」

「我是生活所迫……」

「我也是生活所迫！」

婦人站起來，她覺得他在尋她開心，不願再跟他談下去，掉頭要走。

「喂，妳叫什麼名字？」

她停住欲跨出去的步伐，回頭望了他一眼。

「幹什麼？」

「幹什麼？我好叫妳啊，以後我們天天要見面，總不能喂喂地叫個不停！」

「我叫美智！」美智是日本式的名，所以她講的美智也是日語發音。

「好，那以後我就叫妳美智好了，妳也不用客氣，不要叫杜先生，叫我老杜或阿杜就行了。」

「那怎麼行呢，什麼老杜或阿杜，多難聽。」

「名字難聽無所謂。人長得像我這樣好看就好了。」

因為不太熟，一句馬不知臉長之類的話溜到嘴巴又嚥了回去，美智改口說：

「好看有什麼用，好吃懶做仍然沒有出息。」

「咦？」杜榮做出樣子，「妳在罵我吧？」

「豈敢，豈敢，我只是說說。」其實她是有感而發，只是對一個陌生人不便多說，她伸伸舌頭。「來吧，你起來，我替你鋪被，讓你早點休息。」

杜榮站起來，站到一邊去，雙手抱胸，看著她熟練地做著每天例行的工作。他生起愛憐之心來。

「每天這樣的工作要做好多吧！」

「你指鋪被和掛蚊帳這些嗎？」

「是。」

「十數次吧。」

「很辛苦吧？」

「習慣了。」

「以後妳不用替我做這些事，這些事我自己會做，舉手之勞而已。」

這回，美智回過頭來，深深地看他一眼。

「謝謝，但規定要做的。」

「管他什麼規定，我說不用就行了。」

「謝謝！」美智嬌柔地說。

掛好蚊帳，美智把一切她應做的事都做好了，她伸一下腰，她看到杜榮一雙眼睛正虎視眈眈地盯著她，她有一些不好意思，不敢與他面對面注視，她移開視線，卻看到杜榮穿著運動褲下的一雙大腿，大腿肌肉結實，長滿黑茸茸的粗毛。她也不敢多看，心裡產生一種異樣的感覺。

「美智！」杜榮突然叫她。

「怎麼……」美智悚然一驚，臉也不敢抬起來看他。

杜榮本來想說我喜歡妳之類的話，但話到嘴裡，覺得太過冒失，便改口說：

「以後我一個人在此地長住下來，孤孤單單的，希望妳多照顧！」

「那當然，」美智說著抬頭看杜榮，目光同時與他相接。她突然感到對面的這個小老弟，堅強的背後也是滿脆弱的。「我是旅社的服務生，就是要替各位服務的！你有什麼要我做，儘管說好了。」

「謝謝！」

「杜先生，你不用客氣！」美智說著，推開一扇紙門，一陣清涼的山風吹送進來。「你休息吧，我要回去工作了。」

杜榮看著她的背影，不知再說些什麼，就讓她從黑暗的走廊中消失。

杜榮來到這個山村大約一星期後，他對此地的環境就很熟悉了。主要是由於地方小，他每天無所事事，走走停停。溫泉鄉的石板小徑、橋、溪流，甚至山上濃蔭蔽天的竹林，都曾使他徜徉留戀過。時空的變換，像清晨的霧與雨露，中午短暫的、如箭的驟雨，夜間特別的寂靜和嘩嘩奔馳的河畔水聲，都使杜榮流連忘返。而大自然的奧妙和美，也深深地打動他的心靈。

很快地，杜榮便和這裡的人打成一片。他跟旅社老闆的關係仍然很冷漠，雖然每天在一起吃飯，清清癯癯的老闆依舊沉默不語，心中似有不可言宣的祕密和痛苦。老闆娘卻還是時時地奚落他，簡直不把他當個男人看待，男人只有以沉默抗議。

蔡姓夫婦與杜榮一直保持著一層距離，雖然見面互相點頭，相敬如賓，但是他們始終沒有更深入的交談，好像中間有一條鴻溝。

至於廚師阿彬變得絮絮不休，他一直要跟杜榮做朋友，問東問西，先前那種詭異的眼神，那種對陌生人抗禦反射動作的誇張和自卑所產生的狂妄，均已消失無蹤。阿彬是寂寞的，他是一個國小畢業就出去打天下的人，他做過好多的事，後來他在市內一家日本料理店，當了一年多的跑堂和廚房助理，才使他成為一個不太高明的廚師而流落他地。家無恆產，三十幾歲仍光棍一個，眞是寂寞的男人。

了解並同情他的杜榮，便對他不太苛求而友善，有時候三更半夜他還來敲杜榮的門，無非就是吹牛和聊天，但杜榮接受了它。

對於冰果室的小開林鄉土，杜榮也熱絡得不得了。主要是每天他要去他的店裡吃吃水果，然後林鄉土就一直跟他聊個不停，有一天晚上，他甚且介紹一個客運司機給他認識。名叫蔡勇的青年，是市內通往這裡的末班車司機，他們公司在此地有宿舍，下午八時多開最後一班車到溫泉鄉，他的工作便完了，帶著一個漂亮的車掌，便來到林鄉土的店吃飯聊天，而後就不知道如何打發這漫漫的長夜。

三十歲出頭的蔡勇，拿到大客車司機的執照不到兩年，卻早在當兵前就結婚生子，他的兒子竟然已經唸國小一年級。他們在一起的時候，杜榮發現他是一個三字經不離嘴，而且喜歡講葷笑話的人，他對生人沒有忌諱，只要聊上，便嘻嘻哈哈，沒有什麼陌生之感，他是一個容易相處的朋友。

「幹，伊娘的！」

這是他的口頭禪，他對於跟他一起服務的車掌，老是挖苦逗趣，常常使她啼笑皆非，甚至樂得前俯後仰，笑得涕淚直流。

杜榮也逐漸了解林鄉土的家境，林鄉土的父親很早就過世，他的母親含辛茹苦地把這個獨子養大，後來他母親就跟他店裡的一個廚師同居。他母親一直要他早日成家，店裡那個乖巧的女生是他的表妹，她期望中未來的媳婦。

而旅館中的阿霞和美智，兩個極爲豐腴而有韻致的女人，有某些方面的相似，她們對人生的閱歷，對待人接物，均有可觀的一套，但個性卻迴然不同：阿霞樂天知命；美智心思多，一直不願順服命運的安排。

杜榮對於這二位朝夕跟他相處，一直在爲他服務的女人，有了不同程度的感情，尤其對於美智，總是既好奇而又充滿憐憫之情。他想不通爲什麼一個如此姣好而善良的女人，竟然流落到這樣僻遠的山村旅舍，做一個常常要受不好的客人欺凌及酒醉的客人侮辱的「女中」。

有一天夜裡，他正從外面散步回來，那時候旅舍已經到了打烊的時候，美智正坐在櫃枱上吃點心。一看到杜榮跨步進門，便連忙招呼著。

「嗨，你回來正好，阿彬今天到溪裡去釣魚，捉回兩條大土鰻，正燉著補藥吃！」

「好呀！」

「來，我替你去弄一碗。」說著她便放下碗筷，走下櫃枱。

「不用了，我肚子還飽飽的。」杜榮客氣地。

美智白他一眼，不由分說地：「大家吃得高興，你推拒什麼？」

「眞多謝，我實在是不敢吃鰻，味道太腥了。」杜榮沒有停住腳步，直往走廊走。

美智一把攔住他，好像在教訓不聽話的弟弟似的，竟然有些生氣的樣子。

「你走？人家一片好意你竟然這樣不通人情，再說，鰻已經下了酒，燉了枸杞的。」

「唉呀，我不是客氣啦。」

「不客氣就留下吃一碗。哦，還是要我替你服務到家，端到房間呢？」

杜榮拒絕不了，而且看美智有點生氣的樣子，他也就不想再堅持了。他在破舊的沙發坐下來。

美智不再說話，逕自朝地下室走去。不一會兒，她小心翼翼地端著一碗還冒著熱氣的燉鰻上來。

她嚷著：

「上來櫃枱，這裡坐卡好勢。」

杜榮脫下了鞋子，就踩上榻榻米，美智讓開了櫃枱上唯一的座位。杜榮說：

「怎麼可以，我站著吃就好。」

美智端起她那一碗，連忙說：

「你看，我只剩下湯了，我站著喝完。」

杜榮知道再客氣也沒有用，便老實不客氣地坐下。一大碗的鰻湯，上面浮著一層酒和紅色枸杞，隨著微風在碗面上飄繞，甚至從熱氣裡也能聞出濃醇的酒精味道來。

「這是阿彬請客的嗎？」杜榮問。

美智喝完最後一口湯，她放下碗說：

「哼，他小氣得很啦，是我和阿霞兩個人花五十五元跟他買下來的呢。」

「哦，這可是很貴嘞！」

「本來土鰻就很貴的。」

這時杜榮想起一直沒有看到阿霞和阿彬，便問：

「他們兩個呢？」

美智突然嫵媚地笑起來。她一手撫住額頭說：

「阿霞睡覺了，因爲鰻裡放了米酒，她說她醉了，她一直罵著死阿彬，不該放那麼多酒……」

杜榮想像著阿霞那種罵人的表情，也不由得開心地笑起來，他掉轉頭去看，阿霞眞的已經躺在榻榻米上呼呼睡著了。

「那，阿彬呢？」

「他，那隻豬哥彬，他現在在閣樓呢！」

「咦，什麼閣樓啊？」

美智有點詭異地朝裡面的天花板一指。

「喏，就在那兒！」

杜榮還沒有喝湯，就覺得被搞糊塗了，便別過頭去看天花板，困惑地問：

「在那邊幹什麼呀？」

「管他幹什麼！反正不是好事就是了。」

杜榮還是困惑著，正想再問，反而美智連連揮手，把他打斷了。

「你還不吃，湯冷了就不好吃了。」

這樣一番好意，終於使杜榮很痛苦地把那碗燉鰻連湯帶肉地吃完。

他打了一個嗝，有點酒醉飯飽的樣子。從後褲袋子掏出一條縐縐的手帕來，往嘴上一抹，杜榮說：

「吃飽了。」他用力拍著自己的肚皮，「謝謝，眞多謝！」

「謝什麼！」美智覺得他有點見外，便沒好氣地收拾碗筷，又蹬蹬蹬地下樓到廚房去了。杜榮本想去睡了，但看到美智這幾天來好像對他關懷得無微不至的樣子，心裡著實很感激。但他實在不知道美智的身世，他想，就趁今晚有點醉意，好好地跟她聊聊吧。

但是美智下去很久沒有上來，他正在納悶坐不下去的當兒，她邊走邊用一條毛巾抹著濕淋淋的雙手上來。杜榮這才想到原來她是到廚房把碗筷洗好了才上來的，難怪要那麼久。

「要關門了。」美智一上來就說。

杜榮抬頭看壁鐘，果然十一點半了。十一點半對這個山村來說，也委實很晚了。但是旅舍通常在這個時候才打烊，因爲有時候，總是有一批人，從城市內的酒家裡喝過酒，然後意猶未盡，帶著酒女到此來開房間，又繼續吃喝鬧酒。這也是這兒的旅館，除了靠年輕的情侶及觀光客外，一筆不小的收入。

杜榮走下玄關，幫著她把兩片很重的日式拖門拉上，這種門因爲上半截鑲著透明玻璃，因此，整個玄關的前三面，美智便不停地刷刷把花色庸俗的窗簾一道一道地拉上。

這時，杜榮剛好和美智靠得很近，藉著酒意，杜榮可以聞到她吐氣如蘭的呼吸，以及在他面前飄拂的髮香。杜榮又有抱她的衝動，但是，這個躍躍欲試的慾望，杜榮還是把它忍住了。爲了制止自己的心猿意馬，他便胡亂地問一句：

「關門這些事，也是妳們做的嗎？」

「不是，應該是老闆或者阿彬做的。」

「老闆呢？」杜榮問。

「這幾天，老闆又跟老闆娘在鬧彆扭，老闆罷工了，可能又到市內去了。」

「好像老闆娘比較凶，她管老闆管得很厲害嗎？」

「老闆也是活該，誰叫他一直讓著她，一點男人的氣概都沒有。」

「這樣說，妳也比較同情老闆了？」

「是呀，老闆娘那種什麼事都要管，不給男人一點自尊的欺人相，連我們女人也不喜歡！」

杜榮看美智說得理直氣壯，充滿正義感似的，便調侃她說：

「那麼，妳喜歡什麼？」

「我喜歡正正當當，要有男人樣的男人，至少，他不能畏畏縮縮的……」

「我怎麼樣？」

美智一怔，她猛然發覺杜榮是存心在吃她的豆腐，便順手地敲他一拳，結結實實地打在他寬闊的肩膀上，結果，她的手感到一陣痠麻。

「唉呀，好痛喲，」她連連甩著手。「你這人眞死相！」

「妳打人反而叫痛啦，這不是做賊的叫抓賊嗎？」

「誰像你的骨頭那麼硬！」美智頂嘴著，又白了他一眼。

雖然已經三十出頭的美智，但是她嬌嗔起來的那種勁兒，比十七、八歲的黃毛丫頭還要有魅力。至少對杜榮來說，她這樣的回眸及嬌柔，使他不勝負荷，好像一副沉重的擔子，壓得他呼吸急迫。

杜榮說：

「不是我的骨頭硬，是妳太柔弱了。」

「不跟你鬪嘴了。」美智說著，便走回櫃枱，她在檯子上面拿起一把梳子，便梳起她那頭蓬鬆的頭髮，動作滿瀟灑的。「倒是我想問問你，可以嗎？」

杜榮也跟著走回櫃枱，他在那舊得接縫已經不能再拴綑什麼東西的籐椅上坐下來，兩條腿一伸，背一靠，眞是好模樣。杜榮說：

「問什麼？妳問吧！」

「你準備在這裡住多久？」

「不一定，大概一年以上吧？」

「一年？」

「說不定一輩子就都住在這裡了。」

「爲什麼？」美智迷惑著。「上次我聽阿霞說，你要在這裡住很久，我就覺得很奇怪，你看起來又不像來靜養的人。」

「我看起來像怎麼樣的人？」

「你看起來像個玩世不恭的人。但是爲什麼啊，難道你——你有肺病嗎？」

說到肺病，杜榮不免大笑起來，他放肆地大笑，聲音震瓦，美智怕吵醒睡在旁邊的阿霞，她把細細的食指放在嘴唇上，叫他小聲。

杜榮誇張地把眼淚都笑出來，他頻頻抹拭，臉上漲滿了紅潮。

「我怎麼會有肺病呢？哈哈，我在大學的時候，四百公尺都跑贏體育系的，不是蓋的，所以妳就知道我的肺功能和心臟是多麼好了。」

「所以說，我就不知道你要在這裡住這麼長久，到底爲什麼？」

「不一定每個人做某一樣事，都要有大目標的。就我來說，我的人生是沒有問號的。爲什麼？爲什麼？我認爲做什麼事應要自己喜歡，或者適合什麼地方，這就是我要的生活方式和願望。如此而已，沒有爲什麼的。」

美智顯得越來越迷惑，她便靠牆壁坐下，然後抽過來一只枕頭，靠著。她懷疑地問：

「你到底在說些什麼啊？」

「我在說夢話。」杜榮開玩笑地說，後來看到美智一臉怔忡，便正經地：「不要管我爲什麼，反正解釋也解釋不清的——倒是，輪我來問問妳，妳的身世啦，妳爲什麼到這裡來啦，諸如此類種種！」

「不，我倒要先問清楚你，你說你要來此住一年，對不對？你什麼事也不做，只是睡覺作夢，要不然就是在山裡走走晃晃，要不就是跟別人聊聊天，那麼，你的錢從何來？」

「我有儲蓄呀！」

「哦，原來是公子哥兒啦，但是年紀輕輕的，這樣頹廢的生活你家裡怎麼不管呢？」

「記住，我的生活不是頹廢不頹廢的問題，而是值不值得的問題，請妳不要批評我。」杜榮嚴肅地用眼光瞪住美智，美智禁不起這樣的注目，她避開了他的視線。

於是，杜榮又說：

「不要再談我了，我們改談妳。」他說話的口氣斬釘截鐵，好像沒有妥協的餘地。杜榮接著緊逼著說：「妳的家在哪兒？」

家，對美智來說，是一個宿命的字眼，是一個拴緊生命的桎梏。在她快樂的時候，她從來不想家；在她傷心的時候，便是她的所謂「家」引起的

因此，當杜榮提到家，就彷彿一個久傷不癒的傷口，忽然又被人重重地碰擊一下，使美智痛苦得幾乎要大聲喊叫起來。

美智頹喪地垂下首，她黯然神傷起來，她已經軟弱得鬆垮了整個身心。她不想回憶，但往事一幕一幕地，歷歷在眼前。

「妳的故鄉在哪兒呢？」杜榮緊追不捨地問。

可憐的美智，她已經無路可逃，她要一邊接受杜榮的詢問，一邊又要無可奈何地溶入深藏在內心深處的回憶裡。

彷若在夢境，美智幽幽地：

「我的家，我有兩個家呀，你問的到底是哪個家？」

杜榮說：

「兩個家都說呀！」

溺水的人在危急的時候通常都無可選擇，一塊浮木或一叢水萍，均是他所盼望的救星，哪怕

實際上無濟於事。美智現在就這樣沉溺著，隨波浪載浮載沉，漂流到遙遠的充滿淚水和辛酸的回憶之鄉。娓娓之訴緩慢地從美智的嘴傾吐出來。

「我二十歲時便結婚了，在我們鄉下，二十歲結婚並不算早婚，只是，我的結婚對象錯了。我的先生是一個穿喇叭褲的人，在當時，穿喇叭褲在社會上表示遊手好閒，在學的青年就是太保之流。那時候我初中畢業沒多久，我在糖廠的福利社做事。我的先生，一個被父母溺愛的獨子，整天就騎著一部時髦的本田九十西西的跑車，在我們福利社呼嘯而過，一天來吃好幾次冰棒。起初，我是很討厭這種人，但是每天每天地來，每天每天地看到他，也就慢慢習慣那種本來討厭的作風。後來當我發現他每天來此的目的是追我，討我好感時，我便茫然了……」

美智幽幽地說著，停了一會兒，又接下去。

「很奇怪，自從我接受他的約會後，對他的印象就完全改觀了，即使他掛在嘴邊的三字經，幹幹幹地叫個不停，也不覺得是個缺點，反而以爲那是男人個性的表現。幾乎是被鄉下正派人罵死的拖地的喇叭褲，穿在他身上我以爲是服裝的神來之筆，充滿了浪漫的勁兒。到後來，他斜叼著香菸在嘴邊，雙手扠腰斜眼看人的表情，甚至他呼朋擁友打群架，我也都認爲那是大男人氣概的表現……那時候，唉……」

美智舒了一口氣，又停下來，這次她目光堅定地看著杜榮。

「是我活該，是我走火入魔，抑或是所謂運命天注定，我的父母是堅決反對這門親事，甚至遠在高雄的叔叔也回來勸我，但是我都沒有聽他們的話，父親老淚縱橫地求我，我父親曾說：『他是一個不良少年不說，他的父親又是我們鄉下四、五個村鎮惟一宰牛的屠夫。在我們鄉下，宰豬尚情有可原，屠殺那些在田裡耕作一生，到了病老尚不得善終，還要活生生地被綁在牛栓上，流著眼淚嚎叫哀求也無用地接受那鐵鎚迎腦門沉重一擊、二擊，直到腦漿飛濺……唉呀，南無阿彌陀佛呀，我的女兒怎麼能嫁給這樣的家庭呢……』」

美智說到這裡，她的眼睛一眨，一顆豆大的淚珠，從臉頰上滾下，剛好碎在她自己的手臂上，她用手無意識地抹了一下，臉部的表情並沒有哀傷。她繼續說：

「我父親後來堅決說，如果一定要嫁那一家，惟有一途，就是脫離父女關係。我的盲從、我的執迷不悟並沒有被養育我二十年的父母所動搖……一個深夜裡，我沒有留下一句話、一張隻字片語的紙條，拎著一只皮箱就走了，走入一個跟我二十歲以前完全不同的生活環境，把父母親推進一個絕望、痛徹心肺的深淵裡——幾乎是，我嫁到夫家不到三個月就後悔了，但後悔來得及嗎？有後悔的餘地嗎？我的先生不久就原形畢露，他酗酒，惡形惡狀，沒有責任感，結婚跟沒結婚一樣，成天在外面賭錢，輸了回家我就要挨揍，經常被打得遍體鱗傷，而他的父母，一臉陰沉，甚至責怪不能使丈夫快樂，是我的責任，一鼻孔出氣不打緊，還常常跟兒子一同打我……簡直不是人的世界……」

玩世不恭的杜榮，聽著美智的哀訴，也為之動容，悽惻不已。

美智伸了一下腰，調整一下坐的位置，然後又繼續說下去：

「第二年，我生下了一個兒子，隔月，他的父親因腦溢血去世，於是，本來一個目無尊長的家庭，現在失去一根梁柱，更是無法無天，他沒有父親殺牛，家裡便沒有收入，他沒有收入，連三餐都有問題，後來什麼都變賣了，到了家徒四壁時，竟然每天趕我回娘家拿錢，我不回去，就打我。我怎麼回去呢？打死我也不會回去的，每次，我忍住血淚，直到他打累了！」

美智鬆鬆衣襟，她指著胸前和背說：「你相信嗎？」她說：「我衣服裡面，有疤痕，也有瘀傷，十幾年來也沒有消失掉，我想，這會一輩子留在我的身上，做爲我叛逆父母的一種懲罰——但是，本來一切都可以容忍的，直到，直到……」

像洪水決了堤氾濫而出，美智終於再也控制不住，放聲號啕大哭起來。

杜榮一時不知所措，呆了一會兒他蹲了下去，用一隻手扶住她聳動的肩膀，安慰她說：

「這樣可惡的人，不值得妳這樣傷心……」

「直到……直到……」美智不斷地抽搐著，「直到他連我唯一的親骨肉，也偷偷地抱去賣掉了，啊，啊！」

美智已經到了歇斯底里的地步，杜榮聽她說竟然連兒子也賣掉，也彷若晴天霹靂，把他嚇呆了。這一對從天南地北交會在一塊的男女，正當一人在呼天搶地地大哭，一個呆若木雞的時候，睡在榻榻米的阿霞翻轉一下身子，被吵醒了，她惺忪地眨眨眼，發呆地問：

「你們在幹什麼啊？」

美智好不容易才止住了哭泣，但她仍不斷地聳動著肩膀，杜榮這時候也放開扶著她肩上的手，回到櫃枱的籐椅上。

阿霞終於清醒過來，美智會哭得這麼厲害，一定又是觸到傷心處。她坐起來說：

「怎麼，又提那些往事幹嘛？」她看看杜榮，「你聽聽她的傷心事有什麼感想，哼，天下最可憐的還不是我們這些女人……」

杜榮不知道答些什麼，好像在他長到這麼大的年紀裡，從來沒聽過這麼可憐的人間世事，而現在，他在想，如果再探究下去，可能連阿霞也有一段不堪回首的往事。杜榮搔搔首，把手指分開插進髮根裡梳著，不停地梳著。然後感嘆地說：

「想不到，世界上有這等悲慘的事，和這等可惡的人。」

「後來，」停止啜泣的美智已變得有點麻木，她緩慢地說著：「我既然失去了骨肉，我便好像失去了生命一樣。因此，我還有什麼好期待和指望的呢？以前那些忍辱偷生的恨事，便已失去了價值，所以，我就悄悄地離開他……幾乎想永遠離開了這個世界，只是在當時，我的父親並沒有責怪我的忤逆，當他們知道我的境遇時，他們那種哀傷，使我不忍遽而離開這個世間……」

美智的故事就到此結束，阿霞嘆了一口氣，杜榮更像吞下了一只過了時的、腐壞的白麻糬，在他胃裡翻攪折騰，非常不好受。

「妳出走後，妳先生沒找過妳嗎？」杜榮問。

「哼，他當然會找，但是你看他能找得到我嗎？」哀傷過後的美智，語氣忽然堅決起來，充滿了憎恨，「即使找得到，我也永遠不會理他了。」

夜已經很深，古老的時鐘敲了十二時的聲音在深夜裡顯得更清脆，充滿了人去樓空的淒涼。杜榮站起來，訕訕地，不知如何安慰她們。

「人的命運都是自己所操縱的，妳現在已戰勝了環境，不是生活得好好的。」杜榮攤攤手：「很對不起，想不到問問妳的身世，竟然問出這麼多的傷心事來。」

「沒關係，」美智這時也站起來，「這些內心的痛苦，經過一段時間，我總要說一說，發洩一下，以平心中的怨氣。倒是，今晚上也把你拖下去，眞不好意思，也眞對不起你！」

美智好像從剛才的激情中恢復過來，她漸漸和顏悅色，她說話的聲音也溫柔得多了。她走過櫃枱，然後問著杜榮：

「杜先生，你也該休息了，我去幫你鋪被！」

她說完就走，杜榮還愣在那裡，而那個阿霞正似笑非笑地看著杜榮，她抱著被說：

「她是個好人，只是命不好，人家說，自古紅顏多薄命，眞是一點不假！」

「妳也是一個紅顏薄命女嗎？」

「人家是紅顏，紅顏是美女，而且她還上過初中，又知書達禮，我雖然命運也不好，但我怎麼能夠和她相比呢？」

「妳也不錯嘛！」杜榮說，「妳講話用字遣詞也都不壞呀，妳知道紅顏，知道知書達禮，妳也唸過中學吧！」

「沒有啦，」阿霞吃吃地笑起來，「這些字都是從小說或電視連續劇學來的，怎麼，用得不倫不類嗎？」

「很好，很好，可見妳是一個很聰明的人。」杜榮說著慢慢走下櫃枱。「太晚了，我要去睡了，晚安。」

杜榮回到房間時，正好美智已鋪好被走出來。他們在門口碰面。在昏暗的光線中，杜榮看到美智楚楚可人的模樣，忽然有一種想擁抱她的慾望，但是，理智使他不敢貿然造次，因而他一時就僵在那裡。

美智低垂著頭，好像羞於見他，又好像充滿感激之情，她說：

「杜先生，今晚眞抱歉，失態之處請多包涵。」

「沒有什麼！倒是從這一場暢談中，使我發現妳是一個堅強、了不起的女人。」

「杜先生，你過獎了。」

「是眞的。」

嘩嘩的水聲在沒有遮攔的走廊外，顯得更爲豪放，尤其在這深夜裡，流水永遠不斷地沖擊石頭或岸壁所拍起的聲音，像一首雄壯的交響樂。像鈸一樣結合，離散，偉大的一刻，就從這一夜起，有鑼聲，也有天籟，深深地打動杜榮和美智的內心。

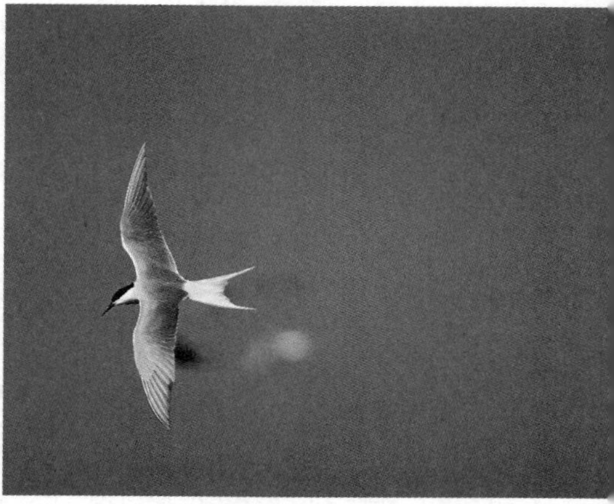

第五章

在盛夏它與雨點同樣鼓譟

流動的山泉和晚香
已從悲哀變成喜悅
在盛夏
它與雨點同樣鼓譟

山上的生活著實使杜榮的心靈平靜了一段時日，他每天的作息排得非常寫意。早上五點起床，天未亮就到山間去遊蕩，八時吃早點。八點半泡溫泉，九點看書，十二時吃飯，飯後睡午覺，大概到了二點鐘接著又泡溫泉，三點起又開始看書，他看書的範圍很廣，從文學到天文，從存在主義到心理。特別是卡繆和沙特的東西，可以使他廢寢忘食。他尤其喜歡卡繆的《異鄉人》的主角莫魯梭，他對生活漠然，對社會的格格不入與反叛，整篇小說充滿枯燥與不協調，卻深深地震撼著他，卡繆的存在主義哲學所表現於他的小說中，雖然是不道德的，但是最重要的一點，卡繆同情犧牲者與失敗者。在強權體制下，杜榮認同卡繆的哲學，他至為痛惡這些操縱者及擁有者。

因此，他入迷於卡繆的小說，以及卡繆於第二次世界大戰時出版的第一本論文《薛西弗斯的神話》及後來的《反叛者》，書中充滿矛盾的思想，和反抗的意識。這二本書他看起來荒繆與一知半解，但杜榮喜歡他，雖然他很主觀，可是杜榮之喜歡卡繆，並不是因為大學裡人云亦云的結果。

從卡繆的作品中，杜榮發現卡繆是一個不折不扣的人道主義者，一個背棄固有傳統的道德家，他深深服膺的也是這點。

至於杜榮之喜歡沙特，他覺得沙特是一個精神哲學的開拓者，他對現實的看法是以心靈和存在作為二個絕對的核心。他的哲學與笛卡兒一脈相傳，但是笛卡兒是從傳統出發，並沒有沙特的激烈與偏疏。

卡繆與沙特，是深深影響著杜榮的二個驚世的作家。因此即使在山中，沒能找到辯論的對象，可是每每重讀他們的作品，杜榮的激情便又爆發不已。

飯後的傍晚時分，他到處蹓躂，然後又跟那些新認識朋友聊天。寂靜的夜晚，柔和的燈下，他悠悠地在冰果室裡與林鄉土抬起槓來。

林鄉土對於杜榮眞是沒有話說，他越來越喜歡杜榮。原因之一是杜榮好像是一部百科全書，他所不懂的，甚至他不能理解的，他都可以解釋和分析給他聽。之二呢，是他對女人硬是有一套。他以為追求一個女人一定要漫不經心，不要患得患失，要有一種欲擒故縱的招數。林鄉土認爲這種見解透徹極了，値得效法。

這一夜，雨從下午下到晚上仍沒有停的徵象，大雨在戶外喧譁個不停，石板路上的水流映照屋內的燈光，一片淒迷。因此冰果室生意清淡，祇有林鄉土、杜榮和阿雪等人，坐在一塊兒聊天。

阿雪說：

「你們台北人，都很會享受，聽說台北已沒有三輪車，大家出門都坐『太可惜』？」

「哪裡的話，」杜榮說，「我在台北四年，就從來沒有坐過計程車！」

「那麼，不管多遠，你都用走路了。」

「不是，我們都坐公共汽車啊。」

阿雪沉默了一下，她又想到了一個問題。

「台北既然那麼浮華，燈紅酒綠，大家西裝皮鞋，是不是沒有人穿木屐了？」

杜榮忍不住笑起來，眼前的阿雪，十八歲不到，一副天眞無邪的模樣，簡直把世間的事，看得太天眞和幼稚了。

「台北，當然有些地方是很虛榮的，但有些地方，簡直比這裡還要貧窮和落後，台北不僅穿木屐的人多得很，窮人，住違章建築的，所謂違章建築，是三兩片木板就蓋起一間小破屋，不是寄居在水溝旁，就是大樓的矮牆下，沒有自來水，沒有廁所，甚至沒有燈的那種建築，還多得很哪！那些人，白天撿破爛，做苦力，晚上才回去勉強棲息一晚，這不很可憐嗎？」

杜榮的這一頓訴說，把阿雪的夢都打碎了，她原以為台北就是美，就是進步和繁榮的象徵。想不到，台北也有醜惡的一面。

「那，那……」

阿雪還想詢問什麼，可是卻被林鄉土打斷了。

「還囉嗦什麼？妳還是卡早睏卡有眠啦！」

阿雪伸伸舌頭，低頭不語了。

杜榮蹺著二郎腿，輕輕地擺動著，坐在對面的林鄉土，遞過來一支菸，杜榮接過來含在嘴上，林鄉土從錶袋裡掏出一只金色的打火機，趨上前去，把香菸點燃了，而後他自己也吸上一支。坐定後，他若有所得地說：

「阿杜，談談你在台北的生活吧，譬如讀書啦，追女朋友啦！」

深深地吸了一口煙，然後一口一口地吐出來，形成一個圈圈，一個圈圈……像夢境一樣，這時的杜榮也沉入他過去的夢境裡了，幾乎已經忘掉了的李苾苾，竟然清清晰晰地走入自己的思維裡，露著一臉的哀怨與茫然。

杜榮發呆了片刻，林鄉土忍不住地催著：

「說呀，說呀，在台北……」

「哦，你們要知道我在台北的生活嗎？」杜榮從回憶中醒過來。振作地說：「我在台北四年，是工讀的，我一邊唸書，也一邊送報紙，和送牛奶啦，日子苦得很，爲的是賺點生活費。」杜榮誇張地說，其實，他在台北如果自己賺錢的話，也是在大四當了一陣家教而已，他之所以瞎蓋什麼送牛乳和報紙，祇是要表現一個男人在社會不依靠人的倔強，以及表示鄙棄富有的家庭和錢財。

「你們知道，送報紙或牛乳，要早起，五點鐘的時候，我已騎著一輛破腳踏車，奔馳在尚在睡夢中的大街小巷，而且你們知道，台北是個盆地，冬天多雨，我老是淋得濕濕的，像隻落湯雞……我現在有時候還會咳嗽，就是那時得來的，你聽，咳！咳！」杜榮故意咳嗽了二聲。

聽故事的林鄉土和阿雪，都被杜榮這戲劇性的表演，弄得如醉如癡。

杜榮看了他們二個一眼，覺得他的演講發生了作用，於是，他意猶未盡。他想起他班上有個同學，他父親在基隆港做臨時工，後來摔死在港裡，班上發起募捐，每個人出過五十元的事。他想，這個題材更具挑撥性和刺激。於是他鄭重地說：

「不止此也，每年寒暑假，我不是上山便是下海，有時候參加救國團辦的建設工程隊，所謂建設工程隊，便是做工賺學費，一個月下來，可以賺上一千來元，但賺這些錢太容易了。我印象較深刻的，是大三那年暑假，我到基隆港去做臨時工，我同學的一個父親在那兒當工頭，工作忙的時候，常要找些人去補充。我們做的工作眞是危險又辛苦，」杜榮忽然停下來，盯著林鄉土問：

「你知道我在幹些什麼嗎？」

林鄉土正入神，沒想到杜榮忽然來這一套，他愣住了，傻傻地說：

「不知道！」

「他媽的，簡直要命的玩意。那時候美利堅合眾國的船多……」

「什麼叫美利堅合眾國？」阿雪問。

林鄉土也突然被這美利堅合眾國愣住了，幸好他還不算笨，記憶中好像在哪裡聽過或看過，一念之間，他突然想起那可不是美國嗎！

「笨蛋，美利堅合眾國就是美國啊。」

阿雪又是伸伸舌頭，若有所悟。

可是杜榮又加重了語氣：

「美利堅合眾國也就是美利堅帝國……算了，今天不談這個國家，那時候美國船多，到處都是以紅星為標誌的，我上船做的工作，就是清倉，或清煙囪，以及人吊在船舷上敲鐵鏽，你知道，那些船都是一萬噸以上的，人吊在舷邊，下面是十幾公尺的海，人晃來晃去的，起初簡直緊張死了，手拿著鐵鎚敲著船殼上的鐵鏽，看都不敢往下看，但是，最艱苦的還不是這呢！最辛苦的是爬進衹有二個人合抱起來大小直徑的通氣管，或煙囪清除污垢，你知道那樣小的管道，在船裡彎彎曲曲，人爬進去，幾乎沒有轉身的餘地，而且管道又燙又熱，我第一次進去，以為就會死在裡面出不來了。」

口沫橫飛的杜榮說得彷彿親臨其境似的，他滔滔不絕，口若懸河。到了緊要處，他又會停頓下來，以觀反應。林鄉土和阿雪從來沒聽說這樣的新鮮事，因此他們都是很入神地聽著，衹是林鄉土聽在心中一直有個問號，他想杜榮既然能唸大學了，為什麼還要那麼苦呢？

杜榮又說：

「你們知道我拚老命所得的代價嗎？喏，一天足足九小時，才賺八十元而已，平均一小時不到十元錢！你說多可憐！」

杜榮像解放了似的，他深深地吸了一口氣，然後靜觀他們的反應，他本以爲他們二個會佩服得五體投地、大聲讚賞。可是出乎意料之外的，林鄉土卻困惑地問著：

「阿杜，我不明白，你家很窮嗎？」

「我家嗎？」杜榮哼了一聲，「我家並不窮，在鄉下的一條街上，有一半的店舖是我家的。」

「是呀，你爲什麼要那麼苦呀？難道你家的人都沒有寄錢給你？」

「寄了，我母親當然要寄，但是我不要他們寄，我覺得長大了的男人，若用不勞而獲的錢，是最沒有出息的。」

杜榮說得很堅決，很激昂，使林鄉土和阿雪純潔的心靈充滿景仰之情。

「眞了不起。」林鄉土說：「我在當兵的時候，我是下士階級，祇能領薪水一百元，如果家裡不寄錢給我，我連抽菸都不夠……」

這時候，屋外的大雨漸歇，變得很小很小，有些風吹著，把雨絲吹到室內來，沾濕了桌角。

杜榮看看錶，已經九點多鐘，他伸一下腰，覺得今晚已胡鬧夠了。便說：

「雨停了，我想到外面去走走。」

「不要嘛，我們要聽聽你的羅曼史。」阿雪說。

提到羅曼史，他便想起了李苾苾，其實，連杜榮也承認，李苾苾並不壞，如果安於本分結婚，李苾苾倒不失爲是一個好妻子，但是對於杜榮，又另當別論了，杜榮一直以爲自己是一個背負著時代苦難的人，他有偉大的使命感，因此談情種種，尤其是李苾苾跟他交往三、四年，了解她太深，便不願深入。杜榮並不是一個寡情或寡慾的人，說明白一些，他並不是一個柳下惠，然則對李苾苾，至今他幾乎已沒有肉體的慾念。

他也知道，離家前跟李苾苾吵了一架，那樣深的決裂，好像是他們最後的一次，可是，杜榮相信，那是不可能的；李苾苾必定還會找他，或先來信，或從遙遠的北部前來此地看他，這如人生邊緣上，一場不能休止的對抗，永遠無可奈何地持續著。

杜榮實在不願做假，也不願提到李苾苾，尤其是他和她的感情，不忍把它當做一個笑話講。因此，他站起來，準備離開。可是，林鄉土和阿雪一直不讓他離開，尤其是年輕的阿雪，十七歲的天眞與好奇，完全表現在她的臉上。阿雪說：

「你講嘛，你講嘛！……」

杜榮被纏得無奈何，他嘆了口氣，只好說：

「大學的時候，我認識了一個女同學，交往了三、四年，一直弄不出一個結果，好像沒有緣分似的，現在又分開了。」

「哼哪，哪有這麼簡單的！」

「本來就是這樣的，人生，不管在感情或事業上，往往充滿了許許多多的無奈。」

「是你不要她的嗎？」

「不是，是她不要我的！」

「她漂亮嗎？」

杜榮看阿雪像永遠不停止似地問下去，那還得了，因此他就把話打岔了。

「阿雪，她像妳一樣漂亮！」

「啊——你壞死了！」阿雪一下子臉就紅起來，杜榮還很少看過一個人在二秒間就把臉漲紅得像桃子似的。

林鄉土反而站在一邊取笑，他本也是很想聽聽杜榮的情史，但是他不好意思開口，阿雪一直催著杜榮說，剛好中他的意，因此他沉默在一邊。

這時，大門入口處的垂簾被撥開了，跑進來二個冒冒失失的男女，杜榮抬頭一看，原來是司機蔡勇，另外一個可能是車掌，杜榮沒有看過她。

蔡勇一進來就大嚷著：

「幹！伊娘的！剛才雨下得好大，雨刷撥不開那麼密的雨水，我幾乎就閉著眼睛把車開上山來的。」他說著，一邊用手撩撥著濕了的頭髮，這時，他看到杜榮，「嗨！杜仔！」

林鄉土看到蔡勇幾乎是從外頭被丟進來似的，又好氣又好笑，便調侃他。

「我說蔡勇，你做事都這麼慌張，我不知你是怎樣開車的，有一天，你會把你的乘客嚇死！」

「幹，」蔡勇大笑著：「不是蓋的，公司司機一百多，數技術我看沒有幾個比得過我！」

「吹牛大王！」阿雪頂他一句。然後拉開二張椅子，讓他們坐下。旁邊的女孩，穿著一件不太合身的車掌制服，有點怯生，他們都沒有看過她，因而林鄉土一直朝她瞄著。蔡勇看到了。他說：

「阿土仔，我看你沒有看過漂亮的女孩子似的，你眞像一個色鬼！」

「色鬼，做一個色鬼談何容易，那也要有本錢的啊，蔡勇，她是新來的嗎？」

「她，幹！」蔡勇曖昧地一笑，「她以前是跑海線的，她的司機——一個四、五十歲的老不修欺侮她，所以她才請調來跑山線的。喂，」他叫一下那女孩，「妳叫黃水仙是嗎？來，我幫你們介紹一下。」

叫黃水仙的女孩站起來，微笑地向在座的各位行個禮。「我叫黃水仙，請多多指教。」

「她叫阿雪，他叫林鄉土，還沒結婚，所以對漂亮的女孩老是一副猴急相，妳要特別小心……」

「幹你娘，蔡勇，哪裡有這樣介紹人的。」

林鄉土罵著他，蔡勇卻樂得哈哈大笑。然後他又指杜榮說：

「他是台北狼，是台北一條狼，不是台北人。他叫什麼榮的。」

黃水仙與杜榮互相點頭，他偶然一瞄，雖然她穿著一件鬆鬆的上衣，但是杜榮感覺得出來，包裹在衣服裡面的，一定是一雙特大號的乳房。

「你啊，」林鄉土說：「我看除了你蔡勇不是狼以外，大家都是狼，對不對？」

就在這樣大聲喧譁下，杜榮想溜，可是蔡勇站起來一把抓住他。

「什麼？才九點多鐘就想睡覺了，又沒有老婆可抱，你急什麼？」

「不，我想到外面去走走。」

「不行！」蔡勇意氣飛揚地說：「今天我們領薪水，我要喝酒，我請大家，阿土，你給我炒幾個菜來。」

「難得蔡勇請客，杜榮你就留下來，給他請一頓看看……」阿雪挽留著說。

杜榮看盛情難卻，只好又在椅子坐下來。

「你要炒什麼？」林鄉土問道，心裡卻在想，完了、完了，黃水仙今晚上可要完了，蔡勇又要吃又要喝，尤其他一喝酒，他便借酒裝瘋。多少個車掌，就是在這樣情況下，被蔡勇軟硬兼施地吃掉。

「要炒補腎的，鹿肉啦、腰子啦，順便來瓶雙鹿五加皮！」蔡勇說著，又哈哈大笑起來。

那晚上一直吵到深夜，喝了四瓶雙鹿五加皮，每個人都是醉醺醺的，黃水仙一臉桃紅，一直嚷著受不了，林鄉土和蔡勇一直猜拳猛喝；而杜榮也醉眼惺忪的；今夜，著實是他有生以來喝最多酒的，也沒人強灌他，他就是陪著黃水仙，一杯一杯地灌，杜榮心情好像有點鬱悶。

還是直到旅社的美智來叫他們才收場的，美智出現的時候，黃水仙已伏在桌上沉睡，林鄉土和蔡勇還在口齒不清地猜拳。而杜榮卻直挺挺地僵在那裡。

「唉喲，十二點多了，還在鬧！」美智說著走進去，猜拳的二個男人停下來，瞧著她。杜榮仍然文風未動。

「杜先生，旅社要關門了。」

杜榮沒有說話，他對林鄉土和蔡勇作作手勢，局外人看不出那手勢代表著什麼意思，他站起來，晃了兩下，一隻腿軟，幾乎仆倒，他推翻了一張椅子，於是美智急忙跑過來把他抱住。

「唉喲，唉喲，抱起來了，杜仔你娘咧，眞是艷福不淺啦！我也要醉了，黃水仙，黃水仙來抱我！」

蔡勇嚷叫起來，林鄉土咬著手指頭猛吹口哨叫好。

「眞是的，酒喝得這樣子，」美智被杜榮的重量壓得幾乎站不直，「阿土，你也可以收店啦，都要一點啦！」

他們看著美智把杜榮架出去，酒意甚濃地胡亂拍手。

其實，杜榮並沒有醉，他只是感到頭殼像壓著一塊鉛一樣，沉重無比，而其他，他是清醒著的，至少，在美智扶著他的時候，他感覺到她乳房的彈性，以及微弱的體溫，杜榮將計就計，既然有人要扶持，他當然裝得更酩酊。

在上坡時，由於美智受不了杜榮的重量，她顛躓一下，終於跌倒在路上，杜榮順勢把身體壓下去，正好騎在美智的身上。

「唉呀，你……」美智在地上掙扎了半天，才推開他站起，然後彎下腰去拉杜榮，卻扶他不起來。

杜榮趴在濕涼的地板上想，雖然三更半夜，如果沒有借酒裝瘋，他也不敢就舒舒服服地躺在街頭，與沁涼的石頭接觸，回歸到自然的一邊。

「杜先生，杜先生！」美智蹲下來叫他，並且搖著他的身體。

杜榮不好意思再裝，他也知道他不自己站起來，美智是沒有辦法把他抬起的。所以，他含含糊糊地：

「我要喝酒，我要喝酒……」說著說著，他自己便搖搖晃晃地站起來。

「喝什麼？已經醉到這種地步了。」

兩個人終於踉踉蹌蹌地走回旅館，美智把杜榮半扶半推地送進房間。

這時杜榮抱緊美智不放，美智掙扎了一下。

「杜先生，杜——先——生你放手——」

杜榮不說話，卻把她越抱越緊，二人因為重心不穩，便一齊跌倒在榻榻米上，杜榮把美智壓在下面。

「杜先生，你起來。」

杜榮怎麼會起來呢？他把臉埋在她的胸前，他的耳朵聽到美智激烈的心跳，美智雖然推拒，但並沒有堅決的抗拒。一種上升的情慾正像一條蛇般地咬囓著他的慾望。美智皮膚的彈性和體香，美智在他的耳邊吐氣如蘭，使杜榮的酒意已醒了一大半，反而慾火燃燒，他緊緊壓住她，癡迷地說：

「我要妳，我要妳……」

「唉喲，你幹嘛……」美智明知道或許有這麼的一天，但想不到就在這樣的晚上，這樣的情況下，她還是有點措手不及。她——輕微地擺動著被杜榮壓迫著的身體，作象徵似的抵抗動作。

這時杜榮突然坐起來，騎在美智的身上，在明亮的燈光下，杜榮眼睛流露出一種渴望，像仙人掌長期暴露在沙漠裡，又頂著火熱的太陽，那種焦躁和飢渴。

「我——要——妳——」

杜榮用力把美智的睡衣一扯，只有在腰間繫一條帶子的睡衣，便從胸前散開了。美智一雙渾圓又豐滿的乳房便整個暴露無遺。

杜榮啊的一聲，看傻了眼。美智的乳房白皙而充滿彈性，她的乳頭，像兩顆小小的紅寶石，堅挺地崁在胸上，兩圈粉色的乳暈，一直打著漩渦，好像要把天下所有男人陷溺下去一樣。

這時的美智，已經無力拒絕，她儘讓她的乳房暴露在杜榮如炬地注視下，並且讓她像漲潮的海浪般地起伏著，她呻吟，淺喘，她的血脈僨張，已經充滿了野性。她像一隻受傷的羔羊，正等待著猛虎做強烈地一撲。

他想不到美智的情慾發動得這麼快，人家說：女人三十如狼四十如虎可能有點道理，杜榮就沒看過李苾苾這樣激烈過。

現在，他從美智的身上下來，慌慌張張地把美智半裸的睡衣整個脫下，杜榮的眼睛又是一亮，美智有一個很深的肚臍，隨著呼吸在那兒起伏，肚臍以下美智只穿著一件半透明的白色三角褲，一塊特別肥大的恥骨和濃密的陰毛，若隱若現的，使杜榮感到心胸急迫，彷若所有的血都往腦門沖，杜榮想迫不及待地立即從事解放動作，但是他又捨不得欣賞這件上帝的傑作的機會。美智的大腿圓滑均勻，像水蜜桃裹著一層充滿糖蜜的水分，幾乎要從肉裡迸開來，膚色白裡透紅，光滑得像象牙。

杜榮已經控制不住，他脫下已經被雨水弄濕的襯衫，露出一片結實的胸肌。然後，他把身子壓上去，把臉，把那已長出鬍髭的臉埋入她豐滿的乳房。他一隻粗重的大腿，也同時頂在她的陰戶。

「啊——」美智又是一聲的長呼。

杜榮的神經已經亢奮到高潮，他用嘴吮她的乳頭，用手指摩擦她另外一隻乳頭，只聽嗯嗯……軟綿綿之聲，美智已受不了這種挑逗，她放開了一切，只求快樂，她使力把胸部往上挺，她的下部，也擺動著以求接觸到杜榮大腿的刺激。

「唉喲，嗯嗯，唉喲……」美智不斷地喘息著。

好像一堆乾柴烈火，一點燃，就熊熊地燃燒起來，這堆火，燃燒得多熾烈呀。

杜榮覺得穿在身上的一條緊身牛仔褲，把他的那根傢伙壓迫得痛苦難當，他又想坐起來脫掉，但又捨不得片刻離開美智異常誘惑的肉體，他正在三心兩意。

美智突然坐起來一隻手往後撐著，她挺著胸，眼睛癡迷，又像焚燒的火團，熊熊的直逼著杜榮。

她喃喃地說，聲音是急迫而語無倫次的：

「把我弄死吧，把我弄死吧……」

於是，杜榮當然堅強起來；當然僨張起來，他唏哩嘩啦，脫褲的動作像接受軍訓時的快而乾淨俐落。

於是，他們陷落了，陷在一場充滿撩撥而沒有抵抗的攻克戰裡，他們在一條人性薄弱的陰溝裡，追突迎擊，翻雲覆雨……

於是，室外的夜更寂靜下來，除了不甘寂寞的水聲在喧鬧，以及朦朧燈光下一對呢喃的男女；夜，正要死去，正在醞釀一壺醇濃的春酒……

自從杜榮和美智發生了肉體關係後，美智在杜榮面前除了先前的嫵媚外，更具威力的一種武器——溫柔，處處流露著；而杜榮呢？他發現男女之間的愛情是多麼微妙的甜蜜。他並且深深發現，如果愛情光是柏拉圖式的，光是在精神上折騰，那種愛情除了以痛苦兩字來形容外，便是不知所云，自欺欺人；一種十七、八歲青春期的幼稚病。

因而杜榮沉溺在一種肉慾和精神並重的世界裡了，他發覺從他有生之年來，美智使他從這個世界得到人生之至妙。

於是杜榮對美智愛惜有加，他處處表現出一個男人應有的體貼與需求。而這兩種使女人心折的東西，杜榮從未在李苾苾的身上發生過，李苾苾之抱怨杜榮，當然也其來有自；但是李苾苾儘管抱怨和氣憤，她每次憤然離開，每次均深深打擊自己的心，那種痛苦和絕望所攪和在一塊的精神病，也並沒使她死心。

這一點，不僅李苾苾自己知道；即使是杜榮，在他的下意識裡，也知道。

第二天清晨，他們在餐室用早點的時候，老闆和老闆娘均沒有下來。美智幫杜榮盛稀飯之後，便含情地低頭吃飯，阿霞在一旁竊笑，好像發現某種祕密似的，她頻頻地看著杜榮；而睡眠不足的阿彬，他失神地扒著飯，失神地用筷子夾著醬瓜，不曉得這個小小的世界，已在一夜之間改變了，也不知在他心底愛慕著的，計畫如果她肯接納，便要把她娶起來的美智，已經在昨夜被人攻陷和俘虜。

從來不輕易開口說話的蔡先生，他吃完了稀飯，忽然用探詢的口氣問：

「好幾天沒有看到老闆下來吃飯？他不在了嗎？」

「是啊，他好像跟老闆娘吵架，前幾天下山去了。一直沒回來！」阿霞回答他。

「哦，」蔡先生若有所悟地，「不過，都是過了四十歲以上的人，還有什麼好吵的……」

阿霞放下筷子，神祕兮兮地說：

「老闆娘太凶，她不僅把王老闆本人看得緊緊的，也管他的荷包。」

「也眞是的。」蔡太太插進了一句。

「常常，他們爲了旅社的進賬差了一百元或幾十元，老闆娘就質問半天，並且指責是王老闆私自藏起來了，存私房錢要在外面飼細姨了……」

「惡妻不可法，古人說的眞是有道理！」蔡先生感嘆著。

杜榮還沉醉在昨夜的激情裡，因此他們的對話他並聽不進去，偶爾抬起臉，正看到美智在一邊，正脈脈含情地盯著他。

「阿彬！」阿霞突然提高聲音叫了一聲。

阿彬可能還沒睡醒，被阿霞這樣一嚷，他著實嚇了一跳，半碗稀飯傾倒出來。

「幹妳娘，妳發瘋了。」阿彬惱羞成怒地罵著，「整天像瘋婆一樣，三八查某……」

阿霞這一個惡作劇，把大家都逗笑起來，尤其是她自己，笑得人仰馬翻，吱吱地大笑，把眼淚都笑出來了。阿彬在旁邊冷眼看著她發瘋的勁兒。又罵了一句：

「幹！」

阿霞好不容易才停止笑，她整個臉孔都漲滿了紅潮，一隻手按住肚子。

「我說阿彬，你吃過飯趕快到上面去看看，等下客人溜走了，我可要賠錢！」

「我是管廚房的，我才不管櫃枱！溜走了，妳活該……」

「老闆不在，你要幫點忙。」

「我又沒有拿雙份的薪水，憑什麼要多管閒事，再說，老闆娘又不是死了。」

「咦，你的嘴巴怎麼這樣壞！」

「我又沒有咒她，壞什麼？」

「老闆娘可能心情不好，她每天都在打麻將，哪有心情管這裡？」

「那讓它倒掉！」

美智站起來，拍拍手，說：

「我吃飽了，我上去好了。」

杜榮也已吃飽，本來也要上去，但是看到美智的眼色，他還是留下來，看阿霞跟阿彬在鬥嘴。

「阿彬，你眞是『飼老鼠咬布袋』，你在這裡吃飯領薪水，竟然要旅社倒！沒有良心！」

「哼，沒有良心的人可多著哪！」

阿彬說著站起來，摔摔手走了。

室內留下阿霞及蔡姓夫婦及杜榮四人。阿霞在默默地收拾碗筷，杜榮看看蔡先生，蔡先生帶著一臉的好奇看著杜榮，相處十幾天，蔡先生總算對他開口。

「杜先生，你來這裡十多天了，不知有什麼感想沒有？」

杜榮想不到蔡先生會對他問起這個問題，他以爲如果他們開始講話，應該只是聊聊家常，而不是像提出這個問題，話中略帶不滿，或是已經考慮過很久到現在才逮到機會似的。

但是，杜榮仍然輕鬆地說：

「感想倒沒有什麼感想，不過喜歡這裡，比我未來之前更甚卻是眞的，這裡的山林、小徑、溫泉，以及濃郁的人情味，太棒了。」

蔡先生卻不以爲然，他冷漠地問：

「杜先生看起來很年輕，你大學畢業了嗎？」

「去年畢業，剛剛服完預官役下來。」

「你有病嗎？」

「什麼？」杜榮一時不明瞭他的意思。

「你是來此療養嗎？」

「哦，不是的，我的身體很健康。」

「聽說你要在此長住？」

「是啊！」

「爲什麼？」蔡先生仍然冷漠的表情和語調，那種口氣，就好像做父親的不滿兒子的行徑而使用質問的口氣一樣，這時候杜榮也體會出來了，他心裡做了準備，嚴陣以待，接受挑戰。

於是杜榮用有點反譏的語氣說：

「為什麼？我追求我的生活方式，我認為山林的生活使我頭腦清新，使我無拘無束，享受大自然給我的人生樂趣！因此，如果我厭倦，我願意在這裡住上一年，或二年三年……」

「但，你年紀輕輕啊！」

「是呀，我還年輕，但年輕又怎樣？」

「年輕人應該留在社會奮鬥、創業，把在學校所學的貢獻給社會、國家，而不是逃避到深山裡來，然後說什麼在享受人生，這樣未免太早了吧？」

蔡先生越說越憤慨，他的老伴在旁一直做手勢阻擋，但是蔡先生並沒有理會她。

杜榮本來對蔡先生並沒有什麼壞印象，然而從這頓早餐後的對話，他發現蔡先生是一個以人生服務為目的，有著根深蒂固傳統觀念的人。就像學校裡有些老教授，主觀偏見，卻不能容忍別人的思想和意見。

這樣的事，在學校便使杜榮深深地憎惡。

想不到在離開校園，離社會這麼遠的山地裡，竟陰魂不散地碰到像蔡先生這種人。

杜榮因而聲音也大起來，一點也不退卻，他想起在大學裡那些有權有勢的老教授，都不怕他們了，難道還怕起這樣一個好管閒事的人不成！杜榮說：

「享受人生有什麼不對，如果我有能力這麼做，而又沒有去干擾別人，我享受人生是我個人自由，有什麼不對？」

「沒有干擾到別人？如果你不事生產，如果你只是『死坐活吃』，就是社會的廢物，你怎麼沒有干擾別人呢？再說，我不信你是『石頭縫蹦出來』的，你沒有父母兄長嗎？我不相信你的父母親，把你培養到大學畢業，而要你終生地隱居於山林，並且自私自利的生活……」

蔡先生說到後來，聲音激動，一隻手在空中亂揮。其形狀像中暑的人。

而杜榮呢？杜榮打從心腔湧起一股不滿和反抗的情緒，再怎麼說，這個老人不應該如此肆無忌憚地教訓一個陌生人。是誰給他的這種特權和膽量呢？杜榮當然不能容他如此，於是杜榮聲色俱厲地反駁：

「人各有志，也有各人的生活自由，我覺得你沒有權利干涉我，你也沒有資格用這種口氣對我說話；雖然，你是一個長者……」

「我就是要批評你，從我知道你既無病痛，也沒有什麼理由，而脫離社會要在這裡長住，我根本就看不慣……你知道嗎？如果你是我的兒子，我一定好好教示……」

針鋒相對的對話已到了高峰，爲什麼一老一少會出現這樣激烈的言論呢？所謂代溝也罷，沒有容忍異見的雅量更是一大因素，很久以來，大家習慣一個模式，個人的偶像崇拜，以及迷信權威，使自由心智不能發展、民主觀念在書本上只是一種理論。

「很遺憾，」杜榮冷笑地說：「我可不是你的兒子呢，我據理而爭不假於顏色，像你這樣專橫，這種封建時代腐敗的思想……」

「你……你……」蔡先生氣得臉色發白，額上冒出一顆一顆豆大汗珠。「如果你是我的兒子，我才不那麼衰呢！我告訴你，我的老大在美國芝加哥一家電子公司當研究員，老二在麻省理工唸核子工程，老三呢，也在臺大了，我的女兒也嫁給外交部的一個祕書，現在派駐在中南美……」

「眞是不簡單呀！」

「而我，我服務公職四十年，去年從政府機關退休下來，我已經盡了我做家長、做人的責任，所以，我到這裡來靜養，享受山林的樂趣，是理所當然的，但你……」

「我並沒有錯！蔡先生！」杜榮堅定地說：「時代不同了，你應該要有接受異己的雅量，你做爲一個公務員、一個家長，或許成功了，但是你如果要做爲一個自由人，你是失敗了。起碼，你不能對我這樣一個與你毫無相干的人，這樣偏頗地斥責。」

「我是看不慣啊！」

「我相信你看不慣的事多著啦！想想，你我的時代不同，所受的教育不同，價值觀念也不同，況且人又不是都從同一個模子倒出來的，你怎能要求每個人接受你的模式？不能相同時，照你的說法，基於義憤，便可大聲罵人，想想，如果你是動亂時代的軍閥，讓你大權在握，不知道你會斃了多少人？多麼可怕的事！」

「沒有錯，現在因爲是太自由了，所以才有這麼多莫名其妙的人和事層出不窮！像你這樣一個如此頹廢的人，不經過改造怎麼行……」

杜榮霍然地站起來，把聽傻了的阿霞嚇一跳，蔡先生被他這突如其來的舉動怔住了。杜榮怒目而視，他斬釘截鐵地說：

「我拒絕再跟你討論下去，蔡先生，你跋扈、霸道，你要記住，我不是你的部下，也不是你家人，我是一個跟你毫無相干的人！你讓人噁心！」

杜榮說完，便蹬蹬蹬地離開了餐室，身後，他聽到蔡先生氣急敗壞的罵聲：

「目無尊長，自私自利，我們的大學教育竟然失敗到這步田地……」

杜榮怒氣沖沖地跑上櫃枱的門房來，這舉動使坐在櫃枱上的美智嚇呆了，杜榮沒有停留，直往室外跑，在門檻前，美智叫住他：

「杜……先生，你生什麼氣啊？」

「眞是豈有此理，那老頭子竟然無緣無故管起我來了。」

美智心中微微一驚，莫非昨夜的事讓他們看到？她輕聲地問：

「管你什麼？」

「他認爲我應該在社會奮鬥，不應該年紀輕輕地消磨在這裡，他憑什麼，我又不花他錢，眞是他媽的……」杜榮憤憤地，然後看到受驚的美智，他的口氣比較緩和下來，他說：「眞悶，我到外面去走走！」

杜榮藉怒氣，衝向寂靜無人的石板小徑，一口氣跑上一百多級的石階，他已氣喘如牛，這時候他回顧他爬上來的那塊山凹中的盆地，十多家的旅館被一層薄霧繚繞著，幾家從廚房裡冒出來的炊煙，幾乎跟薄霧混合在一塊，它們靜止地停在半空中浮白。

山上清晨的涼爽雖然沁人肺腑，但是沒有風，因此幾乎觸目所及，什麼都是靜止的；杜榮覺得，一個寧靜的世界是多麼的和諧，偏偏就有一些人不能忍受別人，或權力慾，或自大狂，或自卑感，興風作浪，把這樣一個和平的世界，搞得烏煙瘴氣。

杜榮邊走邊想，然後他拐進一條濃竹蔽天的小徑。那小徑上鋪滿了落葉，落葉腐朽了，便長出一大片一大片的青苔。杜榮躡著腳走，深怕滑倒，而山色在濃蔭裡更加鬱綠，這些竹，被露水壓得彎腰駝背，由小徑兩邊互相對立，好像一隊列兵，弓著腰在朝杜榮敬禮一樣。竹林靜得很，一根針掉下來都可以聽到它的聲音，整個世界像停在這一刻裡，竹葉上沾滿了晶瑩渾圓的露珠，有時掉下來，聲音好清脆，滴滴答答的，彷彿好多的手指，不斷地按在不同的琴鍵上，彈出一曲充滿節奏的美妙音樂。

杜榮在樹林流連著，然後又走到一條岔路，那條從左邊往上伸的路，依然是一條沾滿了青苔和露水的小徑，兩旁仍然長滿了繁密的竹林，濃蔭蔽天，冷氣襲人。杜榮朝上看，竟然找不出一絲空隙，看到天空。這條路因爲茂竹，終年累月持續在陰影中顯得幽鬱而潮濕。

路上沒有標示牌，不知道它通往哪裡，也不計較它，反正適可而止。這時候，小徑忽然又轉了一個彎，伸過一條淺澗，澗水清澈地奔流著。水上放了一排大石頭，那是給樵夫踏腳的地方。杜榮跳過三塊大石，然後在中央蹲下去，掬一把水喝，好冰涼，那種冷，從喉管一直沁入腸裡，水在他的器官裡流動他都感覺得出來。於是杜榮又喝了幾口，喝夠了，正當杜榮想用雙手掬水潑臉，忽然在左邊一塊死水裡，看到一張模糊的面影映照在水面，杜榮悚然一驚，抬頭一看，竟然是一個身穿灰色袈裟的和尚，他手上拿著一把鎌刀，背伏著一捆野草葉，他站在來路上，在澗水旁，微笑地看著杜榮。

「年輕人，起得這麼早啊？」那和尚和藹地打著招呼，聲若洪鐘。

杜榮仔細地看著他，他是一個很老很老的和尚，少說也有七十歲了，雖然他剃光了頭，但仍然依稀能看到他斑白的髮根，臉容佈滿粗密的皺紋。時間，眞的在他的臉上留下不可磨滅的痕跡。

「早啊！」杜榮也跟他招呼了一聲，然後他站起來，跳過澗中的石頭，走到和尚的面前。

「你是住在盆地裡的旅舍嗎？」

「是啊！」

「來山上玩的嗎？」

「是。」

「一個人？」

「是。」

和尚忽然有些笑意。他又問：

「不覺得寂寞嗎？」

這句話反倒令杜榮奇怪了，「寂寞」二字出自一個和尚之口，好像是有些反常。

杜榮反問：

「那你在山上住，你覺得寂寞嗎？」

「我出家人，寂寞才是我們的寧靜，才是我們的歸宿。」

「那你住在這山上嗎？」

「是呀！」和尚說，他指著暗鬱的山路，「我的廟叫北回寺。」

「離這裡遠不遠？」

「大約有半點鐘的路程。」

「那邊住了幾個和尚呢？」

「三個！」

「三個？」

「是啊，我是住持，一個司事，還有一個小沙彌！」

聽到沙彌，杜榮腦海中就浮現起中國古典章回小說中的那些描寫，小小的沙彌，剃光了頭，像個小不點，不是劈柴，就是擔著兩個大水桶挑水，一晃一晃的，充滿逗趣的景象。

「你們怎麼生活啊？」

「我們的廟因為離市鎮很遠，一年半載來不到二個香客，因此，我們純粹自給自足，山茶、野菜、草菇這些都是我們的糧食。我們刻苦自力，清心寡慾。清靜、信佛、唸經便是我們生活的全部！」

和尚依然露著微微的笑意，杜榮看著他，打從心底舒服起來，不像剛才同蔡先生吵嘴，蔡先生的思想和嘴臉，跟和尚比，簡直是天壤之別的人性。

「師父，你的名字呢？」

「我的法號就叫青苔！」

「青苔？」

「這個號也有原因的，但並不代表什麼？出家總要有個號，青苔而已。」

突然間，山裡吹起了一陣風，竹林翻出另外一種顏色，把露珠都打落，沾滿了杜榮與和尚一身，不過，他們都不在乎，他們反而出神地看著，那些在風中搖動的竹枝，細細碎碎的聲音，像山靈的低吟。

「青苔，青苔……」杜榮在心中低唸著，這樣一個古怪的號，和站在面前的這個人，認眞想起來，實在很相配啊，杜榮在內心暗中歡喜，他能這麼一大早，碰到青苔和尚，和碰到一個貴人沒有兩樣啊。

因此，杜榮對青苔和尚的世界充滿無盡的嚮往。他便進一步地問：

「師父，我能不能跟你到你的廟去走走？」

「要走半個鐘頭以上濕滑的小徑啊！你願意嗎？」

「當然，我喜歡！」

「那，」青苔和尚甩了一下肩上的野草，「我也差不多了，那就走吧！」

杜榮跟在青苔和尚的後頭，山路崎嶇，充滿陷阱，路上的泥土被大水沖得起了條條的溝痕，偶爾一顆大石，長滿苔蘚的表皮下，還可看到被急流磨刷得粗糙的凹凸斑點。

這條山徑，可能在夏季的雨期裡，變成一條河流也說不定。杜榮想。

青苔和尚腳疾如風，健步如飛，完全不像一個七十歲的老頭；杜榮跟在後面，吃力異常，稍爲放鬆，便被青苔和尚拋開一段距離。

他們疾走著，沒有交談一句話，只見青苔和尚衣袂飄然，而杜榮的額上，已滲出晶瑩的汗珠。

大約半個時辰，只見眼前突然明亮起來，原來前方五十公尺處露出一塊空地，空地中矗立著一棵年代久遠的松，青翠挺拔，一直插入青碧的天空中。

等到他們走近那塊空闊的臺地，一座小小的廟，既沒有龍鳳盤據的簷角，也沒有神龍吐珠鎮物，它只是有四五級灰石鋪起臺階，廟的建築本身是用紅磚頭疊起，廟頂蓋著紅瓦而已，正面的廟庭，有一個古樸的石刻香爐，無語的朝天擺著，廟的左側有一間小廂房，那是灰色的土角厝，頂上蓋著又厚又長的茅草，直壓在低矮的屋脊上，簷前，有好多好多，或是大雨或晨露滴下來穿透的痕跡，一小洞一小洞的，把地上的泥土翻得像一個生天花的痲子一般。

「啊！」杜榮幽幽地讚嘆一聲，他是被這山林裡的小廟迷住了，如果沒有青苔和尚帶他到這裡來，他怎能想得到還有這種生活上所追求的世外桃源呢？

「太寒酸的廟呀！」青苔有點自我解嘲地說。

他們終於走出濃密的竹林，走到古松前，杜榮停下腳步，他仰視著松尖頂入天空的高處，大約有三十公尺高。這棵蒼勁而又充滿綠意的松，像一個會叫喊的生命，從泥土裡倔強地茁壯著；杜榮屏息傾聽，在微微的山風裡，他彷若聽到古松交談的聲音。

「好大的松啊！」杜榮說，「大約有幾百年的生命了吧！」

「不止了，它的樹齡一定超過一千年了。」

松樹下擺著幾個小板凳，中間有一棵被砍平的樹頭，直徑約有二尺大小，被處理得像一個茶几，上面用刀刻劃著一個棋盤，那盤棋既不是象棋，也不是跳棋；而是在僻遠的農村裡，一些老頭子在廟埕前玩的叫「行直」的棋，一個大圓圈，圓圈的四個角落接壤處再畫個半弧形，中央又劃個圓圈，然後用幾顆小石子，就可以玩將起來，是種簡單但也充滿鬥智和情趣的棋。杜榮看著看著，就因爲這盤棋，使他回憶起他童年的時候，在鄉下每到初一和十五，好幾個村落的農人們便在黃昏時候，挑了大擔小擔的牲禮，到村中心的廟埕來「賞兵」，那時候，廟埕熱鬧異常，小孩子繞著擺了五、六排的菜餚盯著看，垂涎欲滴，那些炒米粉、五柳枝，以及大塊大塊的白切肉，在孩童的心中，就是人間的山珍海味。而老農夫們在四腳亭的松下，入迷地「行直」，而無視於周邊的吵鬧、小孩的叫嚷。現在回想起來，那眞是那些老人們另一套可愛的人生哲學，寧靜淡泊，與世無爭。

杜榮一下子就在小板凳上坐下來，他拿起樹頭上的幾顆小石子，在空中上下丟著，這些石子，就像在他童年中所玩所喜愛的彈弓所用的子彈一樣，還有那些，只有從城市才能拿回來的彩色玻璃珠子，一樣珍惜。

青苔和尚好像遇到一個知音一樣，他看著充滿嚮往和滿足之情的杜榮，一邊在旁跟著坐下來。

「這裡到中午的時候，有很大的一片樹蔭，而且山風很大。這時候小沙彌就會拿著一床草蓆，來這裡睡午覺。」

「啊，那太棒了。」

「小沙彌也喜歡『行直』，我老是在這兒逗著他玩，不過，他的領悟力也很強喔，恐怕有一天我就玩不過他啦！」青苔和尚說著，便指著樹頭上的棋盤，「你會玩這個嗎？」

「小時候在鄉下看大人玩過，不過，都忘掉了。」杜榮說。

這時杜榮被這裡的地形迷住了，從古松左前方延伸下去大約一百公尺，便是一個斷崖，斷崖下現在看不出是什麼？但是想像中一定是條河，如果是條河，它應該通往白河水庫。杜榮再看看環境四周，原來這個北回寺背靠著一個削直的高山，只有來處沒有去路，右邊夾雜著一片竹林，廟的前方及左方便被斷崖所阻隔。廟埕旁有一塊小小的腹地，種著一畦一畦的青菜。

眞是一個絕妙的地方。

「這裡一切都自給自足嗎？」杜榮問。

青苔和尚笑起來，他說：

「這裡除了米、鹽以外，一切不但自給自足，而且還可拿出去賣呢！」

「你們油鹽的來源呢？」

「我們的司事三個月下一次山，他會把我們煉製的藥草、曬乾的筍乾拿到山下去賣，然後再把我們需要的東西挑上來。」

這是〈桃花源記〉裡的生活方式啊，杜榮想不到廿世紀的今天，還有陶淵明嚮往的那種境界。杜榮正沉入他的遐思中。

「來啊，我們到廟裡去。」

杜榮跟著青苔和尚站起來，繞著古松，然後是一條用石頭鋪起的小徑，因爲這裡陽光充足，徑上已沒有剛才竹林裡小徑的苔蘚，石片乾淨，一片接著一片，可見鋪設上所費的苦心。

十餘公尺就到了上廟埕的臺階，臺階有六級，石階之間沒有用水泥攪和鑲補的痕跡，只見用細膩的手工把石塊敲得平平整整，這些工作一定要費去很多時間，誰會做這些工作呢？杜榮便問：

「這裡的一切，北回寺及這些臺階啦，是從哪裡請來的師傅呢？」

已經進了廟內的青苔和尚便回頭過來看著杜榮，他嘴角顯現出一種非常自傲的表情。

「這裡一磚一瓦，都是我和司事從山下挑上來的，北回寺也是我們用自己的手蓋起來，二十年前，我們沒錢財，只有一片虔誠，到現在，我們仍然沒有什麼金錢，但是敬佛的心情，比以前更虔誠，更盡心……」

「北回寺是你們孤心苦詣建造起來的，但是在這麼遠離人群的深山，善男信女怎麼方便來此朝拜呢？」

「其實蓋了北回寺，並不是爲善男信女們。說得自私一點，這座廟寺，完全是爲了我一己的私願啊！」青苔和尚說著便走進了廟堂，杜榮跟了進去，只見廟內光線暗淡，在紅檜的桌上，供奉著一座漆著金身的木刻神像，神像前有座青銅做的香爐，正燃著三炷檀香，香煙繞樑，也撲出一股幽香。

而那座金身佛像，在杜榮的印象裡，好像很熟悉，但又記不起祂是什麼神。想了半天，便問道：

「祂是什麼神啊？」

「地藏王菩薩！」青苔和尙說罷便雙手合十，然後在蒲墊上，行禮跪拜。

杜榮雖然沒有什麼宗教信仰，但是他也跟著合掌，輕輕地朝壇前的神像叩禮。杜榮對宗教並沒有偏見，可是對於有一種宗教，認爲惟祂是天主，是上帝，飯前要感謝祂所賜的糧食，以及謂人不能有偶像崇拜，而崇拜祂才是絕對的忠貞，這種霸道的宗教使杜榮深惡痛絕不已。另一方面，他從小在耳濡目染的情況下，對於農民的供奉土地公、註生娘娘等神，百姓們沒有理論，只感謝祂們所賜給的風調雨順、生男育女的一番情感，這是民智淳樸的一面，沒有強迫別人信仰，沒有一套霸道與矛盾的理論，因此，杜榮對這些信仰，至少沒有產生憎惡之心。

說著說著的當兒，接著廂房的一處簾幕被掀開了，叩著頭，走進來一位老者，當他抬起臉來，杜榮見到的是一個六十歲左右的老和尙，有一隻眼睛是壞掉了，眼眶裡留下一個深深的洞，乍看之下，有點使杜榮感到怔愣，但是那和尙臉上堆著笑容：

「善哉善哉，歡迎施主光臨敝寺！」

杜榮雙手合掌回禮。

青苔和尙便介紹著：

「青潭是我們這裡的司事，北回寺便是我們二個人開基下來的！」青苔和尙轉到壇前右側的一張長板凳，請杜榮坐。杜榮坐下來，他看到小桌上擺著一部翻都已翻爛的《地藏菩薩本願經》，旁邊還有幾本經冊，《阿彌陀經》、《愣嚴經》、《妙法華蓮經》等。

「兩位師父的虔誠值得欽佩！」杜榮說。

「善哉，善哉！」青潭和尙一直很客氣，說話時候一直合掌爲禮。

「這位施主是我在竹林裡碰到的，他住在溫泉旅社裡，是一個有善果的年輕人。你姓——」青苔邊介紹，邊探詢著杜榮。

「我叫杜榮！」杜榮說，他瞧著兩位長者，「我對塵世的事物，權勢傾軋、虛僞詐騙很是厭惡。因此，我剛服預官役退伍，便來這個溫泉鄉，準備長期隱遁下來。」

「年輕人比較容易憤世嫉俗，這也難怪……」

杜榮打斷青潭和尚的話，他果決地說：

「我不是憤世嫉俗，我是根本上不能認同社會上一些事和物，我不知道這是不是受著佛家的一些思想的影響……我覺得社會是一個大染缸，它使人腐化和邪惡，是一個罪惡的淵藪，要脫離這個苦海，惟有一途，就是遠遠地離開它，使它不能影響你……」

「是出家的意願嗎？」青苔和尚道。

「不，不，」杜榮忙著解釋，「我倒從沒有出家的念頭，這或許是因爲我未曾接觸過佛門的人，不過我覺得我這一生充滿異數。」

「不是異數，是緣，是運命……」

霧氣氤氳的濕氣已消失，一道陽光，突地從前庭探進來，把門檻一角，照得白花花的，杜榮隨著陽光注視大門外，太陽正露出在對面山峽的峰頂上，閃刺一簇一簇耀眼的光芒。

「我很喜歡這裡的環境，我能常常來此走走，跟二位師父聊聊嗎？」

「隨時歡迎！」青苔和青潭幾乎同時一齊說。

杜榮站起來，看看四周，找不到一個奉獻箱，青苔和尚便奇怪地問：

「你在找什麼嗎？」

杜榮尷尬地笑笑。

「我想捐一點錢，找不到……」他說著，從口袋裡掏出一張一百元的大鈔。

「你不用客氣，我們這裡香客很少，我們都是自食其力，很少接受別人的錢財！」

「這是我的心意，」杜榮說著，把一百元放在桌上，「錢不多，這是我的誠意。」

他們沒有再拒絕，也跟著站起。

「那中午在此吃個便飯，我叫沙彌摘幾朵草菇來……」

「不用了，我就告辭！」

「留著用個便菜吧！」青潭倒是很誠懇地挽留。

可是杜榮不想讓他們麻煩，他還是堅拒著。後來他們便送他出了大廟門，這時，杜榮看到在陽光下的菜園裡，有個小孩模樣的人正在那裡挑著木桶澆水。那影子，多麼可愛啊！

「師父，那就是沙彌吧！」杜榮指著影子問。

「是呀，他俗名叫清水，還沒替他取法號，要不要我叫他來。」

三個大人就站在廟前談論著，陽光照滿了他們一身，逆光中，像三尊鎮定的金身。

杜榮眞想看看沙彌，於是他便說：

「好呀，不知道他是什麼身世？」

「他是我撿來的一個棄嬰，有一次我下山到市內去，在草藥店邊，好多人圍觀著這個哭得聲嘶力竭的小孩，就是沒有人理他，草藥店的老闆說，他一大早開店門，小孩子就躺在那兒哭啦，孩子的身上有一紙字條，說小孩名清水父喪母亡，需要仁人君子撫養。那時候的他一頭癩痢，實在不可愛，因此，我把他抱回來，才一丁兒大的幼嬰……」

杜榮嘆息著，青苔和尚便大聲地叫著：

「清——水——」

小孩在二十公尺外隨聲音掉過頭來，青苔和尚向他招手，祇見他很快地跑到跟前。

「師父叫我？」小孩仰臉問。

這是一個十四歲左右的小男孩，剃光了頭的頭皮一片鐵青，一張稚氣甚濃的臉蛋，倒是很清秀，祇是眉毛濃了些，深深的眼眶嵌著一對黑眼瞳，好奇地看著杜榮。

「清水，這位施主是杜先生，他住在山下的旅館裡，以後他會常常來看我們。」

「哦！」他鞠個躬，又翻了白眼，俏皮得不像個小沙彌，「杜施主要常常來北回寺走走，一定增加敝寺無限的光彩。」

杜榮被小沙彌的這套話弄傻了，一個小不點兒，說得一口文縐縐的大人話，倒是奇怪。

「唉，哪裡，哪裡，」杜榮好喜歡地看著清水，便問：「你口才這麼好，是誰教你的呢？」

清水莞爾一笑，他指指青苔和尚。

「我師父！」

這時候青苔和尚用手拍拍清水的頭，有點驕傲的說：

「他很聰穎，從七歲開始我教他《三字經》、《千字文》，不僅能琅琅上口，而且能體會文中的意思，現在他更進一步，我們在教他《金剛經》……」

「哇，那眞不得了！」

「不過，這些經文深奧雖深奧，但是應用在實際的地方，好像沒有什麼用處，所以他缺少一些小學生用的國語課本上的進階知識。」

「這個很簡單，我可以寫信到家裡，請他們寄一些課本來，我可以教他！」

「那太好了！」青苔和尚說，拍著清水的頭說：「趕快謝謝杜先生！」

「謝謝杜先生，謝謝……」

杜榮看著清水雀躍神情，還有那張稚氣的臉，眞使杜榮從心底喜悅起來，好像他童年的那些朦朦朧朧的記憶，一下子，因爲清水這張臉而清晰起來。

忍不住地，杜榮趨向前去，他就把清水抱起來，反而使清水顯得害羞和怯生。

杜榮後來就告辭走了，他們三位送他到古松下，看他走入一片茂密的竹林裡，在幽暗中消失。

第六章

敗德者在床笫間興風作浪

在閣樓窺探的那些亢奮的眼睛
喁喁訕笑，仿若蛀蟲
而敗德者在床笫興波作浪
恍惚若夢

杜榮從北回寺回到溫泉區時，已經中午了，他一直喜形於色，青苔師父和小沙彌的影子一直盤據在他的心中不走，尤其清水那個小和尚，童稚未泯，杜榮覺得他有深造的可塑性。因此，他暗自計算，一路上想著回到旅館，便寫信給他的妹妹，要她寄些初中的課本來。

他抵達旅舍前，門口圍了一群人，好像在看什麼熱鬧，杜榮走進去一看，原來是多天沒有看到的王老闆，穿一件被撕掉一半的短袖港衫，他的額頭有血涔涔的擦傷。而肥胖的老闆娘，鼻青眼腫，也一臉狼狽，他們正在那兒強烈地爭執著。

「走，我當然要走……我再也不要待在這個地獄裡，像瘋人院似……」

王老闆聲嘶力竭地叫，可見他們已經吵了很久，他已有點歇斯底里，兩隻手無意識地在半空中揮著。

而老闆娘氣急敗壞，一根手指頭直指向王老闆的鼻尖：

「你要走，你要走當然可以。可是，你一件東西都不能從這裡帶走，休想！」

「怎麼，我帶一床棉被也不可以，怎麼，我是娶妳的，不是嫁妳的……」

「就是一床被也是不行！」

杜榮走進玄關裡，他看到美智和阿霞均愣在一旁，阿彬反而像在看熱鬧似的，站在櫃枱的一個高高的位置，其他一些人，包括冷飲店的林鄉土及土產店那些夥計們都來了，好多旅舍的客人也擠在那裡看熱鬧，裡裡外外，一共擁擠著一、二十個人，但是，就是很奇怪，居然沒有一個勸架的人。

「我要永遠離開這個家庭，妳這隻母老虎，我要讓妳知道沒有男人溫存的味道……」

「笑話，笑話，」老闆娘向著圍觀的人指著自己的鼻子說：「你們說，我沒有男人就活不下去嗎？我沒有男人就擋不住嗎？笑話，眞是笑話，再說，我如果要男人，天下男人『踢倒街』，多得很啦！」

王老闆看他的老婆做著擁抱狀，又說要天下的男人，他深受其辱，痛心疾首地，用手猛力地捶著牆壁，哇哇地叫著：

「不要臉，眞是不要臉……」

「我就是要男人，我就是不要臉，怎樣，你跳海去死好了，大溝頂沒蓋……」

杜榮本來想過去勸架，做個和事佬，但看一夥人興味盎然，而且美智在給他使眼色，他就擠過去，阿霞也偷偷地朝他一笑，對他說：

「剛才好戲你沒看到，他們在地上打成一團，滾來滾去……」

「你們怎麼不勸架呢？」

「有什麼用？」美智接下去說：「剛開始的時候，我去拉架，我的手臂還挨了一拳呢！其實，拉他們也沒用。」

「但是這樣子不好看啊！」

「他們已習慣了的。」

「這次爲什麼呢？」

「哈，」美智又好氣又好笑，「他們呀！只爲了一床棉被而已……王老闆不是出走了好幾天嗎？今天早上他回來了，回來以後，他照樣來廚房吃飯，跟我們聊天，說他有個朋友在台東做包工，他要到台東去，永遠不回來了……我們自然要勸他，可是他說，無論如何，這個地獄似的家，他再也待不下去了……」

在一旁的阿霞接下去說：

「其實，老闆娘是太過分了，把王老闆管得像小孩子似的，連芝麻小事都要管，不要說男人受不了，就是我也受不了呀……」

「所以，現在他要走了，既然從來就沒有重視他，把他當一個男人看待，那為何又要攔著他呢？」杜榮不解地問。

「才不是攔著他呢！他們吵起來是為了王老闆要拿走一床棉被，老闆娘說，要走可以走，但家裡的東西一樣也不能帶走！」

「夫妻一場，竟然連一床棉被也在計較，眞是不可思議……」

「是呀，老闆娘有時候就是那麼絕……」

當杜榮和美智、阿霞躲在一邊小聲細談時，突然拍的一聲，把美智的話打斷了，只見聲音響處，王老闆的手掌剛從老闆娘的臉龐落下來。老闆娘有點踉蹌，她倒退了兩步才站穩。王老闆還氣得發抖地罵著：

「幹你千餘萬代，妳這個騷查某，今天我要打死妳……」

這突如其來的一掌，老闆娘被打得金星直冒，她沒有想到向來畏畏縮縮的窩囊貨，今天會吃了什麼虎豹膽，因此沒有防這一招，臉頰著實挨了一拳，等她從愕然間醒過來，她潑辣地嚎叫著：

「你敢打我，唉喲，你甲天公借膽了……」

罵著同時，她肥大的身體一個箭步飛撲過去，一把抱住王老闆，王老闆受不了這麼大的衝擊，腳步一不穩，兩個人像一頭大象，叭一聲地又摔倒在地板上。一邊打滾一邊出拳的老闆娘眞是氣勢非凡，極力反抗的王老闆實在因身體單薄而力不從心，拳頭在他的頭部和胸前，像雨點般地落著。最後他的身體被肥胖的巨無霸壓著，動彈不得，而兩隻手在空中亂揮著，一點也無濟於事。

「你這隻瘦猴，沒中用的東西，我要好好修理你，剝你的皮……」

人群中盪開了一陣笑聲，大家散開去，留出更大的空間讓他們去打架，密密麻麻的一群，就只有幸災樂禍看熱鬧的，竟然沒有一個人勸架。

杜榮實在是看不過去，而且如果再沒有人去幫王老闆，他不被老闆娘打死，也會被壓死。於是杜榮撥開兩三個圍觀的人，彎下身一把抓住老闆娘的雙手，然後猛然用力地把她一把抓起來。

「哭呀，打呀，好看嗎？成什麼體統！」杜榮拍拍手，生氣地說。

老闆娘看看把她拉起來的人，竟是杜榮，先是愣住了，接著一把鼻涕一把眼淚地：

「我歹命啦，才會嫁給這樣不中用的人啦，才會這樣丟人現眼啦……」

王老闆趁這個時候，慢慢地從地上爬起，也不顧那麼多看熱鬧的人，他慢條斯理地整整衣領，摸摸頭上用髮蠟塗得光滑滑的頭髮。

「幹妳祖媽，我連要拿走一床棉被都不行，妳把我看成什麼人了，我偏要拿，妳這個瘋婆，這個旅舍的財產也是登記我的呢！幹妳祖媽……」

「你拿，你敢拿！」老闆娘說著又要衝過去，王老闆又下意識要躲，可是杜榮在旁邊把老闆娘擋住了。

「我要離開妳這瘋婆、潑婦，讓妳守活寡，走得遠遠的，再也不看妳了。」

他說完，走下地下室，留下一群意猶未盡的看熱鬧的人。

老闆娘依然像嗩吶般不停地哇啦哇啦地叫著，但因爲男主角已走了，變成她在唱獨腳戲，所以看戲的人認爲這齣鬧劇已近尾聲，就逐漸地散了。

這齣鬧劇的結果是，王老闆眞的走了，奔赴台東去找他做包工的朋友，遺憾的是，他仍然虎頭蛇尾的，走時仍然沒有帶走一床棉被。

而老闆娘哭哭啼啼了一天，內內外外，也把房子清掃了一整天，好像王老闆的走，是他的出殯儀式似的。

幾天之後，這件風波便平靜下來，船過水無痕，一切好像均未發生似的。

這天在吃午飯的時候，因爲少掉王老闆，除了留阿霞在櫃枱看店外，其他的六個人都在餐室吃飯。

幾天以來，蔡先生因與杜榮有過爭辯，因此，他對於杜榮沒有好感，認爲他是一個叛逆，因此，他更形沉默了，吃飯的氣氛反而比以前凝重。

快要散席的時候，就剩下杜榮、美智和老闆娘三個人，老闆娘頻頻地看著杜榮，好像要跟杜榮講話，又猶豫不決似的，美智看在眼裡，一直要提醒杜榮，但是杜榮只管埋頭吃他的飯，他已習慣這種氣氛，在一個吵鬧的環境裡，持之以平靜，讓自己置身世外，佛與禪就是最會安排這種鬧中取靜，並且運用到最高的境界。

可是杜榮吃完飯，當他抬頭準備盛湯時，他發現兩個女人均目光如炬地在看著他。這下他就奇怪了，他想不通有什麼值得讓她們同時這樣注目的。他把碗停在空中，惡作劇地反目回顧她倆。

「有什麼指教！」

「是這樣的……」老闆娘一反常態，細聲地說：「我那個死鬼走了以後，看樣子很久不會回來，因此，店裡少了一個人手……我早上跟美智他們商量過，反正你也沒有什麼事，我想店裡請你來坐櫃枱，負責一些收款及跟派出所的人聯繫的事……」

這倒是個百分之百的意外，令杜榮措手不及，隨後杜榮便問：

「老闆娘想請我在店裡做事？」

「是的。」

「但是，我是來度假的呀！」

「這個我知道，只是我覺得……」

「妳覺得怎樣？」

老闆娘調整一下坐姿，好像無意識的，然後又摸摸燙得高聳入雲的蓬鬆的髮叢。她繼續說：

「我覺得坐坐櫃枱也是很輕鬆的事，我還可以每個月供給伙食住宿之外，另給你兩千元。」

在旁邊的美智有點喜形於色，她眞希望杜榮能答應下來，因爲如果這樣，杜榮變成了有職業，他在這裡長久居住的可能性更大，擁有他，將可獲得更大的保障。

杜榮也看到美智期望的眼色，但是這有違他來此的原則。他想，一答應下來，變成替人做事，要聽別人的，受制於人，不管在鄉村，在城市，都是失去自由的一種陷阱！

因而他說：

「眞抱歉，我不能答應妳，因爲這種受僱於人的生活不是我來此的本意，妳要知道，我所追求的自由自在的生活，我是等待了多少年才得到的，我不會在獲得不過十來天的短短時間內，就將它放棄……」

「你一樣自由，我不會管束你的，你每天的工作只是收收錢，登記住宿旅客姓名，如此而已。」

「眞的，很抱歉，我不能答應！」

老闆娘看他那樣頑固和堅決，知道多說也沒有什麼用，也就不再勉強他了。於是，她站起來，包裹著她汽油桶般似的腰間的旗袍，擠成一團，摺成像鄉間小戲院舞臺布景的橫幅，她擺擺身子，把它拉平。離開餐室時，她又回過頭來說：

「是不是待遇太少？」

「哦，不是的，只是我的觀念問題而已！」

「那麼，請你考慮一下吧！」

杜榮覺得她對這件事表現得還滿誠意的，不忍太直接回絕她，使她難堪。剛好她最後來了一個臺階，他便溫婉地接下去說：

「好吧，我考慮考慮……」

老闆娘走後，室內剩下杜榮和美智兩人，雖然杜榮拒絕老闆娘這番好意，美智認爲這是杜榮失去一個立足社會的機會，她當然有些失望，但是，她並不敢把這個失望表現出來。到底，他們之間認識的期間太短了，而且，也只不過自從那夜之後，多了一層曖昧的關係而已，而這種關係，既沒有什麼誓言，也不能曝曬在陽光底下。

所以美智看看杜榮，有點可惜地說：

「爲什麼不接受呢？工作那樣輕鬆，又有收入，這是個機會啊！」

並不是到現在才這樣，杜榮的許許多多的想法跟別人不同，使人頭痛，從大學時代便已開始，他知道他在這種條件下拒絕這個差事，在一般人的心中，是一件反常的事，因此對於美智所流露的失望之情，他不想苛責，他只淡淡地說：

「我不要爲了那幾千元錢，就把我自己的自由拘束住了。」

「不是錢的問題呀！」

「是什麼問題？」

「那可表現出一個人積極與否。」

杜榮有些不耐，他站起來，邊走邊說：

「美智——妳不了解我，我在世俗的眼光裡，本來就是一個反叛的人。我追求無拘無束的放浪生活，自私自利的生活……」

「那並不是好的生活態度！」

「什麼叫做好的？什麼又叫做壞的？這是很難下定義的，端看那個人的觀念與價值標準，對我來說，我的自由，便是好的生活態度。」

「我覺得那是頹廢……」

杜榮走到門口，不讓美智把一句話說完，截斷她的話，微慍地說：

「我們不再討論這件事好不好，妳要知道，即使用一大套冠冕堂皇的理由去說服、去左右一個人，仍是不道德的……」

「……」美智無言以對。

「好了，我要到外面去走走，底下悶死了。」

杜榮說完就走，留下一個像木頭做的美智在那兒發愣。

在美智的想法裡，這個等於旅舍經理的職位，他一定會欣然接受才對，而現在，他拒絕了，並且好像把那夜的濃情蜜意也忘得一乾二淨。杜榮在她的面前拒絕得這麼徹底，尤其對她的那種口氣及臉色，美智打從內心，一直寒顫起來。

杜榮走到外頭，一個大太陽正好頂在頭上，炎炎的光線像溫熱的雨水似的，直往他腦門潑，他急急地走完一段石板街巷，來到林鄉土的飲食店。

林鄉土和阿雪坐在店裡，把臉抬得高高的，出神地看著擱在牆壁高處的電視機。

阿雪首先看到他進來，便微笑地打招呼：

「來坐啦！」

林鄉土仍然入迷地看著他的電視，連看一下他的客人都沒有；杜榮走到他旁邊，在他的肩頭捶了一把，並且大聲地叫道：

「阿土，你鬼迷心竅了。」

林鄉土被這突如其來的撞擊嚇了一跳，他一看到是杜榮，馬上樂開了。

「幹！這些連續劇眞棒啊！尤其中午和晚上八點鐘這兩檔，我簡直受不了，吃鴉片了，不看不行啦！」

「唉呀！我說阿土你眞差勁，那些連續劇無理取鬧之極，往往一句話便可交代過去的，他偏偏在那兒繞圈子，廢話一大堆，簡直要把看電視的人氣成心臟病……而你還那麼入迷呢！」

「少唱高調，你這台北狼，我們在這種深山林內，有這樣的電視看就心滿意足了，再說，我可以從電視裡，彌補一下我未去台北的遺憾！」

「我看，哪天不帶你到台北一次，你對台北的夢，都是彩色的、奇幻的……」

林鄉土一聽到杜榮提到要帶他到台北，他眼睛一亮，放下擺個不停的二郎腿，正經地面向杜榮：

「眞的，哪一天可要帶我到台北去見識見識嘛！」

「那還不簡單，」杜榮坐下椅子，他把一雙腿張得開開的，一副吊兒郎當的模樣，「台北是一個妓女，招之即來，揮之就去……」

「幹！」林鄉土聽他又在發表演說，像電視上那些演戲的，他又好氣又好笑地罵起來。

「阿雪！」杜榮看阿雪整個心被吊在電視機上，他故意提高嗓門叫著。

這回，輪到阿雪被嚇了一跳。她一手撫胸，一邊嬌嗔地說：

「做什麼？」

「來一瓶黑松沙士！」

阿雪捨不得離開電視機，她求援似地向著林鄉土。

「阿土，幫幫忙，你去拿！」

林鄉土故作神氣起來，嗬了一聲，說：

「我是老闆啦，妳叫我，我叫誰？」

「老闆有什麼稀奇！」阿雪氣呼呼地站起來，她跑去冰櫃拿出一瓶黑松沙士，急急忙忙找不到一個開瓶器，愈找愈慌張，嘴裡嘀咕著。

這時電視的聲音大起來，聲音嗡嗡叫，原來到了廣告時間。

「不用緊張了，現在已是廣告時間！」杜榮說。

阿雪白了他一眼，終於在桌角找到開瓶器，她乾淨俐落地開了黑松沙士，朝他們面前一擺，罵著：

「臭男人！」

杜榮和林鄉土相視一下，哈哈大笑起來。

之後，他們天南地北地閒聊胡吹，後來，話題轉到那個酒醉的晚上。

林鄉土突然神祕兮兮地問：

「怎麼樣，那個晚上美智扶你回去，你有沒有乘機把她……」

「把她怎樣？」

「幹，假仙，我說，你有沒有把她幹掉！」

「哦！」杜榮笑而不答。

這樣子吊胃口反而使林鄉土急起來。

「怎麼樣？好不好玩呀？」

杜榮本來想把事實告訴他，但一想到山上地方小，萬一傳開了，對美智不好。只好說謊。

「沒有啦，我回去已經醉得不省人事啦！」

「你醉了，說不定她把你強了！」

「開玩笑，」杜榮笑呵呵地：「女人怎能強男人呢？」

「老實告訴你，」林鄉土把臉探到杜榮的耳畔小聲地說：「美智那個女人，我看是這個山裡最漂亮的女人啦，如果有機會，我眞想搞搞她，一定眞爽快囉！」

杜榮不知是嫉妒還是什麼的，他捶了林鄉土一把笑著：

「看你鄉下人，還滿黃的嘛！」

「咦，」林鄉土一本正經地：「鄉下人就不是吃米飯長大的，孩子就是從石頭縫蹦出來的嗎？他也要搞呀搞呀才能生孩子的呀。再說，山上的人對這種事情特別需要，晚上沒有娛樂，一關燈，不幹這幹什麼？」

「這樣說，你是天天搞囉？」

「沒有，我還沒結婚誰給我搞呀！」

杜榮這下逮住機會，他便指指阿雪。

林鄉土又靠過來，小聲地：

「可別亂講呀，人家才十七歲呢！」

「不是更新鮮嗎？」

「幹！」這回林鄉土捶了杜榮一把。

在等廣告時間的阿雪，看他們兩個大男人說得哈哈大笑，有時候又是交頭接耳，知道不是說些好話。在遠遠的地方，也頻頻翻白眼。

杜榮突然想起那個晚上蔡勇跟黃水仙喝得比他更醉，後來不知怎麼收拾的，這兩天一直沒有碰到蔡勇，不知道經過。於是他便問：

「那天蔡勇把黃水仙騎了嗎？」

林鄉土大笑起來，好像杜榮是白問的。

「那還用說嗎？豬哥勇仔殺人如麻，死在他手頭的女孩不計其數啦！」

「眞的！」

「前天晚上你沒有來，他把他與黃水仙的戰果足足說了兩個鐘頭，簡直，幹，繪聲繪影，聽的人比說的都要受不了……」

「他怎麼說？」

「他說呀，從來沒有碰過那麼騷的女人，一個晚上搞了兩、三次，第二天一大早下山，幾乎沒有力氣踩踏離合器和煞車！哈哈……」

林鄉土說到這裡，笑得前俯後仰，眼淚都笑出來了，接著杜榮也跟著笑，一片放縱的笑聲，震得屋瓦都會動。在一旁看電視的阿雪又白了他們一眼，又罵一聲瘋子，就不再理他們，逕自看電視去了。

林鄉土好不容易止住笑，他的臉漲得像紅關公，又神祕兮兮地：

「豬哥勇仔還說，哪天要把黃水仙介紹給我，製造一個機會給我搞……哈哈，你覺得怎樣？」

「可以呀，不壞啊！」

「你要不要？」

「我，不要！」

「爲什麼？」

「不能三個朋友一起搞呀！」

「有什麼關係，豬哥勇仔說，反正她又不是處女，一個人跟三個人有什麼關係？」

杜榮這下倒被這個鄉下阿土的新觀念愣住了，他想，並不是在大都市如台北的人才懂得性愛，這種人類最原始的慾望是不分男女，不分高階層及低階層的，只是，反常的，這種三個人搞一個的主意倒是第一次聽到。

因而杜榮很好奇，他問著林鄉土：

「阿土啊，原來你就是這麼壞啊！」

「什麼？這只不過有福同享而已。」

「有福同享而已，你不想想，如果黃水仙是你妹妹，你做何感想？」

「幹！」林鄉土坐直身子，他不滿意杜榮忽然澆冷水，而且提到自個兒妹妹的身上。

「我的話有沒有道理？」

「你，假正經……」

林鄉土說的沒錯，杜榮說不定是假正經而已，這種觀念並不是他接受不了的，若果眞的有這麼一天，黃水仙要跟他做愛，他並不見得會拒絕，因爲黃水仙隱藏在她衣服裡的成熟的肉體，以及眉間一股若隱若現的媚，杜榮那天也注意到了。

兩個大男人，談了一下午的葷話，終於有點累，他們邊揮著紙扇，坐在門口看天色，大口大口地喝著黑松沙士，在西北雨欲來的下午悶熱的時候。

天逐漸暗下來，不是天黑的暗，而是烏雲驟起遮得滿天滿山的沉暗，一陣陣清涼的風，貼地吹起來，把石板徑上的落葉，吹得沙沙作響，而且漫天飛舞，遠處山崖的樹林，隨風飄搖，有如一層一層的綠色的海浪，在跳著韻律操，姿勢優雅動人。

不多久，豆大的雨點便打在屋瓦上、鐵皮上，以及發熱的石板徑上，於是，一陣一陣的鼓聲，便在這個山林裡敲打起來。

雨水帶著霧氣，以及石板徑因雨淋而冒煙的熱氣，形成一股薄薄的煙嵐，使這個山上溫泉地方，縹緲在一層幻覺裡，眞美，也眞乾淨！

彷彿，在夏季每逢下午的陣陣驟雨，都會沖掉一些旅客留下的果皮和廢紙，可是，在旅客投宿的床上，和心靈上的那些污垢，不知雨水能否沖掉，如果沒有沖掉而留在身體和心上，以後會變成一種什麼樣的苔蘚，會發霉，會演變成一種病態，讓誰來沖刷呢？

夏季的驟雨在山村裡，在下午三點鐘左右的時刻，都會準時而來，夾著風，帶著一片更沉鬱的綠，嘩嘩地下著，把河漲得滿滿的，讓河水一路唱著歌，沿岸奔馳衝撞而來。

杜榮和林鄉土坐在店門口看雨發呆，直到雨水打濕了他們的褲管，他們才若有所思地搬動椅子，朝內移動。雨雖然在他們的生命中下了幾十年，對於他們兩個，卻從來沒有看厭過。而關於愛雨這一點，可能就是兩個受著不同教育及生活環境陶冶的人，惟一有著相同嗜好的地方。

正當杜榮對雨陷入沉思的時候，急驟的西北雨在外面傾盆地下著，門外的一條石板徑，突然從轉角處冒出兩個撐著花洋傘的影子，那影子在雨中快跑，一下子就閃到眼前，杜榮突然感到這兩個影子好像很熟悉，只是她們的臉躲在傘沿下，看不清她們。當她們從店門口跑過去，那樣的影子，糾纏他四年餘的一個女子的形象，終於在他腦海中清晰起來。

他突然脫口而出：

「李苾苾！」

在雨中奔跑的兩個女子好像受到電擊一樣，同時停下來，回頭過來找尋發聲的地方。

原來那兩個女孩就是李苾苾和杜麗。自從杜麗接到杜榮的來信，要她找幾本國中課本時，她便立即打電話給李苾苾，果然不出所料，李苾苾並沒有收到杜榮的信。杜麗提議一同到山上來看他。李苾苾並沒有拒絕，李苾苾已熟得不用在杜麗的面前裝假。因此約好在第二天，一大早，她們就從她們的故鄉出發。輾轉換了幾班車，想不到山下一片晴朗，太陽熱辣辣的，來到山上，卻下著罕見的傾盆大雨。

李苾苾在這遙遠的山上，聽到有人連名帶姓地叫她，聲音又是那樣鏗鏘，她並不以爲那是錯覺，她一下子就知道那人是誰，她好奇地找發聲的地方。

當她一回頭，她便看到杜榮正放開雙腳，斜斜地靠在一張椅子，默默地瞧著她們。他表情漠然，彷彿他正在看一部黑白的默片，引不起他的興趣一樣。

「哥哥！」

杜麗看到杜榮，好高興地叫了一聲，便和李苾苾同時往店裡跑去。

她們站在店門口收傘，進店內，把一只旅行袋擱在椅子上。倒是林鄉土被這突如其來的一幕弄傻了。他搞不清楚跑進店內的這兩個時髦漂亮的女孩是誰？直到他聽到有人在叫哥哥，而且朝杜榮跑來，他才恍然大悟。

林鄉土搬開椅子，讓她們走進去。這時杜榮也站起來，他接過二人的傘，目光與李苾苾的眼神相接，只是李苾苾的嘴角，漾著一層神祕又孤傲的微笑。

杜榮對李苾苾，隨便問一句莫名其妙的話：

「妳怎麼知道我在這裡？」

李苾苾也不假以顏色，反而詼諧地說：

「我怎麼知道有這麼偉大的一個人物在這裡，我們到山上來散散心，偶然碰上罷了。」

杜麗看到他們一見面又鬪起來了，有點不悅，就對杜榮直嚷著：

「哥，是我帶她來的又怎麼樣？眞討厭，一見面就吵，算什麼？」

「人客不知要吃些什麼？」林鄉土看他們正在議論紛紛，便插嘴說：「杜仔，也不介紹一下嗎？」

這時阿雪從裡面跑來，一臉淘氣地問：

「人客不知要吃些什麼？」

杜榮笑起來，做了一個要打阿雪的動作，阿雪敏捷地跑開了。

「來，來，阿雪，我給你們介紹一下。」

杜麗穿著一條牛仔褲和一件花港衫，而李苾苾穿著洋裝，有細碎的花點，翻著白色的領子，是當時最流行的服裝。杜榮指著兩個女孩便介紹著：

「穿牛仔褲的是我的妹妹，穿洋裝的是我大學裡的同學，」他又指著一邊的林鄉土，「他叫林鄉土，一個又高雅又俗氣的名字，我們都叫他阿土，是這裡的老闆，旁邊的這位，是這個山上最淘氣最漂亮的女孩，她叫阿雪。」

他們互相點頭，互相問候。只有阿雪人小鬼大，她在一邊暗暗竊笑，一直看著李苾苾，這個杜榮口中的大學同學，想必就是他的女朋友，愛人。

「阿雪，妳在傻笑什麼？還不趕快去開汽水。」林鄉土罵著她。

他們圍著一張桌子坐下來。李苾苾坐在杜榮的對面，她看他微笑著，反而感到有些怯生，而杜麗一直打量著店內的擺設，後來又把視線移到室外，看著大雨，像箭簇，不停地落著。

「奇怪，」杜麗說：「山下出著大太陽，這裡雨竟下得這麼大？」

「在夏季裡，這裡差不多每天下午都有這種驟雨，就是今天大一點罷了。」

林鄉土獻殷勤地。

「等一下就天暗了嗎？」

「妳不要看現在昏天暗地，」林鄉土看看錶：「再過一個鐘頭，雨停了，妳可以看到這裡更翠綠更美麗的山，還有，還可以看到太陽，掛在西邊山峰的稜線上……」

「唉喲！阿土，你今天眞是不同凡響啊！出口成章，簡直像一個作家在寫一篇優美的散文呢。」杜榮故意取笑他。

林鄉土有些得意，也有些不好意思，他直搖頭，訕訕地解釋著：

「是啊，我常常看一些散文選集，像徐志摩的，朱自清的啦，還有什麼《中國現代散文百選》等等啦，裡邊有些風景的描寫，寫得很棒哩！」

「於是你就借來用囉？」杜榮問。

「是啊！我是經過消化的，是不是用得有點不倫不類？」

「沒有，很好呀。」

李苾苾和杜麗一直在一旁看著這兩、三個人在耍寶，聽得津津有味。

這時，阿雪忽然插嘴進來，笑嘻嘻地說：

「你們不知道，我們阿土啊，他十七歲的時候，還作著銀色的夢，一直想做個電影明星呢！到了二十歲時，他受了徐志摩的影響，又想當作家呢……」

「阿雪！」林鄉土喝住她。「妳胡說些什麼？」

「奇怪！這些事都是你自己告訴我的呢！」

林鄉土氣得直跺腳，他做個誇張的動作要揍她，阿雪無動於衷，林鄉土的手只好又收回來。

「眞是無藥可救！」

「你才無藥可救呢！」

就在這樣的吵吵鬧鬧中，屋外的雨漸漸的小了，只有屋簷的水，還滴答滴答個不停。

「哥，你就住在這裡嗎？」杜麗問。

「不。」

「在哪兒？」

「在上面的一家旅舍！」

「帶我們去吧！」

杜榮看在座的各位，除了李苾苾把臉偏向他，望著街景外，林鄉土正熱切地看著他，而阿雪也是一臉神祕詭異的表情，似笑非笑，眼光一直在杜榮和李苾苾的身上瞟來瞟去。

「阿土，我們算賬吧！」

「你妹妹從遠地來，幾瓶汽水我請客好了。」林鄉土說，同時看著杜麗。

杜麗馬上調皮地接下去。

「謝謝，謝謝！」

杜榮了解他妹妹的脾氣，喜歡惡作劇，既然這樣，他也不和林鄉土爭。於是他站起來，說：

「那我們走吧！」

李苾苾跟杜麗一道站起來，杜榮去拿擺在椅子上的旅行袋，三個人就順序地走出店外。

林鄉土送著他們，直到門外還在說：

「晚上來這兒吃晚飯，我炒幾個好菜請客！」

「謝謝，謝謝！」杜麗又調皮地說。

「阿麗，」杜榮不要杜麗再鬧，便阻止她，隨後轉向林鄉土。「阿土，我們晚上在旅舍吃就好了。」

「你才客氣呢！兄弟間也在乎這個？」

「謝了，謝了。」

他們離開飲食店，雨已經完全停了，只見許多灰色的雲塊在天上疾走，在西邊的山稜上，已露出一片晴朗的白，漏著少許的陽光，使這個山間又逐漸地明亮起來。

李苾苾和杜麗跟在杜榮的後面，小徑被雨水洗刷得很乾淨，徑旁的一條小水溝，幾乎要滿溢出溝沿的水，帶著漩渦和泡沫，急急地從上面奔跑下來。

兩個從外地來的女孩，第一次被這裡的景色迷住了，小徑以外，路邊開著賣土產的店，也引起了她們的好奇，每一家店門口飄揚著染色的旗幟，代表著自己的店號，尤其一家日本料理店，飄著紫色和藍色的標幟，門口有塊凹進去的空地，種滿了花草，還有一個小魚池，魚池內游著碩大的金色鯉魚。入口處吊個燈籠，在風中輕輕地搖晃！

她們看著看著，杜麗終於抗議著：

「這裡日本味道太濃了。」

杜榮回過頭來看她，說：

「這個溫泉區本來就是日本人開創起來的，所以，怎會沒有日本的味道，妳看，這裡的旅舍除了一、兩家光復後才蓋的，哪一家不是日據時代蓋的。」

「但是，日本人已被我們趕走了。不應該還有他們的遺風在這兒陰魂不散！」

「把日本式建築的旅舍都拆了？」杜榮反問杜麗。

「我認爲這樣子不好，好像走到外國去一樣！」

「溫泉和日本情調是這裡的特色，也是吸引外客的地方。我不覺得它是個壞處，一個人，或者一個國民，他可怕的是他從內心深處徹底的媚外，而不是他接受了一些他人的優點和特色。」

「咦，這好像不是你的論調，我記得你很痛恨那些超級強國，像日本帝國、美利堅帝國等……」

「是，沒有錯，我是痛恨美國人操縱世界，經濟和文化侵略，我也痛恨日本人在中國的侵略，姦殺擄掠，但是，日本的美，像古典的美、建築的美，它使我喜歡……它跟日本軍閥是兩回事。」

李苾苾本來一路上都不講話，可是聽了杜榮這段話，心裡有氣，便冒了出來。

「我覺得你的話充滿矛盾，什麼既憎恨日本人，可是又接受日本人創造的美，這樣的邏輯如果能夠成立的話，那不是說：一個人對另外一個人同時有兩種心態：既痛恨又熱愛！」

「是啊，這種心理是有的，尤其是那些在熱戀中的男女。」

「那是矛盾的！」

「矛盾也是一種心態啊！」

「但那是不健康的！」

「健康與不健康是另外一回事，那可見仁見智，但即使不健康，它還是一個事實，它永遠存在的啊。」

針鋒相對的杜榮和李苾苾，誰也不服輸，尤其是李苾苾，她雖然嘴上這麼說，難道她不知道人的最大痛苦，就是生活在矛盾中，就以她和杜榮來說，杜榮就是一個使她又愛又恨的人，這種痛苦的矛盾心理，她是體會得最深刻的一個人。她之所以好強地跟杜榮爭辯，也無非要吐一口悶氣而已。

「強詞奪理，差勁，噁心……」李苾苾既不認輸，只好自言自語地。

杜榮本來還要抬槓下去，看到李苾苾已不高興，同時已到了旅舍門口，便轉換了話題。

「到了，我就是住這裡。」

一幢古舊的日本式木造的建築，給她們的印象就是破落戶的感覺，連一塊掛在屋簷下的旅舍木刻招牌，雖然筆劃蒼勁有力，但因爲小小的，在李苾苾的最初印象裡，也顯得寒酸無比。

小小的玄關，擺了好多的塑膠拖鞋，紅的綠的，很像一堆沒有生命的殘屍，七零八落地到處橫躺著。而且，剛才的風雨，把玄關打濕了一大片，一片暗黑色的陰影，一直渲染到榻榻米上。

美智和阿霞正蹲在地上用一塊抹布在擦拭，聽到門外有腳步聲，美智抬起頭來，她看到杜榮帶著兩個耀眼的女孩，站在門口看著她。

美智一個職業性的反應，她嗨的一聲，很快地站起來，微笑地招呼著：

「來坐，來坐！」

杜榮帶著她們進去玄關，美智把杜榮手上的旅行袋接過去。這時阿霞也跟著站起來招呼。

「美智，來，我給妳們介紹。」杜榮指著杜麗說，「她是我的妹妹，另外一個是我大學時的同學。」

美智她們同時的點頭，還帶著一種職業性的笑，只是美智的微笑中，摻雜著一種驚訝的成分在內。

「歡迎，歡迎，請多指教！」

「她們要來這裡住幾天，給我開一個我旁邊的房間，順便交代阿彬，這幾天她們也在這兒一起開伙。」

「是，是，」美智說著走上櫃枱，在牆壁上一塊掛滿了好幾排一連串的鑰匙裡，抽出了一把。然後問杜榮：

「二〇四房好不好？」

「好啊。」

於是，美智帶著他們穿過一條幽暗的長廊，在轉角處，阿彬忽然從閣樓的門縫裡跳下來，把一行人嚇了一跳。美智首先開罵：

「夭壽鬼，整天不幹好事！」

阿彬訕訕而笑，在暗淡的光線中，汗水流滿了他一身，臉上溢出一層光滑的油脂和汗珠。

杜榮很奇怪，那一個幽暗而悶熱的小閣樓，不知有什麼玩意兒，他已經好幾次看他從上面下來。每次，阿彬總是露出一臉詭異而曖昧的笑，有一次，阿彬甚至欲言又止地想告訴他什麼，可是給阿霞阻擋住了。這次，他又好奇地問他：

「阿彬，你老是在那上面幹什麼啊？」

阿彬拍拍手，想把手上的灰塵拍掉，她看到杜榮的背後還跟著兩位女孩，有點不好意思。

「沒有啦，沒有啦！」

「來，我給你們介紹，」杜榮說：「她是我妹妹，另外一個是我的同學，她們要在這裡住幾天，這幾天的伙食要麻煩你了。」

「沒問題。」阿彬有點害羞的看著兩位女孩。

「他是我們廚房的大師父呢！」美智說著，帶他們走到臨河的長廊。

一片綠，一片喧譁的水聲，像新開出的一種境界，展現在他們的眼前了，李苾苾和杜麗突然被這幽美的景色迷住了。

她們兩位一直叫好，兩個人扶著欄杆，一直望著河底的水，那些湍急的流水，冒著泡沫，在巨石間，衝動和奔跑，激起水花及漩渦。

「好美喔！」杜麗樂得直拍手，一邊叫著，一邊拉著李苾苾說：「難怪哥哥他會跑到這個山上來享受人生！」

李苾苾本來一張賭氣而緊繃的臉龐，現在也鬆弛下來，她展露了歡顏。

「是呀，這裡的山色和水聲太美了。只是到了晚上，湍急的水聲一定會吵得人不能入眠？」

「才不呢！」杜榮說：「寂靜的晚上除了蛙鳴，這些水聲，便成一闋催眠曲，美妙極了。」

美智在走廊盡頭的前一間，也就是杜榮房間的旁邊，她拉開房間的紙門，站在門口問著她們：

「這間好不好？」

六疊大的榻榻米房間裡，除了兩張小沙發和一個低矮的茶几外，其他空無一物，整理得乾淨而清爽。李苾苾好喜歡這種房間，因爲平鋪寬敞的榻榻米，無拘無束，她們只要願意，就可以在榻榻米上打滾。

「好啊，眞棒！」

杜榮這時拉開他房間的門，很得意地說：

「這是我的房間！」

杜麗馬上探頭去看，房間是一樣大，一樣的設備，也收拾得一塵不染，棉被和枕頭，都收拾到被櫥裡，眞是窗明几淨。

「唉呀，眞不簡單囉，」杜麗好像發現新大陸似的，她連忙拉李苾苾：「妳來看，他把房間整理得好乾淨喔，那些亂丢亂摔的毛病沒有了。」

杜榮在一旁苦笑。他說：

「其實，那不是我的習慣改了，而是我丢她撿，美智幫我收拾的呀！」

「哼，」杜麗明白過來，「我就知道，江山易改，本性難移。但是你怎麼好意思讓她替你做這些事呢？」

美智把杜榮手上的旅行袋接過去，放入房間裡，然後很客氣地說：

「那裡，做這些事就是我們的工作，應該的。」

「哥哥，那你眞舒服啊，我看你的骨頭都懶散掉了，你每天除了睡覺，還幹什麼？」

「誰說我光是睡覺，」杜榮一倒就靠在沙發上，心滿意足地：「我每天把日課排得滿滿的，我散步、看書，甚至連找人聊天也都安排得好好的，告訴妳，我從來沒有像現在一樣，生活這麼充實過！」

「所以，你就把故鄉年老的媽媽，對你望眼欲穿的媽媽忘得一乾二淨，連一封信也不屑寫，是不是？而我這個妹妹，還有李苾苾，也都不值得你問候一聲嗎？這次如果不是你要我找初中課本，我看，你還不會來信呢，對不對？」

杜麗的話像機關槍，連綿不絕，又責怪又挖苦，弄得杜榮啼笑皆非。

美智看他們兄妹在爭執，連忙告辭，她很有分寸地說：

「你們休息一下，我去泡茶。」

她說完，職業性地彎身行禮，就走了。

杜麗和李苾苾就在榻榻米上坐下來，一人靠著一邊牆壁，很舒服地把雙腳伸直。杜麗繼續說：

「也難怪，山上風景這麼好，又有那麼溫柔體貼的女人服侍你，你當然不屑於山下的人了。」

「阿麗，妳到底有完沒完？」杜榮假裝生氣地斥責她，其實他哪裡不知道，他妹妹就是喜歡這樣鬧著玩，只是，李苾苾在旁邊，他不要讓她把事情弄擰了。於是，他便調開了話題：

「妳來這兒媽媽知道不知道？」

「當然知道！」

「她還有沒有生我的氣？」

「她怎麼敢生你的氣，她還怕你身體著涼，要你早晚多加衣服，還怕你吃不好，拿了兩千元，叫我拿來給你補給營養呢！」

「她也眞是！」

「是啊！媽也眞傻！」

「咦！阿麗，」杜榮坐直身子，他聲音大起來，「妳到底有完沒完，難道妳就是衝著我來吵架的嗎？」

杜麗終於莞爾地笑起來，俏皮地說：

「你是媽的寶貝兒子，我怎麼敢！」

「算了，妳還不是她的寶貝女兒！」

「沒有，她比較疼你！」

「阿麗，媽就不疼妳了？」

李苾苾默默地坐在一旁，看他們在開玩笑地爭執，心裡有很深的感慨；記得在一個月前，她和杜榮才那麼厲害地吵了一架，她還堅決地說這輩子永遠不要再理杜榮了，想不到一個月的時間而已，她在悔恨交加、痛苦不堪的情形下突然接到杜麗的電話邀請，她連考慮都沒有，一口就答應一同到山上來看他。現在，這個叫杜榮，折騰她四年，使她吊在半空中搖擺不定，心靈空虛痛苦的男子，現在他就坐在她面前，一樣狂妄自大，一樣目中無人，一樣高談闊論，一樣不把她放在眼裡。這次入山，雖然下了很大的勇氣，但是面對他，她便發覺自己又錯了，並且這種羞慚和屈辱感，從來沒有像現在的感覺那麼強烈過。

因此，她惟有沉默地待在一邊，像一隻被遺棄的狗兒。

杜榮也發現到李苾苾跟以前不太一樣，以前鋒芒畢露的她，說話咄咄迫人的那種氣勢，這次從她入山以來，不但沒有看過不說，她還鬱鬱不樂，甚至有淒迷哀怨的眼神，像從照相機的特寫鏡頭裡，表現得更深刻，更楚楚動人。

「苾苾，妳怎麼不說話？」杜麗說。

李苾苾微微一笑，笑中有苦楚，也有無奈，她的手無意識地弄著胸前一截綢質的蝴蝶結，她的眼神飄忽不定。她低低地說：

「我要說什麼啊？」

「至少，妳不用這樣沉默，妳可以大聲地笑笑，大聲地罵罵我哥哥呀！」

李苾苾抬起臉，她的黑眼瞳向上看，長長的睫毛下可以看到一大片的白眼仁，在眼眶裡泛動。李苾苾有點不解地看著杜榮，又看看杜麗說：

「我為什麼要罵他！」

「他可惡呀！」杜麗說。

「他可惡嗎？」李苾苾自言自語似的。

可惡不可惡，是一個不能遽而下結論的問題，那要看個人的心境和遭遇。可惡對於杜榮來說，倒也不見得，但是對於李苾苾的感情，杜榮在自省下，或多或少地，對於她，總有一些抱歉和遺憾。

三、四年來李苾苾和杜榮的感情一直停留在某個階段，這不是兩人的錯，如果一定要說誰錯了，那一定是各自爲政的觀念錯了，時代錯了。

「是啊，李苾苾爲什麼要罵我？而我，眞的很可惡嗎？」

「沒有，」李苾苾慢慢說，她清醒地：「你是個好人，天下第一號的大好人，所以，沒有人還會去罵一個好人的！」

杜榮若有所思，他傻傻地看著李苾苾，發覺她話中有話：

「李苾苾，妳就是在罵我！」

「我這樣在罵你嗎？」

「妳是在罵我！」

「你是心中有鬼！」

這時腳步聲從外面傳來，一會兒就看到美智端了一壺茶小心地放在茶几上，她滿臉笑容，連倒了三杯茶，放在各人的面前。

「請用茶！」

「謝謝！」杜麗說，然後她盯著面前這個豐滿好看的女人。「我哥哥一定麻煩妳不少，他是我家的寶貝，所以很放肆，請妳多包涵！」

杜麗的話像美智心中的一條弦，被她撩撥著了，使得美智的一陣熱潮，打從心底泛起，她的腦內立即閃過一幕她和杜榮溫存的鏡頭。她害羞地垂下頭，低沉地說：

「杜先生是個好人客。」

「來，不管如何，」杜麗端起茶杯。「我以茶代酒敬妳，謝謝妳對他的照顧！」

美智不好意思起來，她連連揮手，她說：

「哪裡哪裡，那是我的工作和職責呀！」

她們兩個便對飲了一杯茶。兩造乾淨俐落，好像女中豪傑。

倒使杜榮奇怪了，他不知道他這個妹妹，幾時從哪兒學來這套，心裡很是佩服。便說：

「阿麗，妳倒懂得禮貌了，眞是士別三日，要刮目相看啦！」

「可不是，別以爲在你的心中，我永遠長不大似的，我已經二十幾歲了。」

「哦，原來妳長大了，成熟了。女大不中留是不是，妳可要跟媽媽講呀。」

杜麗體會出杜榮的話中有話，把意思歪了，她猛一下跳起來，兩隻拳頭就捶著她哥哥寬闊的肩膀，直嚷著：

「你還吃我豆腐！該打，該打……」

杜榮躲都不躲，只是哈哈大笑。

「眞的……我一直在外面，幾年下來，一個黃毛小丫頭，外表已經亭亭玉立了，而且，做人處事也學了不少，這種美好的教養我現在才發現到，阿麗，我眞的以有這樣的一個妹妹爲榮！」

「是啊，你也謙虛多了。」

「我本來就很謙虛呀！」

「你呀——」杜麗把聲調拉長，並且做個鬼臉。「我看世界上就你最狂妄的了，還說謙虛呢！」

一直靜靜在一旁的李苾苾，像一朵含羞的睡蓮，微傾著臉，她憂鬱的眼色出神地看著房間外，如果是觸目所及，應該是穿過旅舍的欄杆而達到對面長滿草本植物以及苔蘚的山壁，可是，李苾苾彷若在傾聽著他們絮絮不休的爭吵，又彷若陷入沉思中，因此她像一具雕像。

這時，杜榮發現李苾苾好像變成另外的一個人，在大學四年的那個活潑又健談的女孩，已經消失無蹤。現在坐在他旁邊的她，從側臉看她，他已幾乎認不出，只見她的腮邊一直延伸到下顎，有一大片白色微細的汗毛，捲成一圈很動人的圖案，從側光中看得特別明顯。杜榮感到很奇怪，曾經擁抱過她，曾經在她耳畔喃喃低語，就不曾發現到李苾苾的這一片腮邊汗毛。現在，在她的沉思間，像一枚隱沒的胎記，在某人的想像和渴念之間，突然顯露出來，眞是不可思議啊！

杜榮和杜麗都發現到李苾苾的異樣，便收斂了他們的笑話，杜麗很關注地看著李苾苾，並用手搖撼她。

「苾苾，妳發什麼呆啊！」

李苾苾緩慢地轉過臉來，她的眼光首先接觸到美智訝異的表情，然後是杜榮似笑非笑，但其實冷酷的臉，而杜麗呢，焦灼的眼色正與她相接。

她讓眼光停在那裡，像電影的停格鏡頭，她們互相對視，李苾苾眼瞳空洞無神，欲言又止。

美智看在眼裡，覺得他們三人之間一定有某種的祕密與虧欠，她本想留下來一窺究竟，可是她想，做為一個服務生，端茶待客之後，不退出這個房間便不只是禮貌的問題。於是，她清清嗓子說：

「杜先生你們需要什麼請再吩咐，你們好好聊聊，我去應付櫃枱！」

「謝謝，麻煩妳很多！」杜麗說。

美智微微鞠個躬，退出了房間。

靜止下來的房間，彷彿可以聽到三個人的呼吸聲，雖然戶外水聲喧譁不已。

杜榮看到李苾苾那種臉部的神情，是一種摻雜著倔強與失望的憂愁。他並不動容，只有杜麗了解她，她知道李苾苾的內心一定隱藏著一股起伏不已的浪潮。

因而，杜麗頻頻地垂詢她。

「苾苾，妳說話啊！」

怔忡著的李苾苾，她眨了一下空茫的眼睛，一顆豆大的淚珠，自她的眼角滴下，李苾苾沒有去擦拭它，她緊抿著嘴唇，狀極痛苦。

杜麗有些驚駭，她移過去用一隻手抱著她，用細細的聲音叫著：

「苾苾……」

杜榮不明就裡，他看到李苾苾那麼痛苦，心裡反而產生一種愉悅的感覺，這是一種變態。從很久很久以前，他深愛著的，不知是什麼原因，每當她快樂的時候，杜榮便嗒然若失，一直想辦法報復；而在李苾苾不高興時，他的內心便快活起來。

這眞是一件奇異的事態，就好像杜榮實在深愛著李苾苾；但他即使忍著精神與肉體的煎熬，他也不想得到她一樣。

杜榮還是沒有說話，一句安慰她的話都沒有，他只是轉了一下身子，可以很近地正面地看著李苾苾，那動作很僵硬，像士兵操演基本步伐的連貫動作，服從口令而沒有感情。

李苾苾淚眼迷濛中看到杜榮無動於衷，她傷心到極點，終於忍不住，哇地一聲哭出來。她的情感，像決了堤的河水，她不顧杜麗在旁邊，盡量地宣洩自己。有若一朵在洪水中被沖失的布袋蓮，孤單而又憤怒。

「李苾苾，妳這是幹什麼?」杜榮冷冷地說。

李苾苾猛然地抬起頭，她以一種充滿憎恨的口氣說：

「我幹什麼?我是一個傻瓜，我從那麼遠的地方來讓你取笑，我自取其辱，眞是活該……」

「可是，我沒有說妳什麼啊?」

「是呀!」李苾苾聲音尖起來。「你是不說話，只是冷冷地取笑我。」

這時杜麗站起來，她覺得這是兩個人感情的事，夾一個第三者，反而不妥，所以她說：

「你們去吵吧，我要出去走走散散心，最好在我回來前，已經雨過天青!」

杜麗說完就走出去，順便把門拉上。

關上了門的房間，由於沒有開燈，因此光線就黯淡下來，微弱的光線，差不多只能看到兩個人的輪廓，至於那些淚，那些感傷，都被淹沒在黑暗中。

暗影裡，杜榮看到李苾苾依然聳動著肩膀，低低地啜泣著。

杜榮便比較溫婉地說：

「難道，妳就是那麼遠來跟我吵架的!」

李苾苾沒有回話。於是杜榮又說：

「我覺得妳整個人都變了，以前那麼活潑，說起話來滔滔不絕，爲什麼妳現在變得這麼愛哭，多愁善感的，一點都不像以前的妳了。」

「是的，我是變了。」李苾苾在黑暗中動了動，好像找到一條手帕擦著眼淚。

「變得不可理喻！」

「我也知道，我是變得不要臉了，你看，一個月前才被你奚落一頓，才說要跟你絕交，現在，只不過一個月而已，我又來了，不請自來了，我變得多賤……」

「李苾苾，妳不要這樣！」

「是啊，」李苾苾又嚎啕大哭起來：「你不要我這樣！你要我怎麼樣呀？」

「我要妳回去好好教書，交個男朋友。」

「杜榮，你眞是一個混蛋！你不要以爲天下只有你是一個男人……」

「我無話可說！」

他們兩個好像越來越離得遙遠，就像杜榮說的，愈來愈無話可說。他們像兩個緣分已盡的人，站在十字路口上，背向背，各自向各自的前程奔散。

那個晚間他們在餐室吃飯，氣氛像以往那麼沉悶，所有的人都不痛快，蔡姓老人自從那次和杜榮吵了一架以後，比以前更不理他，他們互相不攀談，這次杜榮帶來了兩個女孩子也沒有引起他的好奇，反而用鄙視的眼光看他。

而杜榮自從下午和李苾苾鬧僵後，不只跟李苾苾，連和他妹妹杜麗也沒有什麼話可說，下午他只介紹她們洗溫泉，以及陪她們在山間的小徑散步。而後就是吃晚飯。

現在，當阿彬要離席的時候，他曖昧地朝著杜榮直笑，一種不可言狀的低級趣味，像一個小丑在逗著小孩玩一樣。

杜榮覺得很奇怪，他的這種怪異動作，是爲了要吸引餐桌上的兩個女子嗎？還是有什麼特別的意義呢？

「阿彬，你幹什麼啊？」杜榮好奇地問。

阿彬繞過桌角，來到杜榮的身旁，他低下頭，把嘴巴放在他的耳畔細聲說：

「嘖！嘖！晚上有好節目，吃過飯你找我，我帶你到一個好地方去！」

「什麼節目？」

阿彬看看低頭在吃飯的李苾苾和杜麗一眼，然後又神祕兮兮的：

「現在怎麼能說，你等一下找我就知道！」

杜榮看他一本正經，也不再追問，只好頻頻點頭。

阿彬走後，杜麗放下了碗筷，她問道：

「他是幹什麼的？」

「他是我們旅舍裡的廚師呀，晚上的這些飯菜，都是他做的。怎麼樣，比妳們女孩子強吧！」

「那有什麼稀罕，這是他的職業啊，」杜麗說著同時瞄了李苾苾一眼，只見她已經吃完了飯，正用碗筷在收拾桌上的魚刺。杜麗繼續說：「可是，他油腔滑調，像一個小人似的，而且鬼鬼祟祟的，很討厭！」

「咦，杜麗，妳怎麼可以這樣批評別人，尤其用『小人』這種字眼罵人！」杜榮很認眞地說。

杜麗經哥哥這麼一說，也發覺自己是說重了一些，不過從阿彬的外表和言談所給她的印象，她的確不喜歡這樣的男人。

於是她說：

「我只是把我的感覺說出來而已！」

「但是，這樣妳就已經批評到別人了。」

杜麗覺得哥哥的口氣愈來愈尖銳，如果再頂下去，可能又要鬧得不歡而散，於是她只好轉開話鋒。

「好，我不批評別人，我做個鄉愿好了。」

但是這樣的答話，反而使杜榮更不高興，他更嚴肅地板著臉孔。

「罵人跟鄉愿是兩回事，妳不要強詞奪理，而且不認錯。」

「如果把心裡的話直接地說出來，會傷害到別人，這也無可奈何啊！再說，這些都是我從你那兒學來的啊！」

「胡說八道！」

針鋒相對的結果，是做妹妹的挨了罵，也冷落了李苾苾。

李苾苾默默地坐在一旁，在六十燭光的微弱光線下，她看起來那麼嬌弱無依，可是在她的內心，卻洶湧著一股憤恨的波瀾。從早上自故鄉搭上客運車後，她就後悔這次南來會杜榮。她既自責又渴望，內心充滿著矛盾和痛苦，她漸漸失去理性而顯得衝動！她衝著杜榮說：

「什麼胡說八道！你以爲做哥哥的就可以隨便罵人嗎？」

杜榮沒有想到李苾苾會突然對他發難，所以他愣住了，端著湯碗，傻傻地瞪住她，一時不知說些什麼。

「不要隨便地破壞你在你妹妹心中的好印象和她對你的尊敬，要記住一切的好處都得來不易，但要失掉它，卻易如反掌！」

李苾苾很認眞，也一絲不苟，眼睛直盯杜榮，那種眼神既堅定又可怕，口氣很果決。

這突如其來的一頓教訓，使喝湯的杜榮倒了胃口，他放下碗，比著手說：

「這算什麼，妳們聯合起來了，告訴妳們，理是講出來的，不是罵出來的。」

「是的，我就是在跟你講理！」李苾苾一點也不退縮，好像要跟他開辯論會似的，她挺挺腰桿接著說：「沒有人要與你對罵，差勁的人才會這樣！」

眼看著他們就要爭執起來，杜麗便站出來打圓場，岔開話題：

「好了，好了，哥哥你也眞是，我們從那麼遠來看你，竟然不盡地主之誼，反而跟我們吵架。」

杜榮笑笑說：

「我可沒有惹妳們，是妳們衝著我來的。」

「唉呀！婦人之見，怎麼跟我們一般見識。你不是一直驕傲地以爲你學問比我們多嗎？」

「難道不是嗎？」

「好了，哥哥，我們不用爭了，我承認不如你有學問。但我倒要問你，晚上我們做什麼？」

「晚上！」杜榮推開椅子站起來，他變得有點兒吊兒郎當。「晚上，這裡的晚上是沒有娛樂的，連聽收音機都沒有！」

「那我們怎麼過？」杜麗驚異地。「我們難道來到了非洲不成！」

「我倒有個建議，妳們可以在房間躺下來，那些堅硬的榻榻米會給妳不同於彈簧床的經驗，還有，只要心平靜下來，除了嘩嘩的水聲叫嚷不休，充塞妳們的耳鼓外，說不定，妳們可以聽到自己心靈的呼喚！」

「那麼你呢？難道你每天晚上也都是這樣過的？」杜麗問。

「我節目比較精采，通常我看一會兒書後，便到林鄉土的飲食店坐坐，吹牛聊天，我在那兒認識一些人，有客運車的司機和車掌，有下棋的老頭……他們都很好玩，可以講一些帶黃的笑話，不用心機……」

「低級！」杜麗罵一聲。

「所以，淑女不宜過去，晚上妳們就自個兒聊天好了。早點睡，明天一大早，我帶妳們到各處去走走，喔！對了，我帶妳們到北回寺去看和尚！」

「就是你信上說的那個嗎？你要的國文課本就是要去那兒教那個小沙彌的嗎？」

「是啊！」

他們談著談著，氣氛又和諧起來，只是李苾苾又沉默下來。

他們三個就魚貫地離開了餐室，上了門廳，外面的天色已經完全暗下來，對面那家藝品店，兩盞刺眼的日光燈發著耀眼的光芒，不客氣地刺入杜榮他們的眼簾。

阿彬坐在櫃枱上看報紙，美智和阿霞坐在破沙發上私語。杜榮跟她倆打個招呼：

「嗨，該妳們下去吃飯了，今晚的味噌湯很好！」

她倆站起來，鶯鶯燕燕地擰擰捏捏。然後美智問著李苾苾說：

「吃飽了嗎？」

李苾苾微笑起來，臉上泛起小小酒渦的笑靨，是李苾苾入山來最溫柔的笑。她客氣地回答：

「謝謝，吃得很飽。很對胃口，是很道地的台灣菜嘛！」

「阿彬，」阿霞叫著：「你看，人家小姐讚美你做菜眞棒啦！」

阿彬直樂得嘴巴都合不攏來。他把報紙捲成棒子，不停地打著桌面，打得拍拍作響。

「謝謝，謝謝……」

兩個中年女人就下到地下層吃飯去了。而當李苾苾和杜麗要穿過走廊去她們的房間的當兒，跟在她們後面的杜榮一把被阿彬抓住。

「阿杜，你不要走！」

「幹什麼？」

阿彬傾過身子過來說：

「有好節目嘛！」

「到底是什麼嘛？」

阿彬眼角往上吊，眨了兩下眼，又用拇指猛指頭頂上的天花板。

「這個這個嘛！」

杜榮還是不懂他在搞什麼，但心想他一定有什麼花樣，所以便叫杜麗和李苾苾先回房間休息，等到她們的腳步聲走遠後，阿彬就說開了：

「幹，二〇五房是一對漂亮的年輕夫婦，我特別把他們弄到那個房間的，那個房間正好在閣樓下面，天花板上有個洞，那個洞有一角錢大小，我們趴上去朝下看，剛好整張床看得清清楚楚，幹，他們的聲音也聽得清清楚楚，眞是爽快死了。」阿彬說得口沫橫飛，飛沫不時噴到杜榮的身上，但是杜榮不太在乎，因爲他被他說得心志高昂起來。

阿彬突然看看左右，聲音小了點：

「不要給老闆娘知道，這是有一次老闆被我無意間發現他從閣樓下來，告訴我的，誰都不知道，阿霞她們也不知道，你可不能亂講喔！」

「眞是缺德！」杜榮又驚又喜。

「假正經，你不知道看那個多痛快，比看春宮電影還爽快呢！」

「我們在上面看，下面的人不會發現嗎？」

「這你放心，我已經試過好幾次了，房間沒人時，我便去躺在床上，天花板的那個小洞，黑黝黝的，根本不知道會有眼睛在那裡！」

杜榮繞回去，走進櫃枱的位置，在榻榻米坐下來，他一臉好奇地問阿彬：

「你常常看嗎？」

「幹，以前哪有機會，就是老闆出走以後，我幫忙坐櫃枱，看到有漂亮年輕的情侶來開房間，我都把他們安排在那間，攏總只有十幾次而已！」

「哈，十幾次而已！」杜榮嚇了一跳，不免複誦了一次。

這時，阿彬又神祕起來，他賊頭賊腦地看看左右無人，說：

「今天二〇五那對好像是愛人，很少年，也很水，他們出去散步，稍等他們回來，你就上去！」

「你去看好了，我怕不太習慣。」杜榮假惺惺地，其實他是想看得不得了。

「幹，」阿彬遺憾地：「老實告訴你，中午我睡午覺時，『畫地圖』啦，不硬啦！」

杜榮聽阿彬這樣說，哈哈大笑起來，倒不是因爲阿彬的好意，而是阿彬太坦白了。

阿彬雖然有些地方很討厭，或因言談，或因教育程度不夠而引起的貧乏感，但他仍不失爲純眞。有時候他會語出粗鄙，或是小氣與自私，想想，也是在他的世界裡保護自己的觀念，原也無可厚非。

「阿彬，你幾歲了？」

「三十幾了。」

「三十就不硬了，未免太虧了吧！」

「是啊，想當年我做兵的時候，」阿彬提起往事就神采奕奕起來。「那時候二十出頭，我有一個女朋友，每次軍隊放假，我便和她約在一起，一住進旅社，便開始搞，一個晚上最高紀錄搞到八次！」

簡直石破天驚，不管阿彬有沒有誇張，就憑他那副神馳意會的滿足勁兒，也使杜榮羨慕了半天。

「哇，你簡直是姦王之王！」杜榮用粗話形容他。

阿彬並沒有因這句話而生氣，他甚且有點兒洋洋自得，名不虛傳的樣子。可是他卻說：

「可是，我就這樣把身體搞壞了。」

阿彬說罷，不勝唏噓。

杜榮有過性經驗，但是沒有過什麼一夜八次的紀錄，他甚至連兩次都沒有，而且他的童貞，是獻給金門軍樂園的一個妓女，有時回想起來，也不免悵然，尤其聽阿彬這一段敘述，他更覺得什麼事情均天外有天，人外有人，在男女之間這樁事兒，他好像沒有什麼比頭的。這時，杜榮看阿彬正沉入美好的回憶裡，他也不去打擾他，就各自沉默了一會兒。杜榮一直朝外頭看，他在等著，二〇五房的房客回來好看把戲。

等待的時候，杜榮愈好奇起來，他便問道：

「阿彬，他們登記了嗎？」

「誰？」阿彬彷彿從夢中醒來，一時不知他在問什麼？

「二〇五房的客人呀！」

「喔，當然有登記，身分證還在這兒呢。」

「我看看，」杜榮說著站起，倚過身子。「我看看身分證，看人漂不漂亮！」

「幹，是我特選的，怎麼可以不漂亮。」阿彬說著打開抽屜，找出了兩枚身分證遞給他。

從身分證的照片看，男的是比女的漂亮，男的鼻梁挺直，女的卻有一張大嘴。

「喔，女的嘴巴好大喲！」

「是啊，嘴巴大也不壞，不過，那女的皮膚好白，白得像象牙！」

「阿彬，你看得眞仔細呀！」

「幹，漂亮女人誰不看！」

說著說著，門外傳來一陣嘻笑聲，嬌滴滴的像銀鈴，接著遠遠的木屐聲也敲進來。杜榮眼睛一亮，照片中的人物出現了。果然不出阿彬所說，女人有一張桃花般的粉紅色的臉蛋，雖然嘴巴大一點，嫵媚中帶點野性。男人雖英俊，卻有點木訥，女人頻頻地倚著他撒嬌低語，他卻只會唯唯諾諾。

男人向阿彬要鑰匙，阿彬把鑰匙交給他，多餘地問了一句：

「人客要不要洗溫泉？」

「喔，我們剛才已洗了，不過，我們還要再洗一次，這裡的溫泉很奇怪，跟北投的不一樣。」

「是啊，這裡水質比較濃！」

他們對話的時候，杜榮用眼睛瞥了女人一眼，那女人卻大方地看著他，一雙不畏怯的眼睛，像探照燈般射過來，使杜榮像觸電一樣。

杜榮避開了她的視線。

那對情侶走後，阿彬就一直催杜榮就位。杜榮嘴中說不用急，因爲他們還要洗溫泉。阿彬說要從頭看到尾才刺激。而且他說：

「去，等一下阿霞她們起來，你就不用想看了。」

杜榮禁不起阿彬的慫恿，也就不再推拒。

阿彬走出櫃枱，帶著杜榮走上通往後面客房的甬道，甬道轉彎處，高了兩個階梯，舉目處就是一個小閣樓的入口，裡面是黑漆漆的。

「就是從這裡上去，你朝左邊趴下去，漏出光來的那個小洞就是。」

杜榮突然緊張起來。他懷疑地問：

「人趴上去，天花板不會垮嗎？」

「垮什麼！這天花板是日本人用檜木做的，堅固得不得了。」

「怎麼上去呢？」

阿彬踮高腳尖，兩隻手伸長抓住閣樓入口的橫梁，然後用力，像玩單槓似的，一下子就上去了。但這是做樣子給杜榮看，因此他又立即下來。

「這樣子你會不會？」

杜榮點點頭。

「好了，看你的了，記得，他們在搞的時候，你千萬不能興奮過度，或得意忘形，忘記你是在偷看人家，看好呀，要不然被人逮著，可跟我無關喔！我包你爽快，可沒包你生孩子！」

阿彬說完就走了。

杜榮做賊心虛，心臟噗噗地跳，幾乎要從胸腔跳出來。他慌張地看看甬道，四下無人，他一下子就爬上閣樓，但因用力過猛，腦袋碰到屋頂，撞個金星直冒，痛得差一點就叫出來。

眼前漆黑一片，伸手不見五指，定定神，又等了一會兒，朦朧的光線才逐漸亮起來。杜榮看出那是個約半人高，五、六尺周圍大小的閣樓，是一個儲藏室，右邊擺了一些油漆罐和壞水桶，以及一疊攤開的布袋。左邊才是一片空闊，果然有一束光線從底下的房間冒上來，圓圓的一個小洞，剛好是木材上的一個「目」，現在卻圓睜睜的，鬼鬼魅魅地像一片很深很大的海洋，在誘惑著他，叫他跳下去。

杜榮做了一個深呼吸，然後戰戰兢兢地，輕輕地，把身體趴下去。當他身體接觸到木板時，才發現木板上還鋪著一件麻布袋樣粗糙但柔軟的東西，反正，這樣的傑作，不是王老闆就是阿彬搞的。杜榮在這兒承受著前人種樹後人得蔭的快樂。

這是一個發人奇想的小閣樓，充滿幽思和狂情的地帶，有若一個肉食主義者，他陶醉在飽滿的酒肆地，蜷縮而盡情地享樂。小小的一個閣樓，它的霉味像敗壞的道德，在糜爛、擴散。

杜榮把眼睛移到剛好那個洞口的時候，他發出一點聲音。他停了停，等待下面的動靜，一點也不敢睜開眼睛。直到下面傳來關門的聲響，還有女人撒嬌地拍打肉體的聲音。

像期待了一萬年似的，杜榮緊張地張開眼睛，卻被強烈的燈光把他的眼睛弄眩了。他花花的視線只見一個人體倒在床上，一下子還看不出是男是女？但赤裸是沒有錯的，他的神經被拉得緊緊的，像一支箭拉在弧弓的弦上，隨時要射出。

當他在黑暗中習慣了那光線，他便看到床上躺著一軀肉體，洋溢著青春的氣息和豐盈，修長的大腿圓滑而均勻，肚臍以上鼓著一對小山丘般的乳峰，因嬌笑和說話而微微震盪，女人微側的身體除了特別顯出她飽滿的屁股的弧線，還有陰影中一片若隱若現的毛叢，使杜榮眼睛像一團火熊熊燃燒起來。

這時，男人僅穿著一條綠色短褲，他拘謹地在女人的身邊躺下。彈簧床痛苦地叫了一聲，女人移開一些，讓男人睡到床中央來。於是，女人把臉埋入男人的臂彎，她的嘴在他的胸膛撕扯，男人怕癢又強忍住，因此，他時而發笑，時而一本正經；但是身體顫動歪七扭八，把一床破舊的彈簧床，壓得吱吱作響。

後來，他們慢慢進入情慾的世界，男人受不了挑逗，猛地坐上來，用力把嬌小的女人擺平，赤裸的全身，玉潔冰清的肉體就毫無遮攔地穿入杜榮的眼簾。杜榮又是一陣暈眩。他深呼吸，然後閉上眼睛休息一會兒。

床上的男女繼續他們激烈的動作，男人褪去內褲，然後把她壓住，除了震動之外，還有嗯嗯呃呃，以及哭泣之聲頻頻傳送。

底下的人受不了，杜榮也招架不住。褲襠裡的東西因受春情煽火，而膨脹壯大起來，他又趴在天花板上把它壓得死死地，因此痛苦難挨，杜榮正想調整一下姿勢。底下突傳來大叫救命的聲音，杜榮哪敢怠慢，他立即又把眼睛移到洞口，只見一對男女絞結在一起，正在拚命地扭動做最後的衝刺……

不管那是力與美的表現，抑是狂戀和色情的結合，總之，杜榮雖然沒有經過眞刀實槍的戰爭，他也陷在戰爭邊緣，因此，當戰爭一結束，他也跟著虛脫了，他癱在那裡，久久不能動彈。

他在黑暗而悶熱的閣樓裡待了十分鐘，等一切恢復正常後，包括呼吸正常，器官正常。他才從閣樓上跳下來，可是他雙腳一軟，幾乎站不穩而跌倒，因此他的重量在地板上弄出很大的聲響。

待他站好身子正想走開，從櫃枱那邊跑來了一個人，光影出處竟然是一臉訝異的美智。

「你幹什麼呀？」美智說著，看看杜榮，又看看頭上的閣樓。「原來你也不幹好事呀！」

杜榮一臉窘態，他訕訕地不知說些什麼好。

「是不是阿彬告訴你的，眞狼狽！」

杜榮想那麼美智知道他幹什麼，大男人也沒有什麼好隱瞞，便逗趣地說：

「眞精采呢！比看小電影還過癮……」

「不要臉！你們男人都不是好東西！」

杜榮笑起來，想到剛才的那一幕，那女的不斷擺動而又大喊救命，眞是一個強烈的對比，於是杜榮說：

「是男人不是好東西，還是女人不是好東西，如果妳剛才看到了，妳就知道了，妳的說法便要馬上做修正，而妳的觀念……」

「不要臉，誰要看那個，好了，不要再說了。」美智故作嬌嗔狀。說完，她才看到杜榮弄得灰頭土臉，額上沾滿了炭灰似的黑斑，還有他汗流滿面，汗水從頭到下，把衣服都沾濕了。

「唉喲，你看你看，你在上面發什麼狂啊，你看你全身都濕透了。」

杜榮嘿嘿地笑，有點邪惡。

「上面太熱嘛！」

「還不趕快去洗澡！」

「是是，娘子指示，小的遵命！」

杜榮嘻皮笑臉地說，並且用手去擰了美智的大腿一把，美智沒防這一著，圓滑的大腿結實地被抓了一下。她唉喲一聲，作個手勢要打他，他卻狡猾地閃開了。他回頭扮個鬼臉，然後朝他的房間跑去。

那個晚上天氣出奇的悶熱，好像連一絲風都沒有。杜榮洗過溫泉後，擦了又擦，還是汗流浹背。

杜榮把椅子搬到走廊上，把李苾苾和杜麗叫出來聊天，大家坐在椅子上拚命地搖著紙扇驅熱，在山上的夜晚不涼快倒是很意外。杜麗便吱吱喳喳地抱怨著：

「說什麼山風涼爽啦，其實熱得像火爐似的，眞是活受罪！」

「說妳也不相信，這樣燠熱的天氣，我可還沒在山上的晚間碰到過的，是不是颱風要來前的沉悶與寂靜？」杜榮自我安慰似地解釋著。

「颱風！如果現在能來一陣狂風暴雨就好了。」杜麗悻悻然地。

一條狹長的走廊盡頭，除了房間漏出燈光外，沒有照明設備，因此，他們三個聊天的人影模糊。尤其李苾苾她斜坐在低矮的沙發上，面向黝黑的河畔，因而她整個人除了背部尚殘照著一些薄弱的光線外，她的臉部便整個沉浸在黑暗中。

杜麗和杜榮在爭論，她卻視若無睹，祇因她感到生命已經失落，深情已經殘缺，在一場無可奈何的長途追逐裡，她已從一個跑在前頭的而變成一個落後者。她以此而惘然，心底充滿冷酷的悔意。

李苾苾燃燒的情愛已經冷卻，每當她一陷入沉思，她便後悔這次的入山，後悔會見杜榮。

而杜榮呢？杜榮對李苾苾的感情並沒有變，祇是他愈來愈有自慚形穢的感覺。他的放浪不羈對於李苾苾，是壓力，是一種不可饒恕的離棄感。他們各自走向極端，在人生的道路上，逐漸逆向而去。

所以李苾苾以沉默來抗議，以沉默來保護自己。她不願意開口，不願意使語言枯燥無味，甚且語氣中帶著怨恨，她寧願在內心嘲笑自己。

杜榮和杜麗也感到李苾苾的異樣，除了極力誘導她進入他們的世界外，對於李苾苾把她自己局限於孤寂的祕密，他們也無可奈何，她自然有權安排自己，或沉默，或以哀怨的眼神。

杜榮站起來，他走到李苾苾旁，把雙手靠在欄杆上，半倚著身體，眼睛看著黑暗中的河床，那流動不已的河水，像活動的布景，顛躓著，發出嘩嘩的聲響。

「天氣眞熱啊！」杜榮對李苾苾說。

李苾苾在暗中沒有理他，她仍然靜如處子，仍然輕輕地搖著她手中的紙扇，把杜榮的搭訕當成耳邊風。

「如果現在能下雨多好！」

她依然不言不語。

「苾苾，我在跟妳說話呀！」杜榮忍受不了她的這種態度，因此聲音大起來。

這時，李苾苾才不耐煩地瞥他一眼，冷冷地說：

「你吼著幹什麼？」

「我沒有吼呀！」

「我當然知道你在跟我說話，我當然知道你一向很神氣；但是，我無話可說，無話可說總可以吧！」

「苾苾，妳何必從那麼遠的地方來跟我嘔氣！」

「誰跟你嘔氣……」李苾苾聲音緩慢，像從錄音帶放出來的，沒有帶半點感情。「夜色眞美，這山眞沉靜，請不要妨礙我的思考。」

李苾苾把杜榮拒於千里之外。杜榮無緣無故碰了一鼻子灰，悻悻然地：

「那麼，很對不起，我不曉得我在此妨礙到妳，那麼我離開就是……」

杜榮說著站直身子，看看李苾苾，她仍然沒有反應。他丟下手中的扇子，就要走開。

「哥哥，你要去哪兒？」

「我到外面走走，我在這裡悶死了。」

「哥哥……」

生著氣的杜榮，他的腳步在地板上踩著吱吱作響，憤憤地離開了她們。

在門房，美智正坐在櫃枱上看著一架放在桌上的十三吋電視機，這個時間不用說正是閩南語連續劇的時間，美智整個心情正隨著劇情而起伏，直到杜榮走到玄關，她才發現。

「咦，杜先生，你們不是在走廊聊天嗎？」

「不要，我到阿土那裡比較好。」

「那她們呢？」

「她們仍在那裡，請妳幫忙泡一壺茶送過去好不好！」

「唉呀，我忘了，眞對不起，我馬上就過去，」美智說著站起來，「你……」

「我去喝瓶沙士吧！」

第七章

而寂靜，寂靜啊

那穿黃色袈裟的和尚帶著小沙彌在山中徘徊
衣袂飄然，把青山隱入寺中
而寂靜，寂靜啊
正像苔蘚般無聲地漫開

杜榮來到阿土的飲食店，他正在廚房忙，隔著一層紗窗，阿土炒菜炒得濃煙瀰漫，他額上綁著一條白毛巾，汗流浹背，汗水一滴一滴地從他額頭流下，汗水不時滴到鍋裡，滋滋作響。阿土發現站在窗前的杜榮，便忘記他正在活受罪，又開罵了：

「幹，熱死人了。」

杜榮在紗窗外大吼：

「阿土你身上都在下雨呢！」

「是啊，炒伊娘的鱔魚——」

杜榮看阿土忙得不可開交。他用手抓一把血淋淋的鱔魚丟進熱鍋時，轟然一聲，一團火騰空而起，把杜榮嚇了一跳，倒退了一步。

林鄉土被杜榮的動作惹笑了，他嘲諷著：

「你眞無膽，幹，我看你不是男人……」

「你到底會不會炒菜啊！搞得滿屋子都是火……」

「幹，講你外行你又不信，我看你連豬走路都沒看過，你不知道炒鱔魚時都會起火的？」

「笑話，我沒看過豬走路，我是正牌的鄉下人呢！」

「阿杜，我看你先看電視好了，我忙完才跟你聊。」

又是轟然一聲，林鄉土在火焰中紅光滿臉，他習慣地把臉別開，以閃過那升空一熱火，但是他的手更俐落地炒動鱔魚。

杜榮走到電視機下，阿雪又神魂顚倒地著迷在連續劇中，他站在她背後，然後用力地拍手，突然地「啪」的一聲，把阿雪嚇了一跳。

阿雪回頭過來，看到惡作劇的是杜榮，笑嘻嘻地罵：

「你要死了，我遲早會給你嚇死！」

杜榮哈哈大笑說：

「妳嚇死我可不好對阿土交代呀！」

「爲什麼？」

「因爲啊——」杜榮拉長音調地：「因爲阿土沒有妳活不下去啊！」

「唉喲，你要死了，黑白講！」阿雪快而細碎的口音中帶著驚喜，她用一雙纖手輕輕地撲打杜榮一下。

「什麼黑白講，我看生米就要煮成熟飯，妳是將來林家的媳婦，這裡的老闆娘呢……」

「再胡說，我不理你了。」阿雪假裝生氣，說罷走回電視機下，仰臉看連續劇。

「阿雪——」杜榮叫她。

阿雪回頭白他一眼，眼中洋溢著無限的嬌嗔。

「做什麼？」

「我要一瓶黑松沙士！」

「吃糞好了，吃什麼黑松沙士！」

「唉呀，阿雪，我再壞也是妳的客人，妳怎麼可以叫我『吃糞』呢？」

「怎麼樣，你去告我的老闆好了。」阿雪雖然嘴裡嚷嚷，但她依然走到冰櫥，取出一瓶黑松沙士，開了瓶後，往桌上一摔，假裝很生氣地說：

「你坐在這裡，靜靜地喝！」

去。

「好，好，我聽話就是！」

杜榮乖乖地坐下來，表現得很聽話，他自己倒了一杯沙士，看著溢出的泡沫，大口地喝下去。

這時阿雪神氣活現地正要走開。林鄉土在廚房裡大聲地叫她：

「阿雪——端菜！」

阿雪搖搖頭，嘴裡嘀咕著：

「又是一個瘋子！」

阿雪端了幾盤菜放在角落裡的一桌四、五個人的桌子上，那些人是觀光客，肆無忌憚大聲地划著拳。

林鄉土在廚房裡面忙完，鬆垮垮地走出來，一邊擦著汗，一邊咒罵著，拉一張椅子在杜榮的旁邊坐下。

「幹，天氣眞熱，像火爐似的。」

「是啊，已經十月了爲什麼還這麼熱？」

「可能要來颱風，報紙說，氣象局已經發出海上颱風警報！」

杜榮倒一杯沙士給林鄉土，隨便地問：

「怎麼樣，今天生意不錯？」

「幹，這種生意賺不了幾個錢，都忙死了，我想到台北去『吃頭路』都比這裡好！」

「阿土，你就是一心一意地想到台北去。」

「是啊，我不到台北去，我會悶死！這裡每天一點娛樂都沒有，尤其到了晚上，幹，有老婆的還可以玩玩，沒有老婆的像我，就衹有『打手槍』了。」

「你可以把阿雪討起來做老婆啊！」

「幹，我娘就是這個意思，可是──阿雪才十七歲啊。她這麼早就結婚，會笑死人吶！」

「十七歲結婚算什麼，非洲的女孩十三歲就生孩子啦！」

電視到了廣告時間，阿雪聽到他們又在高談闊論，便走了過來，剛好聽到什麼十三歲生孩子的末句話。她便好奇地問：

「什麼十三歲生孩子？」

「我說台灣的女孩子十七歲就應該結婚了，因爲非洲的女孩，十三歲就生孩子了。」

杜榮調侃著阿雪，可是她沒有發覺他的弦外之音，她興高采烈地：

「笑死人啦，十三歲生孩子，十七歲結婚……」阿雪說到一半，看到兩個男人不懷好意地哈哈大笑，心中有疑，接著她想通了，原來杜榮是在暗示取笑她，她可氣壞了。「你們兩個在一起，永遠就沒有好話可說嗎？眞是狗嘴裡長不出象牙來……」

「阿土，她是你的──夥計，你看她罵人了，說我們是狗嘴，那我們不是小狗嗎？」杜榮加油添醋。

於是林鄉土學著杜榮，斥責阿雪：

「阿雪，我要警告妳，妳罵我這個老闆可能罵慣了，我無話可說。可是妳罵起我們這個台北來的客人，可不行啊！妳要道歉！」

「道歉？誰跟我道歉，你們這些臭男人──」阿雪說著說著聽到電視機裡傳來連續劇裡女主角的嚎哭之聲，「不跟你們鬥了，我要看電視了。」她說完，一副標準電視迷的樣子，又規規矩矩地守著電視機了。

阿雪走開後，他們的笑話就暫時停下來。這時店裡飛著好多小蟲，那些「大水尾頁」巇蠓，猛撲著螢光燈管，也爬滿了牆腳。

林鄉土見怪不怪，倒是杜榮覺得這些飛蟲實在太多了，多得到了不撲滅牠們便會氾濫成災的狀況，於是他朝著林鄉土說：

「這些蟲這麼多，不拿些殺蟲液來噴噴嗎？」

「牠們生命脆弱得很，你不理牠，牠明天便死光了，連屍體也找不到了。」

「這樣子嗎？」

「是啊，這些蟲在大雨後，或是颱風來臨前，都是這樣子的，在山裡，這是很準確的氣象報告。」

在山裡，在夜間，他們就是這樣無所謂和無所求地閒聊著，使夜變得更輕鬆，使寂寞——如果有所謂寂寞的話，變得親切可人。而生命，在山裡的生命就顯得更孤單和更落寞。

杜榮非常了解林鄉土，一個心地善良而對外界充滿嚮往的鄉下青年，說話時雖然老是有「幹！幹！」的口頭禪，但是，沒有惡意和偏執的思想，反而流露出一種樸直可貴的人性來。

而林鄉土對於杜榮，他依然覺得他像一處深埋於高山峻嶺裡的金礦，值得深深地挖掘。這主要的因素是因爲第一，杜榮來自十里洋場的繁榮台北；第二，他受過大學教育；而更使他著迷的，是他談起對於女人的一些似是而非的見解，而林鄉土都把它奉爲金科玉律。

也難怪，在寂寂長長的山裡，他們一坐下來，面對山影或燈影，一切都顯得那麼空虛和一成不變，他們當然孤獨，孤獨之下，他們當然大談異性——女人。

提到女人，林鄉土突然想起杜榮帶來了兩個女孩，爲什麼不見了。林鄉土覺得杜榮的妹妹是一個在健康富裕家庭裡成長的淘氣姑娘，美是美，但是野一點。至於那位杜榮的同學李苾苾，她有一種異樣的氣質，像是經過大學四年所陶冶出來的，有一種冷冷的美和嫵媚，倒使這個鄉下人，感到很大的震動。

「喂，阿杜，你妹妹她們呢？爲何不帶她們來這裡坐坐啊？」

「她們在旅社裡聊天！」

「對，你那個同學，就是你的女朋友嗎——我是說很親密的女朋友，是不是？」

「無所謂親密不親密，只不過是朋友罷了。」

「我看是你不太要理她，阿杜，你眞是蹧蹋，她那麼美……」

「我們個性合不來。」

「個性合不來？時間會改變啊，多給時間不就行了嗎？」

杜榮有些頹然地說：

「我們從大學開始，已經交往四、五年了呀，四、五年是不算短的時間，卻愈來愈糟……」

阿雪不知幾時又神不知鬼不覺地站在他們的背後偷聽，給杜榮很大的壓力，杜榮若有所思地別過臉，發現阿雪喜孜孜地，她說：

「怎麼樣，四、五年搞不好，八成是你自己在搞鬼，自作自受……」

「是呀，八成有鬼——」杜榮自言自語似地。

這時，店外一陣腳步聲，眞是人未到聲先到，蔡勇一踏進店門，就嚷著：

「阿杜仔，好久不見了，一天不見就很難過呢！」

「怎麼，是急於要向我炫耀你泡黃水仙的戰果嗎？」蔡勇一跑到杜榮跟前，便出拳打了他一下，拳頭落在杜榮的肩膀，杜榮沒有迴避，同時回過去一拳，他們熱絡得很，好像兩個拳擊手在做賽前熱身運動。

「幹，」蔡勇罵著，「那天晚上便宜你了，要不是有女人來救駕，我一定要你醉倒！」

「結果是你醉了？」

「我哪裡會醉，你不知道我是海量，千杯不醉，而且，阿土沒跟你說那晚我把黃水仙擺平了嗎？」

林鄉土只要蔡勇插進來，就只有聽的分，因爲蔡勇無論做人或做事，都像一塊老薑，而林鄉土呢？他的天地裡彷彿宇宙初開，而幼稚得像雨後的一截春筍。

林鄉土呵呵地笑著說：

「我已經說啦；並且也說你要把黃水仙介紹給我們！」

「是呀！阿杜，你覺得黃水仙怎麼樣？」

「黃水仙是很好的一個女孩，只是她遇人不淑。」

「幹，」蔡勇說，「你罵我啊？」

「你眞缺德。」杜榮說：「咦，黃水仙呢？她今天不跟你的車嗎？」

「沒有，她在洗車子，等一下就會來。怎麼，你們都迫不及待要看她嗎？」

杜榮和林鄉土面面相覷，然後杜榮便說：

「蔡勇，你看我和阿土，會像你一樣，是個無可救藥的色情狂嗎？」

蔡勇並沒有因杜榮罵他色情狂而生氣，他反而樂呵呵地說：

「幹，孔子公說的，食色性也，男人哪個不會，怎麼說是色情狂……」

「半斤八兩啦，你們男人都是一樣，」阿雪中途插嘴進來，一臉憤慨，「眞是龜笑鱉無尾！」

「阿雪！」蔡勇沉沉地叫：「給我一瓶黑松汽水！然後退到一邊。」

「哼，一瓶汽水有什麼了不起，不賣——」

「眞的不賣？」

「不賣就是不賣，」阿雪說著就走，走了幾步又回來，「看你那麼可憐，就賞你一瓶吧，錢拿來。」

阿雪那副窮凶惡極的樣子，使大家都笑起來。蔡勇又調侃地看著她：

「妳凶，妳再凶我就叫阿土把妳……」

「把我怎麼樣？」

蔡勇黃話說慣了，本來話到嘴邊，要說把阿雪騎了，但阿雪到底太嫩，他就緊急煞車。

「能把妳怎麼樣？是不是，」蔡勇戲劇性地看看各位，「我們能對未來的老闆娘怎麼樣？」

阿雪嬌嗔地打了蔡勇一下，雙手扠著腰。

「你要死了，常常黑白講，也不怕嘴巴爛掉——汽水不賣了。」

她說完，就拖著木屐，蹬蹬蹬地走開了。留下三個男人笑得彎了腰。

蔡勇自己找了一張椅子，在杜榮的旁邊坐下。店裡沒什麼客人，只有遠遠的一隅，有四個人在吃酒菜，他們吃得神情豪發，也不管這兒的胡鬧，看他們又猜拳又灌酒，簡直天塌下來也影響不了他們。

於是，林鄉土又開腔了：

「喂，勇仔，告訴你一個『鈕司』，阿杜今天有兩個查某來找他呢。」

蔡勇眼睛馬上一亮，他直直地瞧著他們，急迫地問：

「眞的？」

「當然是眞的，兩個都很漂亮呢。」

「現在人呢？」蔡勇轉向杜榮，他嚷著：「阿杜，介紹介紹囉！」

杜榮只是微笑著，他不發一語。林鄉土站起來，他拍了蔡勇一下。

「別豬哥了，人家一個是阿杜的妹妹，另一個嘛，是阿杜的女朋友啦！」

「咦，」蔡勇不服氣地說：「我又沒說什麼！我只說介紹介紹，看一看總不會消風失重吧？」

「幹，豬哥就是豬哥！」林鄉土說著，他走到冰櫃去拿出兩瓶汽水、一瓶沙士，又拿了三個杯子，回來朝桌子一放。

「要喝的自己倒！」他說。

蔡勇一邊倒汽水，一邊問杜榮。

「她們呢？」

「在旅館裡休息了。」

「叫她們出來看看啊！看看你的女朋友多漂亮——幹，我就知道台北狼都吃三碗公半的。」

杜榮若有所思，他慢慢地說：

「等一會兒，她們會出來吃冰的。」

這時門口黑影一晃，黃水仙進來了，她的裙角濕掉了一片，額頭冒著汗，狀至狼狽。可是她一看到他們三個大男人又在吹牛，剛才洗車的苦差事，就忘得一乾二淨了，她面露笑容地跟他們招呼：

「嗨，三個壞人又碰在一起了？」

林鄉土看她滿面汗珠，又泛桃紅，眞叫他驚心動魄，於是林鄉土便衝著黃水仙說：「我說水——仙——」他把水仙的叫音拉長，充滿曖昧而戲謔的味道：「我看妳滿身大汗，裙子又濕了一大片，又氣喘吁吁的，妳是幹什麼啦——」

黃水仙沒有體會出林鄉土的話中有話，她把收票袋一摔，袋子裡面的剪票鉗子重重地打在桌子上，發出刺耳的聲音，她扠著腰，把上半身傾向林鄉土。

「我呀，哪裡有你的好命，我又要打掃車廂，又要洗窗玻璃——」

「哦哦，」林鄉土笑哈哈地：「我看妳整個身體濕淋淋的，以爲妳在車上不知又幹些什麼好事才來的。」

這時，黃水仙想到林鄉土的話中帶有黃色意味，臉蛋馬上紅起來。

「我說你們男人啊，三句話不離老套，難道你們不談這種事，便活不下去了不成？」

他們兩個男人樂得哈哈大笑，只有杜榮比較收斂，他可能受著李苾苾來此的影響，比較放不開，嘻笑之間，他有時候就不由得沉默下來。

「幹！」蔡勇罵著說：「男人女人一離開那個，活著就沒有意思了。」

「唉喲，」黃水仙頓著腳，「眞是無可救藥囉，你們這些臭男人！」

「臭男人，」蔡勇看看林鄉土和杜榮，然後對著黃水仙嚷：「我們臭男人用途可大了，妳說是不是，黃——水——仙——」

「不要臉！」黃水仙罵著，而後便起身走向阿雪那邊去。

一個晚上，就這樣嬉嬉鬧鬧過去。

杜榮離開飲食店時已經十一點多了，雖然今晚並沒有喝酒，但走起路來，仍覺得飄飄然，這或許是因爲笑得太多，所有的神經都鬆懈下來的關係吧。杜榮並沒有睡意。

室外夜涼如水，而且渾圓的月亮正掛在深邃的天空，散發著一片乳暈般的光幕，使這個寧靜的山村，沐浴在一種詩意和祥和的境界裡。

杜榮抬頭看著暗夜的天幕，只見在山的稜線邊緣，有一層特別明亮的光圈，像一種太空的異象，把山陵鑲上一排珠寶般光芒。而再延伸上去的天空，每顆星星，都明顯地嵌在它們各有的位置上，特別的大和明亮。這是杜榮以前在都市未曾發覺的，因而，這種景象深深地把他吸引住了。

他站在石板徑上看天，看了好久，直到脖子發痠，他才收回視線，一條小小的石板徑，因爲沿路的土產店均已關門，所以顯得寂靜無聲，月色下的日式屋子的陰影，像一張扭曲和變形的畫，隨時會倒塌下來一樣。

杜榮隨興所至，在石板徑上散步。他並不想回旅社，倒不是怕回去看到他的妹妹和李苾苾，怕李苾苾的臉色，怕他的妹妹鬪爭他，而是室內燠熱而戶外清涼，他寧願選擇戶外。

他入鄉隨俗，腳上穿著厚厚的木拖鞋，走在石砌的小徑上，每踩一步，便發出脆耳的響聲，好像在台北的深夜，那些流動賣麵者的梆聲。

下坡盡頭，就是河流中間架起的一道水泥橋，橋上的石桌石椅邊有兩人在那兒下棋，杜榮走過去，在瑩瑩的日光燈管下，他發現其中一人是和他衝突過的蔡姓老人。

蔡姓老人一年前剛從國民學校校長的位置退休下來。他兒女均已成年，出國的出國，離鄉的離鄉。政府留給他們的一幢宿舍，只剩下兩個空空洞洞的老人。蔡姓老人本來的名字叫蔡不黨，光復後不久當上了校長，覺得名字不雅，才去掉不字改爲蔡黨。

蔡黨是一個食古不化、固執成性的人，或許因爲他在政府機關做事所養成的官僚，或是因他從事學校教育甚至做校長做了半輩子所建立起來在內心根深柢固的權威感。換句話說，就是他平常在學校訓人訓慣了，退休下來雖然在一個不相干的社會裡，他仍然跋扈專橫，仍然是覺得你的思想和意見不同於我時，我便有權誅你伐你。

這時的蔡黨全神貫注地在下象棋，直到杜榮的身體擋住從上面瀉下來的光線，在棋盤上造成一塊陰影，他才警覺過來，他一抬臉，不屑地看著來人，當他發現那人竟然就是杜榮時，他怒目而視，並且罵道：

「怎麼這樣沒教養，你擋住光線了——」

杜榮沒有想到一走近就挨罵，心裡一團火便馬上升高起來。他想，對一個腐敗頑固的極權和人，他豈能示弱，於是他便反駁他：

「你開口便罵人，這樣就是有教養的人嗎？六、七十歲行將就木的人，火氣還這麼大……」

蔡黨霍地站起，氣呼呼地：

「你說什麼？」

杜榮吊兒郎當地說：

「我是說你已經七十，火氣大，對身體有害，會得心臟病，或中風……」

蔡老頭子氣喘吁吁，他一直翻白眼，身子直發抖，他猛然轉過身子，一掌朝杜榮揮過去，嘴裡還罵著：

「幹你娘！你這個孽子，今天我非好好教訓你不可！」

杜榮文風未動，他鎮靜地接住蔡黨打過來的一拳，然後用力地抓住他的手不放。

「哼，想不到幹你娘這種下流話都說出來了，你憑什麼教訓人，眞差勁！」

蔡黨氣得幾乎要休克，他拚命掙扎，就是掙不開杜榮的手腕。

「放手，放手……」

「放手是可以，但你這種人，能保證不再動手打人嗎？」

「放手……」他聲嘶力竭地。

這時跟蔡黨下棋的一個四十出頭的人站起來勸架，那人杜榮認識他，是橋邊一家土產店的老闆。矮矮胖胖的身體站起來，夾入他們中間。

「算了算了，小事情嘛，有什麼好吵的，」他搽搽手，然後面對杜榮，「他年紀那麼大了，都可以做你阿公了，你還動手……」

「咦！」杜榮奇怪地問：「這事情從頭到尾你都看到的，我可沒有動手，是他打人啦！」

「打你又怎麼樣，」蔡黨一經拉開，他更火了，「我就是要打死你，你這個敗類……」

蔡黨說罷又要衝過去，被土產店的老闆抱住，他還不服氣，在他的懷中拚命掙扎。

「你看，是他要打我的，是不是！」

「你走吧，不要理他……」那人說。

「他呀，」杜榮說：「他是一個老頑固，沒有做過大官，卻挺喜歡管人的，我說哪一天如果你穿一件比較花的襯衫，他都會看不順眼，都會管啦……」

「你，你……」

「怎麼，我說錯了。」

小胖子抱住一直掙扎的蔡黨，累得他也氣喘如牛，他頻頻地對杜榮點頭說：

「好了好了，你走吧！」

杜榮本來還要損他幾句，他看到那個和事佬做得很辛苦，心想就算了，他搖搖擺擺地走下橋頭，臨走，他又喃喃地說：

「又要罵人，又要打人，眞是……」

一下子，他便消失在黑暗中。背後，還傳來暴跳如雷的蔡老頭的咒罵。

杜榮在夜涼似水、月色如暈的山林裡徘徊，他有時沉思，有時仰臉觀看滿天的星星，那些星光，閃閃爍爍，不知人世間的憂愁和傾軋，杜榮就在那種美和自由的嚮往裡沉醉。

杜榮在夜晚的林間散步很久很久，他的內心逐漸平靜下來，整個身心爲廣大的山林和無邊的夜所包容，他發覺夜是這般地沉靜，是他以前未曾深深體會過的。

他坐在樹林裡的一塊石頭上沉思，這個地方，遠離河流，也遠離旅社溫泉區，從密林的間隙裡，杜榮可以看到石板徑上一片冷冷如霜的月光。

有時候，露水從樹葉上落下來，掉在石塊或枯葉上，發出噓噓的聲響，又是另有一番風味。

杜榮仔細傾聽，啊，那寂靜的音響，彷彿從苦悶的世界接引到生命的深處。

杜榮不覺在內心呼喊著：

「聽啊！那寂靜，聽啊，那生命的律動！」

杜榮回到旅社已經凌晨二時，旅社當然已經關了門，他按了兩下電鈴，室內的日光燈跳了幾下就亮了，接著看到一個人影走近來。

拉開門的是美智，她穿著一件粉紅色的睡衣，睡眼惺忪，看到杜榮，她一臉訝異。

「怎麼，你到哪兒去啦！害我們等門等到一點，我才剛剛睡著呢！」

杜榮茫然地站在門外，他一頭露水，把頭髮都沾濕了。美智的話，並沒有引起他的注意。

美智看他文風未動，好像老僧入定似地站著，心中覺得奇怪，便躁急地催著：

「杜先生，你進來呀！」

杜榮像木偶似的，機械地走進去。然後在玄關的榻榻米坐下。美智把門關好，又拉好了布簾。回頭看到杜榮像中邪似地，傻傻地坐在那兒發呆。

美智按了一下開關，日光燈熄了，留下一只五燭光的小燈，因而光線遽然地暗了下來，黑影中，美智走過杜榮的身邊，在榻榻米坐下，離他約有二尺遠。

「杜先生，你喝酒了嗎？」

杜榮仍然默默無語。

「小杜——」美智又叫著，忍不住地移過身子來，用手推著杜榮的肩膀，「你喝醉了嗎？你到底有沒有聽到我的話！」

杜榮被美智一推，才恍惚從夢中醒過來。

「什麼？我沒有喝酒啊！」

「那你怎麼像靈魂都出了竅一樣，神不守舍似的。」

「沒有啊，我只不過到山林去坐坐而已，我看了很美的月色，沉思，也想了好多好多的有關人生的大事，我正陶醉著呢！」

「坐到兩點，發瘋了才會！」

杜榮別過臉去，美智就在他身邊，他看到美智粉紅色睡衣裡面的玲瓏曲線，甚至，他也嗅聞到美智均勻的呼吸，她吐氣如蘭。

「唉呀，」美智忽然叫著，「你看，你看，你的頭髮都濕了。」

杜榮用手摸摸自己的頭，果然頭髮都被露水沾得膠在一起了，而且髮梢滴著水呢！

美智站起，在櫃枱的櫥子下抽出一條毛巾，然後在杜榮面前蹲下，用乾燥的毛巾在他的頭髮揉擦著，這一舉動，也未經過杜榮的同意，反正，就是那麼自然地做著，像一對母子，也像極一對結褵多年的恩愛夫妻的動作。

由於揉擦的關係，美智的身體震動著，尤其是她一對豐滿的乳房，在沒有約束的睡衣裡搖晃著，而且若隱若現，就在杜榮的面前不到一尺處，像游龍一般，使杜榮一下子從癡呆的狀況裡甦醒過來。

杜榮的心態不由然地亢奮著，他回頭去看看她們睡覺的位置，除了一床散亂的棉被外，空無一人。阿霞的棉被和枕頭，疊得好好地擱在牆角。杜榮不免意外地問：

「咦，阿霞呢？」

「她今天晚上下山去了。」

「她幹什麼去了？」

「你管人家那麼多做什麼？」

美智揉擦他頭髮的動作停頓下來，然後半蹲半坐地和杜榮面對面。

黃黃的、幽黯的燈影下，美智卸妝後的面龐，有一種蒼白的美。這種美跟她在白天那種粉妝時的明艷是不同的，這時的美智，美色之外還顯出一層淡淡誘人的憂鬱，對於杜榮，這是一種未曾注意過的氣質。

杜榮四顧無人，四周除了掛在牆上的一只老式上發條的壁鐘滴答滴答的走動聲外，一切都闃靜無聲。於是杜榮的膽子大起來。

身體往前傾，杜榮就不管三七二十一地把美智抱住，這舉動來得突然，對方連躲都來不及躲，美智的整個上半身，就被杜榮抱在懷裡。

她起初掙扎了一下，但沒用。因此她叫著：

「放開放開，這是幹什麼……」

杜榮不理她，他雙臂更加用力，把她抱得更緊，她的乳房就緊靠在他的胸膛上，杜榮甚至感覺得出，她急急地噗噗不停的心跳在他的胸口亂撞，像一頭被追逐的小鹿一般。

「放開——」美智聲音微弱。

杜榮果眞把雙臂放開，可是他不是眞的放開，他只是更放鬆地另有所圖。他低下頭，把臉埋入她的胸窩，輕輕地摩擦，又尋找著那兩個敏感帶的據點。

美智已經嬌慵無力，她嗯嗯低吟。現在的美智幾乎已沒辦法抗拒杜榮的任何要求，只是在恍惚的心志之外，一層薄弱的理智還在那兒做最後的防守。她想著，這個櫃枱是一個不設防的地帶，櫃枱本身沒有門，他們在床上的一切，除了掛起蚊帳做爲薄幕以外，幾乎站上櫃枱前的臺階，便可目及一切。

因此，他們沒有安全感，美智更是特別地感覺到。於是她腦海很快地閃過一個念頭，如果要作戰，最隱祕和安全的地方，便是溫泉澡房。它不但可以上鎖，而且也充滿異樣的情調。

美智便用力推開杜榮，藉詞地說：

「你衣服是濕的，不去洗澡會感冒的！」

杜榮正在瘋狂之間，不是她推開他就能了事，他連一句話都懶得哼，又猴急地要伏下臉龐。

她用一雙手撐住他的臉，激情地：

「杜，杜，你去洗澡，我替你準備東西！」

杜榮傻傻地，骨碌碌地轉動眼珠，一時不明所以。他不知道爲什麼她亦已春情發動的時候，要他停住，而去洗什麼鬼澡。

「我不洗──」

「你去──我等一會兒下去──」

杜榮忽然明白過來，他欣然地說：

「等一下妳陪我一道洗？」

美智嬌羞地白他一眼，不置可否。然後她站起來在櫃子下面抽出毛巾，又拿了一小塊洗澡用的藥皂，遞到杜榮的手裡。

杜榮高興地從榻榻米上站起，從背後抱住美智，美智感覺出她臀部有根硬物頂住她，使她更爲激動。杜榮而且在她的耳畔喃喃地：

「我先下去，我要妳馬上下來，幫我洗澡，幫我擦背，幫我……」

杜榮又用舌尖在她的耳朵裡舐著，只聽一股騷然的水聲從耳鼓傳到體內，使她一陣眩然，差一點就站不住。幸好杜榮一下子就跑開了。

杜榮躡著腳走下木造的樓梯，直通到下層的溫泉房，地下室右邊是四間溫泉房，左邊是廚房，阿彬就睡在廚房後面的一間小房子裡。所以地下室並不是全部起造在地下，因爲這個旅社依山而築，因前面緊臨馬路地勢較高，澡房這一層便在地下，可是臨河的這邊，卻是一片開闊的空間直通到河畔。杜榮找一間最靠河邊的澡房，因爲下午山上下大雨，所以河流特別湍急，水聲在萬籟俱靜的深夜，顯得相當潑辣，隆隆作響不絕於耳。

推開門，室內一股硫磺味隨著熱氣蒸騰溢滿出來，杜榮走進煙霧瀰漫的澡房，迅速地脫掉身上所有的衣服內褲，他一骨碌地爬入泉水溫熱、水質濃濁的澡池內。一股浸透身體的熱流馬上襲遍杜榮的全身。

杜榮舒暢地躺在澡池內，閉著眼睛胡思亂想，神馳的思維除了色情外，已空無他物，甚至，在上一層的一〇四房裡，李苾苾和杜麗這兩個他關係密切的，從迢迢遠地而來看他的女孩，已摒棄一旁，像丟掉一堆垃圾或廢物，捨除得乾乾淨淨。

澡房木門拉開的聲音並沒有驚動杜榮，杜榮知道美智進來了，又聽木門關上並且上鎖的聲音。

時間在那兒休止了一會兒，然後美智走到澡池旁，杜榮一睜開眼睛，他豈止眼前一亮，簡直像一顆幾百磅的炸彈在他眼前炸開一樣。美智已脫得赤條條一絲不掛地站在那兒，從下往上看的美智，兩隻乳房顯得特別豐滿，好像九月的文旦柚，在枝上正等待豐收。而她的大腿，飽滿的肉把皮膚鼓得脹脹的，均勻而沒有贅肉，而且白皙紅潤，簡直一彈指，就可把表皮刺破的細膩。杜榮從水底坐起，迎接著美智下水。美智一點也不忸怩做作，雖然在杜榮面前光赤赤的，她並沒有害羞的感覺。杜榮就是很奇怪，他覺得美智起初都很害羞拘束，但一旦進入某種情況，她便把一切都放開了，變得放肆無比，而且經驗老到，使杜榮如初生之犢，像劉姥姥進了大觀園，只有旋轉的分。

澡池因為美智慢慢坐下，溫泉便從邊邊溢了出去，那些溫泉在流到水溝的時候，熱的蒸氣便擴漫著，使室內充滿熱和煙霧。

美智在杜榮的面前坐下，只有脖子以上的部分露在水面，杜榮雖然看不到，但他的手在溫泉裡四下搜索，終於摸到了美智的乳房，渾圓而充滿彈性。

美智微閉著眼睛，任杜榮的撫摸和撥弄，她只覺神經像一條弦，愈拉愈緊。

而杜榮呢？杜榮一邊挑逗她，一面仔細地看著美智，他發現美智的嘴唇紅潤而且顫抖著，她的眉毛經過水氣的瀰漫而潮濕，而顯得特別的黑和修長。原來她的眉毛也不同一般的女孩，她眉毛濃密卻娟秀。

「小……杜……」

美智口齒不清地呢喃著。

杜榮受不了這種嬌喚，他衝動地一把把美智緊抱過來，兩個肉體便接觸在一起，滑溜溜的，光條條的，擁抱、擠壓，兩個人正做最原始的結合。

「美智，美……智……」

在水裡不知從何做起，只是在溫泉裡衝動一番，興風作浪，無論用什麼姿態，一直不得其門而入，她緊張得口渴，聲音變得沙啞。

「我們到……上面去……」

是美智提議的，杜榮當然附和，因為如果不這樣，他不知要折騰多久還在摸索，徒然慫恿一口愈搧愈旺的火種。

兩個人同時站起來離池，美智用一桶水在石地上沖了一下。便在濕漉漉的石片上躺下，舒開四肢，像一隻狗仰躺接受人的呵癢的動作。

杜榮慢慢跪下去，粗糙的石片磨在膝蓋上並不覺得痛，他只顧著衝鋒陷陣肉搏，他狂亂而嚎叫，行若死亡前的掙扎……

而美智是個俘虜，她無條件地接受敵人痛苦的懲罰，她擂動著身體，並且上下擺動，迎合著敵人的喜好，她戰慄、呻吟。

「小杜——我——」

杜榮跟美智完事後回到他的房間，已經三點多，經過李苾苾的房間時，裡頭寂靜無聲，想必她們早已睡熟。他輕輕地開自己的房門，輕輕地躺下榻榻米，然後，兩個眼睛睜得大大的，並不因時間已然清晨而睏倦。杜榮的思緒反而清晰起來。李苾苾和杜麗的影子一直在他的腦幕上交疊重現。

不知是否由於有些許的內疚，在這個清醒的時刻，他回想與李苾苾認識到交往的種種，自覺自己的個性太過倔強，而或多或少地傷害到了李苾苾，其實，李苾苾除了有些時候喜歡抬槓外，她著實是個溫馴和軟弱的女人。

他常常地欺侮她——就像今天晚上，在她從那麼遠地方來的晚上，竟然背著她跟別的女人做愛胡搞，杜榮也不是有意的，只是水到渠成，他沒有疏導和抗拒而已。

而這，是一種不可饒恕的過錯嗎？杜榮在內心裡這樣的詢問自己。

而這，答案是肯定的，杜榮自己也知道，只是，事前任其發生，事後才深感悔意，於事並無補。

杜榮在床上輾轉反側不能成眠，他想得越多，越覺得自己罪孽深重，一個沒有道德觀的人，一個自私自利的人，怎能配得上李苾苾呢？因此，為使李苾苾幸福，減輕自己的罪惡感，只有一途，就是放棄李苾苾，讓她像一條在山上流淌的小溪，永遠保持著清新、乾淨，讓一條活潑的生命，永遠不受污染。

杜榮想著想著，便朦朧入睡。

杜榮忽然回到金門，在那些他熟悉的沙地奔跑，在黑夜，在機場的構造中，對岸打來的宣傳彈，一直在天空開花。後來，李苾苾突然出現在面前，她生氣異常，她手上竟然抬著一把M—半自動步槍，在近距離對他瞄準，他來不及叫喊，其實他一直叫不出來，轟然一聲，李苾苾開火了，一顆溫熱的子彈曳出，一瞬間，他只看見李苾苾的半張臉，似笑非笑地看著他，接著，他看到鮮血從他胸膛流下來，他悚然一驚，一個概念從腦海裡閃過：我要死了。

他掙扎了好久，才慌張地叫出聲——

於是，他醒過來了。

原來是一場噩夢，他睜開眼睛，室內已布滿自然的光線，他正抱住一只枕頭，李苾苾和杜麗正盤據在兩個牆角，隨著他惶恐的神情和叫聲，驚詫地看著他。杜麗問道：

「哥，你作噩夢嗎？」

杜榮雙腿一彈，於是就坐起來，他想剛才一定很失態，因此顯得很尷尬。是的，實在是作一場噩夢，他滿身濕黏，連衣服都濕了一大半，作夢時一定出了周身冷汗，甚至額頭也浮滿碎粒的水珠。

「是啊，我剛才正在作夢。」

「我們看你好像很痛苦，一直在顫動，本來想要叫醒你，還來不及叫，你已經醒來了。」杜麗接著問：「你夢見什麼啦？」

杜榮想到剛才夢中的情景，便掉頭去看看李苾苾，李苾苾正坐在窗前，她坐著的姿態是朝著窗外，現在回過頭來看著杜榮，面容雖略帶憂鬱，卻不是杜榮夢中的那種拿著槍桿的凶相。

「我剛才夢見李苾苾，她拿著一把步槍，朝我開火了——」

李苾苾聽他這麼一說，眞想笑，但她卻忍住沒讓它流露出來。可是杜麗卻起鬨了，直嚷著問：

「唉呀，好現象啊，結果呢？」

「結果！」杜榮說著拍著胸膛，「一顆子彈穿入我的胸膛，我看見血流出來——」

「但你沒死？」

「當然沒死，死了我還能醒來嗎？」

「苾苾！」杜麗叫著她，調侃地問道：「妳眞的那麼狠嗎？」

李苾苾並沒有起身，她就在原處移動身子，把正面面對他們，仍然不苟言笑，冷冷地。

「我可沒有那種本事。」

「哥哥，我看你心裡對苾苾有愧疚，所以才會作那樣的夢！」

杜榮站起來，在牆角的一條橫懸的鐵線上，拿下了一條毛巾，用力地擦著臉上及頸上的汗。他沒有回答杜麗的話，果眞，對於李苾苾，他是有歉疚的。杜榮在室內來回走動，後來又走到走廊上，仰頭看天色。

現在是早晨八點多鐘，按平常太陽可出來了，但今天天空烏雲密布，又有陣風不停地吹拂，視野還沉暗得很。他走回房間，站在李苾苾和杜麗的中間，訕訕地說：

「我看，颱風就要來了。」

雖然杜榮說的可能是眞話，但是他顧左右而言它，妹妹並不放鬆他。

「哥，你昨晚到哪裡去了，把我們單獨地丟在旅社，眞不像話……你幾點回來？」

「我到山中的樹林裡去坐，樹林裡好靜、好美、我在那裡沉醉了，直到凌晨兩點才回旅社。」

「自私……」杜麗嘀咕地。

杜榮想到今天凌晨回到旅社，然後又跟美智在溫泉澡房的一段韻事，面孔有些燥熱，他偷偷地看了李苾苾一眼，只見她空洞無神的眼睛，正茫然地瞧著戶外的幽暗和樹影。好像他和杜麗的對話，是耳旁吹過的微風。

「妳們坐一下，我去洗臉，待會兒吃過早點，我帶妳們到北回寺去！」杜榮自己找個臺階下，好脫離那種沉悶的困境。

「但是，好像颱風要來了，你看天色那麼沉暗，雨就要下了的樣子。」

「到時再說吧，我去洗臉了。」杜榮說，抓起毛巾和牙刷，就很快地向外跑去。

李苾苾自從入山以來，心情一直不能開朗，因而杜麗也受到了影響，杜麗雖然也想說些笑話或講些與杜榮無關的話題來沖淡她悒鬱的情緒，可是效果也不彰。就像現在，當杜榮跑開留下她們兩個後，氣氛就又僵住了，杜麗已找不出話題來吸引李苾苾。

惟有風在窗外忽疾忽徐地巡迴著，同時嘩嘩作響的聲音，像海陲一曲雄壯的交響樂已進入高潮！

杜榮很快地從洗面檯回來，在走廊轉角處，他碰見美智。美智一時有些不好意思。她的雙眼浮腫，剛剛化妝的粉底，仍然遮掩不住她睡眠不足的疲態。

「嗨，」美智輕輕地打招呼，眼睛不敢正視杜榮，「你睡得好嗎？」

杜榮本想說他沒睡好，一直作著噩夢，但是他沒有說，他像她一樣害羞，便只有點頭。

「去叫你妹妹她們，趕快下來吃早點呀！」

「她們在我的房間！我去叫她們好了。」

他們就在走廊分手，然後杜榮就去把杜麗和李苾苾帶到地下室吃飯。餐室沒有開燈，只靠右上方一塊嵌著玻璃的天窗漏進些許的光線，因而室內顯得很沉悶和晦暗。

杜榮按下開關，燈亮了，杜麗先叫了一聲。原來餐室內只有老闆娘一個人，坐在那裡喝稀飯，燈忽然亮了，那人像突然出現的一個鬼魂似的，把他們三個都嚇了一跳。

杜榮驚魂甫定，他看到老闆娘手中端著一碗粥，正用一種似笑非笑的詫異笑容看著他們。杜榮不免抱怨著說：

「頭家娘，那麼省呀，怎麼在黑暗中吃粥呢？連燈也不開……」

老闆娘眨著一對細小的眼睛，她不以爲然地說：

「看得到呀，又不會扒到鼻孔裡去。」

杜榮苦笑，他也就不再說些什麼，就帶著李苾苾和杜麗順序地進入餐室，又幫她們盛了稀飯。坐定後，杜榮便把她們介紹給老闆娘認識。

老闆娘唯唯諾諾，不斷地露出嘴中的兩顆飾金的門牙，笑得很虛僞。老闆娘忽然打岔地說：

「杜先生，我的建議不知你考慮得怎樣？」

杜榮一時弄不清楚她建議些什麼？便問：

「什麼事啊？」

老闆娘覺得很奇怪，她想，不知道他是裝含糊，還是眞的那麼健忘。便有些不悅地：

「坐櫃枱呀，做我們店裡的經理呀！」

「哦，」杜榮恍然大悟，他已經把這件事忘得一乾二淨，想不到她還在舊事重提。「原來是這個，不過我不是說過，我是來度假的，不願受到約束。」

「唉呀，」老闆娘放下碗筷大聲地說：「你也眞是太小心眼，坐坐櫃枱登記，也很輕鬆呀，根本沒有人會管你。」

杜麗聽著他們的對話，從話中她也知道一些事情的大概，她覺得如果杜榮想在這山上待下來，找個事做也未嘗不可，何況這個旅社剛好有這個缺，老闆娘又誠意地邀請他，這是一個機會。於是，杜麗便忍不住地插嘴道：

「哥，老闆娘是說要請你在這裡當經理嗎？」

杜榮經杜麗一問，無可奈何地點點頭，他同時用目光掃視了一下李苾苾正停下手中夾菜的動作，目光堅定地看著杜榮。

杜榮說：

「是呀，這裡的老闆正好出……差去了，店裡少了一個男人，老闆娘說我適合做櫃枱經理。」

「好啊，好啊，」杜麗興奮地叫著，「有個事情做，可能就會改變你那不積極的人生觀！」

「妹妹，我是妳哥哥啊，妳怎麼可以訓我？」

「我沒有訓你呢！本來事情就是這樣嘛！」杜麗嚷嚷著，她又別過臉去詢問李苾苾：「苾苾，妳說是不是，人本來就應該有向上奮鬥的志氣的。」

李苾苾翻翻白眼，雖然沒有說話，但臉色已較前溫和愉悅。

老闆娘看杜榮的妹妹一直慫恿著杜榮，覺得他們兄妹二人的思想觀念竟然不一樣，信心大增，便又鼓著那三寸不爛之舌，大事鼓吹。

「杜小姐說得對，男人應該要有志氣，在這個社會上做一番事業——怎能像杜先生一樣，整天無所事事，死坐活吃，那人生有什麼趣味和意義……」

杜榮端在手中的稀飯還喝不到兩口，卻想不到三個人聯合起來對付他，使他不勝其煩。他環顧三個女人，她們都以期盼的眼色看著他，連李苾苾也瞪大眼睛，目不轉睛地看著他。他像一個囚徒被押在法庭前，正準備著接受法官的審判一樣。

因此杜榮不得不反抗，他又把他那套人生哲學搬出來，他不慌不忙，不急不迫：

「人生的意義有很多種，就像人各有志，並不一定要每個人都從事固定的一種熱門事業一樣，譬如說，醫生是目前最叫好的一種職業，那些擠進醫學院大門的莘莘學子以及他們的家長們，最大目的我看是看在賺錢容易這一環節上，什麼醫人濟世這論調，都是擺在一邊的。就以我來說，我當年也是考丙組的，也是以臺大醫學院爲第一志願的，這種志願，是母親從小就一直諄諄不斷地教導我，將來可以一個醫生的資格，討個如花似玉，而且門戶相當的名媛來做老婆，還可以弄到一幢樓房，及上百萬的陪嫁。可惜，天不從人願，我沒能考上醫學院而考上農學院，而使許多人大失所望……」

杜榮說得口沫橫飛，雙手又比畫著，充滿戲劇性，老闆娘從未看到杜榮這樣慷慨激昂過，因此，她聽得津津有味，一隻手托著肥嘟嘟的左腮，瞇著一雙細小的眼睛，像進入夢遊的世界。

杜榮便繼續下去他的高談闊論：

「但是，妳們想想，如果大家都想幹醫生，而所有的人都如願以償的得到了。這世界還有病人嗎？這世界上恐怕連種田插秧的人都改行當醫生了，大家只有餓死一途，所以我說，人各有志，各人應在各人的位置上，不能強求某人迎合你或某種行業……」

杜麗揮著手，突然把杜榮的話打斷了，她急急地把話插進來：

「可是，哥，你什麼位置也沒有站上，社會上的各行各業離你那麼遙遠，你是個隱遁者……」

「做爲一個隱遁者也沒有什麼不對，」杜榮說：「一個人對社會消極或漠不關心，固然是一種殘缺的行爲，但沒有殘缺哪有完美，一個人的人格也是一樣，如果每個人都是十分完美，是一個完人——世界上沒有好人與壞人之分，那人生所追求又是什麼？以我來說，我當然不願意做個壞人，但我也不見得要去努力做爲一個好人，我只認爲，我個人的思想和生活，並不去影響到別人，我願保留著一分童稚之心，去追求一分殘缺中的圓滿，一種醜陋中的美，即使這種美是蒼白的、不健康的……」

杜榮這套理論說得頭頭是道，可是聽眾之一的李苾苾並不接受，在學校時代抬槓的慣性，又萌現出來。於是，李苾苾冷冷地說：

「你簡直強詞奪理，照你這麼說，人類去追求盡善盡美是一種罪惡，人類應該停留在石器時代那種汲汲營營、互相殘殺的年代！」

「我不是這樣說，我的意思是……」

李苾苾緊迫地追問：

「你的意思是，你願意做個廢人？」

李苾苾咄咄逼人的態度使杜榮有些忍不住要發脾氣，但是他了解李苾苾的個性，她不只倔強，如果她一生起氣來，她甚至變得盲目。因此，杜榮還是和緩地：

「我並不是在尋求退化，我是說，一個人在不影響別人的原則下，他有權過他所喜歡的生活！」

「你呀，你就是強詞奪理，你就是在開人類文明的倒車！」

李苾苾說著說著，就逐漸地激動起來，以至口吃得很厲害。她對杜榮怒目而視。

「我跟你同學四年了，我不知道你心裡在想些什麼？你是心裡有鬼，你是病態的，這個社會的寄生蟲……」

杜榮有些想笑，他發現激動中的李苾苾，很像他們初識在大學同學的頭一年，有一次在春季辯論會上，爲著男女孰優先的問題上，她和他分別爲甲方和乙方，辯得面紅耳赤的情景，那時，她穿著一身大一的軍訓制服，怯生中顯得很勇敢，談鋒很健，快速得像機關槍。而現在，穿著一件碎花洋裝，比大一時豐滿和成熟的李苾苾，態度比從前更強烈，她是只差一點沒有把手指頭指著杜榮的鼻尖罵。

杜榮反而不覺得想生氣，他看著面孔漲得通紅的李苾苾，私底下想，設若經過長時間亢奮的做愛，她的面色應該不會像這種顏色，應該淺一點的，粉紅色的……杜榮沉入遐思中，因此他的臉上露出一抹不以爲然，而且不合時宜的微笑。

李苾苾看她自己凶巴巴打出去的語彈，一去無回，好像肉包子打狗似的，她所預期的反應沒達到目的，心是落空了，她因而有些悵惘，但是，她怎能讓他得意或自以爲勝利呢？所以，她便又接下去嚷：

「杜榮，我覺得你枉費唸了四年大學，我覺得你不曉得什麼叫勇氣，什麼叫偉大，什麼叫氣概，對了，你所缺乏的便是男人的氣概……」

杜榮苦笑著，做個無可奈何的動作：

「我真的是那麼窩囊嗎？」

「是的，那是你最大的悲哀——」

一陣衝突出其不意地在這小小的餐室展開，起初老闆娘還很熱心地聽他們的爭論，後來發覺他們所談的問題愈來愈深奧，就覺得枯燥無味了。而且砲口都是對著杜榮一人，顯得很不公平。

「唉呀，你們就這樣吵起來了，真是，本來我只是希望杜先生在這山裡既然沒有什麼事，就幫我一點忙，坐坐櫃枱，如此而已，你們怎麼講到十三天地外去了……」

老闆娘說著站起來，拉一下坐縐的旗袍下襬，然後離開座位，走到門口她又停住，對著杜榮說：

「杜先生，我希望你考慮一下這個工作，很輕鬆嘛！」

杜榮看她那麼誠意，不忍拂逆，就說：

「好吧，我考慮考慮就是！」

三個人看著老闆娘離開餐室，他們就各自沉默下來，杜麗和杜榮各自埋首吃稀飯，唯獨李苾苾還有一口氣吞不下，她氣呼呼地在那兒發傻。

杜麗筷子夾了一塊醬瓜，正要放進嘴裡，看到李苾苾還在生氣，便安慰她說：

「算了，苾苾，妳知道我哥哥就是那種調調，不理他就是了，妳還生他氣，不是白生的嗎？」

李苾苾甩甩手，她一回首，又看到杜榮若無其事地把粥喝得嘶嘶作響，更是冒火：

「我才懶得生氣，不值得的，他有什麼資格可讓我生氣？」

「所以嘛，妳靜下來，把那碗粥吃完，我們到外面去走走，」杜麗安撫著李苾苾，然後又對著杜榮：「你不是要帶我們到北回寺嗎？我們要去看那個被你讚不絕口的沙彌……」

杜榮抬起臉來，已把碗中的粥吃完，他用溫柔的目光看著李苾苾，李苾苾現在才不接受他的溫情，仍然凶狠狠地說：

「杜榮，你是愈來愈走火入魔了，愈來愈無藥可救了……」

說完，她嘆息著。

「好啊，苾苾，妳不用再罵了，我承認我不行，這樣可以吧！」杜榮說著停下來，靜觀她的反應，等一會兒她沒有回話，他便又說：「現在，妳把那碗粥吃完，我們便到北回寺去！」

「好了好了，苾苾，吃完粥我們到山裡去。」杜麗也幫著說。

「我肚子不餓。」李苾苾說著就要站起，杜榮伸出手抓住她的手臂，一條膚色白皙、富有彈性的手臂，李苾苾被他一把抓住，不得已又坐下來。

「放手！」她冷冷地說。

「不要再鬧了，妳把粥吃完，我們才走。」

杜榮表現得很堅決，李苾苾猶豫了一下，就說：

「你放開，要不然怎麼吃？」

杜榮看李苾苾已讓步，便放開她手。李苾苾很不情願地端起稀飯吃著。這時，杜麗已吃完，她看哥哥正閒在那裡，便又舊話重提：

「哥，我覺得老闆娘的建議不壞，你可自力更生，可照你的生活方式過活，多好！」

「我這樣子也是自力更生，我不會拿家裡的錢！」

「不是怕你向媽拿錢，而是有個職業能養成獨立的性格，那是好美德……」

「阿麗，我們不要再談這個，」杜榮說，看著杜麗流露著期盼的目光，便轉緩口氣：「好了，妳們眞是，我考慮就是！」

他們等李苾苾吃完稀飯，三個人離開餐室時，正好美智要下來收拾。美智很客氣地寒喧著：「都吃飽了嗎？」

「嗯，吃飽了。」杜榮帶頭說，「我們等會兒會到深山裡去，中午趕不回來，叫阿彬不用準備我們的飯。阿彬呢？」

「阿彬下山買菜去了，」美智訝異說：「可是外面天黑墨墨的，好像颱風要來的樣子，你們要出門嗎？」

「大概沒關係吧！」杜榮看美智關切的神情，「我們到外面看看情形再說吧！」

但是，他們還是上路了。

九點多鐘的時候，李苾苾和杜麗在旅社各拿了一把油紙傘，杜榮戴了一頂斗笠，手中多了一個包包，那就是要給沙彌的一些初中國文課本。他們便由旅社出發了。

美智在門口送他們，她口有怨言，但也僅能勸勸而已。他們在山雨欲來的時候上了路。一路上石板路油滑，樹色沉鬱，山風低低地吹，涼得沁入心骨。路上他們有說有笑，已經忘卻剛剛吃早飯時的不愉悅。

轉入密林小徑時，兩旁的樹林和翠竹，形成一層巨大的天帽，把本來已夠幽暗的光線擋在樹梢外，一條小徑，伸入蒼茫裡，不到五十公尺便已看不清楚。樹林底下有一片低沉的暗綠在不停地滋長、包圍。

徑上有落葉、青苔，以及大石頭擋住去路。杜榮走在前頭開路，他跳上跳下，杜麗和李苾苾跟得不勝吃力。杜麗甚至邊走邊感嘆著說：「我從來沒有看過在白天的野外，天色會暗到這種地步，還有點怕人呢！」

「但是，妳不覺很美嗎？我相信妳長這麼大了，從沒有看過這麼美的景色。」

「是沒有錯，但總是太暗了。」

「天氣晴朗的日子，來這條小徑走走，偶爾風把樹梢掀開了，從搖晃的樹枝裡，漏進來的陽光，像滿地的金塊在跳躍、奔跑，又是一番妳沒有看過的美景。」

「到北回寺的整條路，都是這樣嗎？」

「是啊，就是這麼幽靜和美——」

杜榮驕傲地說，好像這裡不同凡響的風景，是他創造經營的，使他深深地引以爲榮。

李苾苾默默地超越了杜榮和杜麗，她走在前頭，滿地的苔蘚和崎嶇，使她的一雙布鞋已沾滿了濕泥。但現在，她心中興奮異常，她每走兩、三步，便要蹦跳一下，彷彿六歲小童第一次穿著漂亮衣服去上幼稚園一樣的好奇與快樂。

是的，快樂，李苾苾所感覺的快樂不是官能快感的表現，而是沒有慾望時心境順遂時的體驗。就像在這樣幽邃的密林裡，唯有滿眼的綠和滿耳的風聲使她的內心平靜，使她不去計較杜榮和她在情感上的對抗和摩擦所引起的不快，她是在山靈的安撫下得到滿足，而這滿足，是她快樂的基礎，而這種快樂，是最彌足珍貴的。

於是李苾苾的心像一隻愉快的鳥，她邊走邊哼著小調，低低悠揚的歌聲，從嘴巴裡飄出來，與山風會在一起，變成一曲天籟，在沉沉重重的樹林裡輕輕地飄繞……

杜榮覺得很驚奇，杜麗也是很意外地與他互相對望，已經好久好久了，杜榮沒聽過李苾苾哼過歌，那樣快樂的輕唱和低吟。

李苾苾輕柔地唱著，那歌聲傳情，字句清晰，是台語老歌〈補破網〉：

看著網目賵紅
破甲這大孔
想要補無半項
誰人知阮苦痛
今日哪將這來放
是永遠無希望……

歌聲一停，就有人猛鼓掌，李苾苾從忘我的境界醒過來，她回頭看他們，杜榮和杜麗還在拍手，兩個人嘻嘻哈哈。杜麗叫著說：

「好呀好呀，我從來不知道妳有這麼甜美的歌喉，眞是眞人不露相，深藏不露啊！」

李苾苾停下腳步等他們兩個，愉快地說：

「心情好，隨便哼哼，好聽嗎？是從爸爸那兒學來的。」

「唉呀，我的姑奶奶喲，妳差不多可以比美康妮法蘭西斯啦！」杜麗鬧著說。

「不是，」杜榮面容故意裝著嚴肅，他更正地說：「在學校裡，李苾苾喜歡唱台灣民謠，她是台灣的鍾・貝絲！」

「不要臉，我可沒有你的臉皮厚，常常自以爲是法蘭克辛那屈呢。」李苾苾也嘻嘻哈哈地取笑他。

他們笑鬧著，笑聲和歌聲震動了山林。

突然間，一陣大風在樹梢橫掃而過，把濃密的竹林吹翻了天，露出一片空白，光線露進來，把小徑照得很新鮮和耀眼，可惜爲時不久，風過後，竹林又合攏過來。馬上是不見天日的蔥鬱，又是暗影滿眼簾。

但是，一陣風過去後，間歇地又一陣一陣地颳起，風陰涼，帶著雨水的味道在天空馳騁。不一會兒，雨果眞來了；快速的雨箭，急急地打在樹葉上，聲如擊鼓，此起彼落，好像在遠方，正有千軍萬馬，風馳電掣地席捲而來。

杜榮他們驚呼著，看著頭上頂著的一層葉帽，雖然大雨下了好一會兒，雨水還未漏下來，祇有一點一滴的小雨點，像按著琴鍵的小精靈，東敲一下西敲一下，落在枯葉和石頭上。

兩位女生把油紙傘打開，好開心地期待雨點打在傘上。忍不住地頻頻抬臉往上看。而杜榮頭上戴著斗笠，在荒徑上踽踽而行，遠遠看彷彿日本時代劇中的一位俠士，在雨中充滿飄逸之情。

雨下得愈大，天色更加沉暗，他們好奇的興奮過後，兩位女生就反而有點擔怕起來，一來天黑，二來狂風暴雨，一副颱風來襲的境況。樹葉已撐不住大量的雨水，它豐沛地沿葉隙和大風拍擊的空間灌下，而且狂風在小徑吹襲亂撞，已使撐傘的人把持不住。

他們三個人現在緊緊地靠在一起。杜榮站在中間，保護著膽小的她們。雨水逐漸在他們的身上滴落，有時候也隨風飄到他們的臉上，他們雖然有點膽怯，但並沒有退縮。風惡作劇地從四面八方而來，所以有時候他們逆風而行，有時候卻被風從後面吹著跑。

「颱風眞的來了，我們怎麼辦？」杜麗有點兒驚慌地問。

杜榮看看李苾苾，李苾苾也是既好奇又有些害怕，她一臉猶豫的神情。杜榮問她：

「我們回去，還是繼續走？」

「到北回寺還有多遠呢？」

「已經有一半路了。」

「那，」李苾苾轉向杜麗，「乾脆我們就不管三七二十一繼續趕路好了，反正已走了一半，再回去也是要這麼久的時間……」

「但，萬一風雨把我們困住呢？」

「所以，我們要走快點啊！」

三個幽微的影子，在風雨中艱難行進，渺小得像大地中三朵孤蕈。他們靠得緊緊地，杜榮走在中間，左擁右抱地保護著她們。

杜榮現在覺得一種年輕的氣概在他心底下像泉水般地湧出，使他充滿責任感。此時她們渴望他的強壯，他便信心十足地表現出男人果斷的氣魄。

已經許久許久，李苾苾跟杜榮沒有肌膚之親，幾年來，他們幾乎均處於冷戰中，互相作弄和虐待對方，所以如果有所謂愛情，早已淡然無味，所謂春情，也沒有什麼可以蕩漾。

何況雨下得那麼大，在四周打轉，雨絲不斷在飄飛，在他們的肩頭以下侵染。不久他們來到一條橫在路中的急流，原來墊在溪中的三兩塊大石頭，現在祇露一點點在水面。天晴時候，從上頭流下來的溪水清澈碧綠，溪邊飛滿了各色各種的蝴蝶和蜻蜓，好一副優美的畫面。而現在，高山上落著大雨，強勁的雨水挾泥沙以俱下，還有殘枝和敗葉，濁流滾滾，溢滿低淺的小溪。

杜麗被這龐大的氣勢怔住了，她哇哇大叫，又喜歡又驚恐。

他們走到樹林邊緣，急流上面露出一塊灰暗的天空，風雨大作，不斷地侵襲他們。他們幾乎要撐不住傘，油紙傘在狂風席捲下，已經破毀撕裂。

杜榮兩隻手壓住頭上的斗笠，李苾苾瑟縮著在他們中間，有些膽怯。杜麗在風雨中大聲地說，聲音雖大，但好像在問著自己：

「我們過去嗎？」

「從水上露出的石頭，我們跳過去！」杜榮看著她們，一再地強調：「我們當然要過去，這點小小的困難嚇不了我們的。」

「那水很深嗎？」李苾苾開口問。

「以前我來時，這條河流在好天氣下，溪水涓涓而流，清澈、幽雅而充滿詩意。水量不大，現在露在水面的那些石頭，大概有一半在下面，以現在快要淹沒的情況來計算，水面以下約有半個人深。」

「深是不深，但是水流洶湧……」杜麗說。

「我們不要站在大雨中猶豫，現在我們就跳過去，然後躲入密林裡，風雨就奈何不了我們，況且一條路直通到北回寺，都是濃蔭蔽天。」杜榮幾乎以吼著說，因爲在狂風驟雨中，不大聲講話，那些剛出口的話，立即就被風吹散了。

「走，跟在我後面，不用慌張，一步一步地。我們跳過這些石頭！」

杜榮回首望她們，一張堅決的臉給她們無比的信心。兩個女孩互相對望一眼，點頭表示同意。

「我先走，李苾苾妳跟在我後面，我每跳過一塊，妳便跟著跳一塊；杜麗妳照這種情形跟著，來，告訴妳們不用怕！」

她們跟在杜榮後面，魚貫地走到河床邊。杜榮第一個跨上急流中的大石。

她們在哇哇大叫，有驚無險中越過了那條河流。之後，他們迅速地跑入濃密的竹林。

天空又被遮蓋住，雨和風便小得多了。

李苾苾回頭去看著剛剛越過的河床，祇見濁水洶湧，在石頭上打起很大的漩渦，而且石頭露出水面不到一台寸，看起來眞是驚心動魄。她想，如果沒有杜榮在，和他的鼓勵，她是不敢跳過去的。想著想著，不覺偏過頭去看杜榮。

杜榮的臉部被斗笠整個遮住了，他走在前頭，找平坦和沒有水的地方開路，李苾苾根本就看不到杜榮的表情。祇見杜榮在前面像一座龐大的山影，給她無比的壯大和信賴感。

到北回寺一直是條上坡的路，因此這條小路逐漸有變成一條小河的趨勢。雨水在路中或旁邊匯成一股水勢，從上面直奔下來。杜榮他們還不時要躲著它們，看它們像頑童般地在他們的腳下喧鬧而過。

這時，杜麗忽然打破沉默，問著杜榮。

「等下到了北回寺，有我們容身的地方嗎？」

「當然有，妳以爲那個廟像個積木般大小嗎？」

「在這種天氣，我們去探訪，和尙們一定會嚇一跳的。」李苾苾有感地說。

杜榮突然笑起來，笑得很開心，李苾苾和杜麗很久沒有看過杜榮的笑容，所以顯得很意外，莫名其妙地看著他；而他卻開玩笑地說：

「告訴妳，我這個野和尚，帶了兩個假尼姑，在風雨中去叩訪，他們會以為是天上掉下來的艷福……」

「胡說！」李苾苾馬上斥責他，但口氣中有假裝生氣的意味：「這種玩笑是不敬的，而且低級。」

「對不起，」杜榮更加胡鬧，他一臉輕浮，「我就是一個專門講低級笑話的人。」

李苾苾看他嘻皮笑臉，不理他。她靠近杜麗一步，和她並肩而行，把杜榮丟在後面。杜榮還像中邪似的，獨自在後面哈哈大笑。

「眞是神經！」李苾苾對杜麗說。

杜麗也莞爾一笑，說：

「他在家裡也常常耍寶，我媽把他當成一個活寶，他常常把媽逗得笑出淚水來。」

「他在學校還不是一樣，不是不正經，就是不實際，常常高談闊論，也常常開玩笑，常常是口沫橫飛……」

「我媽也喜歡他這一點，高談闊論一些莫名其妙的理論，玄之又玄，媽就以為他有學問，其實，他的那些理才是一些歪理，強詞奪理……」

她們便一邊走一邊批判他。杜榮在風聲夾雜中有時候就聽到她們的一些話尾，他並不在意。反而把斗笠摘掉，停在風雨中，晦暗的竹林接受甘露般雨水的滋潤，然後再哺予杜榮以大地的靈氣。杜榮心曠神怡，他手舞足蹈，仰天大嘯一聲：

「吼——」

兩位女孩便又被這叫聲吸引，回頭好奇地看著杜榮拿掉斗笠，仰臉接受雨水打下來沾濕了他的臉及衣服。他陶醉著，好像一隻蜜蜂將頭臉深深埋入花心。

「妳看，他就是那麼神經！」杜麗說。

而李苾苾，聽杜麗這麼一說，再看看杜榮那種忘我的神情，便不由得低笑起。

「他豈止神經，他老是莫名其妙！」

她們倆會心一笑，看杜榮還在那裡發呆，杜麗於是大聲地叫他：

「哥，你在幹什麼啊！你看你身上都濕了……」

杜榮這下才像從夢境裡被拖回來，他用手拂著臉上的雨水，得意洋洋地：

「我正陶醉，在這雨中真開懷舒暢啊！」

「好啦，你儘管陶醉你的吧！但是，北回寺還有多遠呢？我們好像走不到似的。」

杜榮走到她們的跟前，他指著去路遠處露出的一點白光的地方。

「妳看，走出那個竹林盡頭，就到了，我看再十分鐘便可到了。」

他們果然再走了十分鐘便到了竹林的盡頭，展露在面前的便是大雨飄揚下的一棵大古松，再上去二十幾公尺遠的北回寺便隱隱約約地藏在大雨中。

「喏，那就是北回寺。」杜榮指著說。

她們隨他手一指，祇見到北回寺像夢境中的一個空中樓閣，模糊、遙遠。這種雨中的情景，著實也使她們的內心深深地感動。雖然，風雨打得她們幾乎要撐不住傘。

「很小嘛！」杜麗幽幽地說。

「廟雖小，但很深奧喲！而且，也可以擋風擋雨，我們趕快去吧！」

「那個小沙彌在嗎？」

「當然在，這颱風天妳叫他跑到哪兒去？」

「你說他叫什麼名字？」

「叫清水啊！」

於是他們三個人，撐著破油紙傘和戴著斗笠的，在山野的風雨裡像三個幽靈，慢慢地攏上北回寺。

剛走上寺廟的臺階，杜榮便看到青苔師父站在門廊裡，很注目地朝這裡觀看。

杜榮帶著她倆一上門階，脫下了斗笠，他叩著門，叫一聲：

「師父——」

青苔師父這下才看清楚原來來人就是杜榮，他原先困惑著的臉才露出笑容：

「哦——原來是杜施主呀！來，來，裡面坐，避避風雨……」

杜麗和李苾苾收起了傘，跟著杜榮走進廟內，廟內光線幽暗，一個小小的殿堂供奉的神座上，兩枝大紅蠟燭並沒有點火，祇有香爐上的香煙吐著微紅的火舌，飄繞著冉冉上升的煙圈，才有點生氣。

小小的蒲團上，正跪著一個穿羅漢袍的和尚在那兒敲木魚唸經，音律節奏緩慢，彷彿僧人在唱著一首催眠曲似的，充滿寧靜安詳的氣氛。

杜榮從側面看出，那人是司事青潭。

青苔師父退到室內一隅，讓出一個空間給他們入內。杜榮拂著身上的雨水，李苾苾和杜麗的頭髮也濕了，她們掏出小小的手巾擦著，一副狼狽相。

「師父，她們是我的妹妹和同學！」杜榮指著她們向青苔師父介紹。

「歡迎光臨敝寺！」青苔合掌爲應地說：「尤其在這麼大的颱風天光臨，更是敝寺的光采。」

「我們出發時，雨還小小的，想不到竟然是颱風來襲……」

「嗯，我看這是今年最後的一個颱風了。」青苔師父說著，推上來一張長板凳，「坐，坐，先這裡坐坐，我去叫清水燒一壺草茶來治治風寒……」

「清水人呢？」杜榮說著，順手拍拍手邊的一包旅行袋，「我就是給他這些課本呢！」

青苔師父和藹地笑開來，他喜孜孜地說：「杜施主眞是有心人哪！說話算話……」

「哪裡，我們都喜歡他就是，清水他呢？」

「哦，他在禪房讀經呢！」青苔說著往側門的禪房走，「我先叫他燒壺草茶，然後才出來見見各位！」

青苔說罷就從側門消失了。

廟內又寂靜下來，除了那韻律有致的木魚聲，青潭的經語可能尙未告一段落。因此，他仍然低頭誦經，沒有理會外來的客人。

廟外風雨大作，遠處樹木在狂風中奔張飛揚，尤其那株大古松，它枝葉繁茂的枝幹，在大風中被搖得像個怒髮衝冠的巨人，被不停地劈打，不停地囂張。

廟門沒有關，因此不時有風雨飄進來，簷前和高高的門檻內，都被打濕一片，在灰色的石板上，留下一片水漬，映照外面的天光。

杜麗偷偷地伸伸舌頭，小聲地說：

「好小的一座廟啊！跟我們家鄉在郊外田地裡的虎爺廟差不多！」

「但是，」李苾苾濕透的頭髮捲曲著，像一朵出水芙蓉，她對這個北回寺好像很滿意，所以她說：「它是一座很特殊的廟呀！」

「是啊，」杜榮說：「天晴的時候，妳們便可以看到這裡雄渾的山勢和幽美的風景。而且，這座廟，就是這裡的兩個人——青苔和青潭兩位師父建造的。想想，光是從山下搬來磚頭、石頭就夠辛苦了，他們這種出家人的精神和毅力，眞是偉大……」

他們談論間，青苔住持又從側門裡走出來。

「一切已交代好，等一會兒清水就端熱茶出來——我已經告訴他杜施主來看他，他高興得不得了，他年紀小，凡心還很重……」

青苔住持雖然這樣說著清水，但他還是喜孜孜的，可見他多麼疼愛這個他一手撫養長大的沙彌。

「太麻煩師父啦。」

「哪裡，你們來我們實在很高興。」

這時，青潭師父已經做完了經課，他一再地朝神壇拜跪，合掌。起身，對著杜榮他們，面露笑容。

「歡迎三位施主光臨，善哉，善哉！」

他們三位從長凳上站起來，合掌回禮。杜榮熱絡客氣地：

「下這麼大的雨還來打擾，眞是冒昧……」

「哪裡，哪裡，歡迎！」

杜榮爲青潭司事介紹他妹妹和李苾苾。杜榮隨後說：

「上次我來時看到清水他——我說要拿些國文課本來教他認一些字，我就寫信給舍妹，想不到她們也很喜歡，沒幾天就把課本帶來了。

「杜施主是有善根的人，以後必有善果……」

「多謝，多謝！」杜榮點頭爲應，接受他的讚美和祝福。

青苔住持從牆角拉來兩張竹子做的太師椅，請杜麗和李苾苾坐。李苾苾客氣地謙讓著：

「師──父，」她有些不好意思學著杜榮叫著：「我們坐長凳就好了，你請坐──」

「哪裡，客人應坐這個，來，來，不用客氣，我們大家坐下來。」

他們推讓不掉，後來就讓兩位女性坐太師椅，男人坐長板凳。他們一字排開，像在擺龍門陣似的，起初說些客氣話，談些天氣和颱風。

直到清水從禪房搖搖擺擺地端著一壺茶出來，他們才停止了這種交談。

清水剃得光溜溜的腦袋，鐵青而光可鑑人，他看到兩位長得如花似玉的陌生女人，顯得很拘謹，他怯生生地把茶放在茶几上，眼睛連抬都不敢抬，嘴裡唸著說：

「歡迎施主光臨敝寺，請用茶！」

說罷就想拔腿溜掉，青苔住持叫住他。

「清水，杜施主帶了兩位客人來看你，又帶了書本來，還不趕快道謝！」

清水才很不好意思地抬起頭，他兩個大而黑的眼珠骨碌，一臉的天眞無邪，使杜麗和李苾苾都好喜歡。尤其他穿著一件對襟的布衣，一副小沙彌那種逗趣的意象，有說不出的討人喜歡的模樣。

「謝謝杜施主，謝謝──」清水說著看看兩位女生，他不知怎麼稱呼，就愣住了。

清水一副搖頭晃腦的模樣，把大家都弄笑了。杜麗便伸過手要去拉他，清水嚇了一跳，他退縮了兩步，躲到牆邊。杜麗笑著說：

「來，你是個好孩子——哦，是個好沙彌，我們都喜歡你！」

清水的臉立即地紅起來，簡直紅得像雄雞的頭冠一樣。他朝青苔住持打眼色，青苔師父對他點點頭。

「好吧，他還怕羞呢，你下去準備午飯吧！」

清水如獲大赦，一溜煙地不見了。

「他會做飯嗎？」李苾苾不相信地問。

青潭這時插話進來，他有些得意地說：

「清水當然會做飯，他不只會做飯，他甚且會耕作種菜——在我們這裡，什麼事都要學，因爲什麼都要靠自己來做，來解決。」

「出家眞是苦，是一種苦行僧的奉獻啊！」李苾苾不免嘆息著。

「其實，」青苔師父說：「出家就是回家，這是一種人世最完美的歸宿。所以就沒有俗世的所謂苦與不苦，《楞嚴經》說『攝心爲戒』，就是說念佛信佛是攝心之法，所謂攝心之法，即以念佛爲正念，止息攀緣之妄念。倘妄心攀色塵之緣，念阿彌陀佛，淨念相繼，自不隨色塵所轉，攝歸念佛之正念矣。念佛念到念念與佛相應，諸念當然不起，意業便能清淨，則眾戒自然具足；身口二業，亦由意業所起，意業不想作燒殺盜淫，不想說妄語，綺語、惡口、兩舌，身口業自不致犯戒。故禮佛爲淨業法門，能淨三業，能四大皆空。念佛能淨之業，治一切煩惱心病，心空境寂，煩惱業障自然消除，這是出家人的收穫和心願！」

青苔住持一口氣說了一大堆佛說，聽得他們啞口無言，杜榮覺得那一堆話，雖然聽得不大懂，但是好像還有它的道理在，他很奇怪，青苔師父外表看起來一介草民，想不到肚子裡還裝了不少東西。他不由得肅然起敬。

李苾苾打量在座各位，感覺大家一片虔誠，她便又繼續發問：

「那貴寶寺不知奉何方神明？」

「哦，」青苔住持說：「我們信仰供奉的是地藏菩薩！」

「地藏菩薩是什麼神呢？」

青苔住持沒有立即回答她，他起身給各位倒了一大杯熱茶，自己喝了一口，他說：

「地藏菩薩是大悲大願的神明，祂深入民間，因地藏菩薩的本願是爲了救度地獄眾苦，祂誓有『地獄未空誓不成佛』的宏願。所以聞名見像瞻仰禮敬莫不得大利。如今世道澆薄，人心每下愈況，道德觀念幾乎蕩然無存的現世，尤須虔誠信仰地藏菩薩，如果業障深重不能放下屠刀立地成佛，至少可以減少惡念，臻於正途。」

「是不錯，」杜榮說。「不僅止於勸善，還促使人考慮來生呢！」

「所以，信佛的人不一定要出家，在家裡禮佛讀經，一樣可以成正果，當然，這要看各人的善果和積德……」

他們在廟內談著佛教的種種，廟內氣氛寧靜，外面卻風雨大作，只見樹木和雨幕急急傾倒，好像一頭發狂的野牛，在衝撞與狂嘯。

小小的一座北回寺，因傍著高高的山壁而建築，因此許多風雨被峭壁所擋住和保護了。以至大風彷若眼前的過客，一路疾疾地奔打，但到北回寺時，已經減弱許多。雖然這樣，弱小的北回寺仍然受到一些壓力，尤其禪房的屋頂，蓋著的茅草被風掀得呼呼作響。

風雨愈來愈大，是一副強烈颱風的姿態，從中午到下午，雨量充沛地下著，把左側種著一片生薑的田埂，沖出一條小澗來，青苔住持、青潭司事和沙彌他們一同穿著簑衣冒著風雨到田裡去搶救作物及疏導水源，杜榮也想一併出去幫忙，但被青苔住持阻止了。青苔住持說：

「與天搏鬥，是我們每年總要遭遇到的，這是我們的事，我們不把它看成一種災難，而當做一種對生命不屈服於惡勢力的歷練。」

「但是……」

「你陪著她們，我看風雨到現在還沒止息的跡象，晚上你們就住在這裡了。」

杜榮他們面面相覷，尤其李苾苾，她更是表現出面有難色。於是杜榮便說：

「如果晚上雨停了，我們還是回去好。」

青苔卻不以爲然，他說：

「即使今夜雨停了，但是回去的路也一定變成一條小河，把路基沖刷得崎嶇不堪，夜間盲目，不熟地理，那是很危險的！」

「但是……這裡有地方宿泊嗎？」

「有一間客房，晚上我叫清水打掃一下，你們將就一點，倒可以在此過一個脫離文明、無燈但有風雨的颱風夜！」

青苔說罷就拿起鋤頭，帶領著青潭和清水，衝入雨中去收拾生薑了。

他們這一去，直到入夜時分，大家才濕漉漉的滿身泥水回來，青潭和沙彌還各挑了兩籮筐的生薑，被雨水洗刷得乾乾淨淨，白裡透紅。

他們把生薑擺到廚房裡去，小沙彌又忙著生火煮飯，青苔和青潭換上一身乾淨的羅漢袍後，在堂上點起一只煤油燈，那燈火閃閃爍爍，光線薄弱，但總算也在黑夜裡升起一團紅紅的光暈。

他們開始作夜課，二人一併跪在蒲團上，青潭敲木魚，青苔數著一串長長的念珠，口中唸唸有詞，一片虔誠如進入忘我的境界，無視外面肆虐一天的暴風雨，以及剛剛他們還是一身狼狽的苦況。

這種人生哲學，眞是高深啊。杜榮像一個旁觀者，由衷地在內心裡讚嘆著。

第八章

他們有離別，有黯然

他們有離別，有黯然
在落寞的候車亭
向東是不盡仰止的高山
向西是人慾橫流的市塵

夜間八點多鐘他們才在燒著木柴、樹葉的廚房吃晚飯，小小年紀的清水弄了四菜一湯，當然都是素食，但也有些豆皮做成滷肉狀的菜餚。廚房空間不大，六個人圍坐一張木頭桌子，顯得很擁擠，尤其屋頂很低，掛在牆角上的一只煤油燈，吐著火舌燒出的弱光，把室內照得黃暈暈一片，人影幢幢。灶頭一些殘剩的火粒，有時候被外面颳進來的風，吹得滿室飄舞。有些煙塵直往盤中落，杜麗她們很不習慣，但她們看青苔住持毫不爲所動，也不便表示。她們只吃一小碗糙米飯，桌上的素菜也很少夾用，一副都市人嬌生慣養下來的姿態。而杜榮倒不在乎這些。好像素食很對他的胃口，他埋頭苦幹，連添了幾碗飯，大呼過癮。

瘦小的清水夾在青苔和青潭中間，默默地吃著飯，但眉間壓抑不住一股喜悅。他老是趁夾菜時就偷偷地看一眼三個遠方來的客人。但是杜榮眞的有點憐憫他，那麼小小的年紀，在一個正常的家庭裡，他可能是天之驕子，被他的父母或兄妹所寵愛。可是清水呢？他一天從早忙到晚，而且做的都是粗重的工作，實在不是他的年齡所能負荷，但是，他都一一做了，而且毫無怨言。

杜榮想著想著，心底油然地升起一股不平，他有點戚然。杜榮便問：

「清水，你眞能幹，飯菜燒得很好，今天又在颱風下忙了一天，你不累嗎？」

清水想不到忽然會有人問他，他有點措手不及，靦腆地轉著骨碌碌的眼睛，看看師父又看看大家，他終於小聲地說：

「不會啦……」

這時青苔住持拍拍清水的肩膀，頗爲自得地說：

「清水這孩子，很能吃苦，也很乖巧，他分內的事，譬如燒飯挑水種菜等事，都不用我們催促，他佛根也很重，已能背誦《地藏菩薩本願經》了。」

「他很可憐！」

沉默了一個晚上的李苾苾，突然間冒出這句話，席間的人都是一驚。青苔住持的面上流露出一絲尷尬，但他馬上就恢復過來。他清了清喉嚨，乾咳兩聲；然後慢條斯理地道：

「其實，佛說凡人都是平等的，可憐與否全看那個人的感覺和心態。我覺得人的可惡處，是他背棄佛，背棄他自己的理想而走火入魔，那是一種罪惡，是要在地獄飽受責罰，來世轉胎為低等動物的。」

「師父，你是在唱高調！」李苾苾端坐著說：「我覺得實質上，清水就是可憐，他雖然在這裡不愁吃住，但實際上，他過的生活比一個童工還要黑暗！」

像一個鈸，突然在眾樂交響中轟然一聲，把大眾都震呆了。清水本人不大曉得李苾苾所說的話的含意，可是青苔和青潭兩個和尚卻瞠目以對了。杜榮覺得今天是來做客，李苾苾面對面說這些話太重。因此他拉著身邊的李苾苾，警告她：

「苾苾，妳不要胡說！」

「我才不胡說！」李苾苾義正詞嚴，一臉霜意。「今天誰也不能阻擋我說我心裡的話！我又不是瞎子，你看今天從抵達這裡到現在，清水這樣一個十來歲的小孩，他做了多少事，不要說在風雨中擋洪流，就是在他平常的日課，燒飯、洗衣，以及所有粗重的工作，都落在他的頭上，他這種牛馬生活，你們一點也沒有惻隱之心，你們還有人性嗎？你們還算是個慈悲為懷的信徒嗎？」

一時，昏黃的室內寂靜無聲，大家都被充滿敵意而富有侵略性的話怔住。

在大家錯愕之間，清水忽然打破沉寂，聲音清純，不急不緩，像山間流泉，他說：

「這位女施主，我覺得我的生活過得很好，很快樂，白天的工作，我都能勝任，我並不覺苦，倒是師父他們，每天還要利用一段早課和晚課前，教我讀書識字，恩重如山，不能報答他們，感到難過……」

清水的這段話，講得不只清水一人難過，大家心頭都有如被一塊沉重的鉛壓住。在座的都沒話說，空氣好像也凍結了。

衝動的李苾苾愈來愈不能控制自己，起初她聳動著肩膀，後來終於忍不住，哇的一聲，她把臉靠在杜榮的肩上，激動地哭了。

杜榮爲她的勇氣和同情之心而感動，他不再阻擋她，用一隻手臂去摟著她。

「事件和物件，都有一體兩面的狀態，人的心，有光明的一面，當然也有黑暗的一面，端看取捨人的智慧。我們在這個荒山留住，不是要苦其心志，勞其筋骨，而是一種信仰，回歸人性善良的底處，回歸自然而已。清水有緣，我們認爲是一種對的選擇，是福慧雙修！」

說完，黑暗中，青苔和青潭同時起身退席了，無意再做討論。清水站起來恭敬地送他的師父，這是一種很嚴謹的師徒關係的架式。直到師父兩人離開廚房的門檻，清水彎腰的身子才挺直鬆懈下來。

清水回到桌前，又是很恭敬地對著他們說：

「請施主用餐……不要爲我傷神……」

這時杜麗也忍不住，她踢倒木頭椅子，跑到清水那裡，一把把他抱住，哇哇哭了起來。

清水嚇呆了，在她的懷中不敢動彈。

杜榮的眼角有點濕，李苾苾現在整個身子投在他懷裡哭泣。

好像風起雲湧，好像秋風起兮，一燈如豆的室內，充滿了肅殺的氣氛。

是爲命運的安排所作的不平之鳴嗎？抑是源自人類的惻隱之心？還是清水本人善良清純本性，使李苾苾衝動和泫然痛哭？

那個晚上，杜榮他們三人睡在一間清靜的禪房，臥以草蓆，壁上掛著一只煤油燈，吐著微弱的火舌，隨著光影，還可看到煙絲，與從窗櫺吹進來的風，在飄忽迴繞著……

他們沉默無語，爲的是他們在晚飯時李苾苾說了一番沉重的話，她並沒有斥責誰，但還是多令人不痛快，青苔飯後雖然也來跟他們聊一陣天，但很多話已不便盡言，好像有一種隔閡已在各人心中滋生。

清水在睡前爲各人端了一盆洗面水，當然也替青苔住持和青潭司事做了，這是他的日課之一，反正，服侍二位師父，是他的責任。

李苾苾看清水做得很辛苦，好像所有的苦差事每天都做不完似的，而清水本人又是天眞無邪，不會抱怨也不會抗議，使李苾苾又是泫然欲泣。

夜很深很深，他們仍然睡不著覺，杜榮睡在杜麗的旁邊，李苾苾在另外的一頭，擠得很靠近，但他們一直沉默無言；他們聽著窗外呼嘯的風，以及樹枝互相拍打的聲音，以沉重的心情，想著人生種種的苦難與辛辣……

第二天他們醒來，天才濛濛亮，但風雨已停了，留下廟前的好多殘枝敗葉。清水已在那兒清理打掃，而青苔住持和青潭和尙已在廟堂唸經頌佛。

在廟外杜榮他們碰到清水，清水看見他們，又是一臉無邪樂觀地說：

「哦，三位施主，早啊……」

「清水，又在忙啦……」杜榮同情地。

清水放下手中一把笨重的大掃把，拍掉手上的灰泥，他說：

「杜施主，早點已做好，師父有交代，請你們先用，來，我帶路……」

「那麼早就煮好粥了？」李苾苾怪可憐地問。

「嗯，」清水得意地說：「我們四點鐘就起床，四點半就弄好早餐了，然後就是裡裡外外打掃清理一遍，然後天才亮……」

「清水，你眞苦……」

「不，我不苦。」

李苾苾聲音大起來，她反而有些生氣：

「你不苦？你爲什麼不苦；如果你已成年，這些差事也夠你受的，何況，你才是一個十來歲的小孩子，哦，老天爺……」

一個早上，大家又爲了清水弄得心情沉重，草草地喝過稀飯，李苾苾便吵著要走，因爲她實在沒有更好的情緒再面對青苔和青潭二人。而青苔、青潭他們兩個出家人雖然經過昨夜的衝突，並沒有很明顯地表現出不愉快，但是言談間已沒有剛來時那麼熱絡，他們的語氣有點冷淡。

杜榮拗不過李苾苾和杜麗，便向青苔告辭。在廟前，他們站在一片曙光中。

「師父，打擾了你們一天了，颱風已經過去，我們要回去了，非常感謝你們的招待。」

青苔和青潭正在緩慢地打著姿態優美的太極拳，聽杜榮的相辭，他們同時停下來，一臉詫異地：

「怎麼？」青苔開口說：「怎麼這麼早就要下山了，棄嫌呀？」

「不，是這樣的，她們二位今天就要回去，尤其李小姐她住在北部，怕回到家太晚了，所以想早一點動身下山……」

「既然這樣，也不便強留。」青苔住持說著，叫一聲在廟埕忙著清理香爐的清水：「清水，你過來送客……」

清水從一張矮凳子跳下來，他滿手污垢，剛才他正在掏著大香爐裡被雨水泡濕的香灰。

「三位施主要走了？」清水有點悵然。

「清水，」青苔住持拍著他的頭說：「杜施主給你帶來了好多識字課本，都是初中程度的，你要好好謝謝他，鞠個躬！」

清水很聽話地行個禮，很鄭重地說：「謝謝杜施主！」

杜榮反而有些難過，他說：

「清水，我本來要多留幾天跟你們相處，教你唸唸書，但因為這次我妹妹她們跟著來，而且她們下午就要回北部了，所以，很可惜……」

「杜施主抬愛，清水很感激……」清水像背書似地，說些大人話，應對如流。他的聰明，使得杜榮益發覺得他可以教育，也使得在旁的李苾苾和杜麗，更加同情清水坎坷的命運。

「我過幾天會單獨的再上山來，那時，將可以跟你研究功課！」

「謝謝施主，謝謝施主。」

他們在曦光中走了，青苔他們送到古松前，杜榮找一個空隙，靠近青苔住持說：

「昨天晚上李小姐有很多話冒犯，請你見諒，其實，她是無意無心的……」

「杜施主還客氣什麼，惻隱之心人人皆有，這是很好的一種美德呢！」

「請師父不要見怪！」

「倒是我要檢討檢討，考慮考慮一下清水的工作分量。」

「師父，改天我還會上來聆教，我覺得我很喜歡北回寺，不知是否由於佛緣……」

「我們隨時歡迎你上來。」

走入密林前，李苾苾依依不捨地看著清水，她眞想過去跟他說一些話，訴說她心中的不平，可是她看他一臉的無邪，除了離別帶給他一些些的悵然外，他其實是很快樂的，她便不忍再說些什麼，冥冥中，她好像覺得這一別，在她的生命裡，永遠看不到清水了。因而，李苾苾的心中充滿悵惘之情。

他們很快地隱入竹林，回首時，還看到清水站在松樹的根節上，不停地在揮手，揮手……

回程的小徑不好走，因爲大水沖壞了好多地方，凹凸不平和充滿爛泥。可是林中景色非常新鮮和美麗，好美的綠已不顯得沉鬱，反倒覺得一大片的綠，彷若是一大塊的絲絨，溫柔地包圍著他們。

但是他們一行已無心欣賞，匆匆忙忙地趕路，回到旅社時，還不到十點鐘，一顆溫熱的太陽，已掛在東方山陵的上空。

一進旅社的大門，美智就哇哇地大叫起來。

「唉呀，那麼大的風颱天，你們跑到哪裡去了，我們擔心了一個晚上，差一點就去派出所報案了。」

「我不是告訴妳我們要到北回寺去嗎?當然昨晚上我們就住在那裡啊!」

「昨天這裡風雨好大，山洪暴發，上面有一個村莊，住了五、六戶人家，全被大水沖走了，早上已撈到兩個小孩子的屍體，現在就擺在派出所旁，用草蓆蓋著，等著檢察官來驗屍，好可憐喔！」

進門的三個人聽美智這麼一說，心裡實在不好受，杜榮好奇地建議說去看看，卻被李苾苾怒斥了。

「看什麼？又不是看馬戲，犧牲了兩條寶貴的生命，只博得你的好奇？」

「我不是好奇，我是同情！」

「也用不著你的同情。假惺惺，虛僞的同情！」

杜榮看著李苾苾是眞的生氣在跟他說話，心中油然不悅起來，便頂著她：

「妳怎麼可以說我的同情是虛僞的，妳憑哪一點證明我假惺惺！我希望妳要有同理心。」

「你本來就是虛僞……」

李苾苾說完，氣急敗壞地往走廊跑，不理會他們，一會兒便消失在廊道轉角處。

杜榮呆在那裡，美智也呆在那裡，只有杜麗憤憤地說：

「都是神經病，都是莫名其妙……」

因爲一直都處得不愉快，吃過午飯後，杜榮便急急地把她們送走了。

客運車站在入山的下坡處，他們到候車站，須經過一排的商店，派出所便在車站邊。這時派出所圍牆外圍著一群人，大家都在看那兩具屍體，人群中有人唏噓地說：「好可憐的囝仔，他們父母親都還沒有找到呢，不知被大水沖到哪兒去了。」

杜榮在人縫中看到兩隻露出草蓆外已經變成灰色的小腳，內心一陣抽搐，簡直想哭。那兩個可憐的小孩，孤零零地躺在那裡，已經死了，卻連一個人來爲他們哭泣也沒有。杜榮不敢想下去，他退出人群，看到李苾苾和杜麗坐在偌大的空洞的候車室內，不知在沉思什麼？

杜榮站在遠遠地看著她，覺得李苾苾實在是個善良的女孩，他們認識五年來，就只有他辜負她，而沒有她對他不起。雖然吵吵鬧鬧，但起因也大部分由杜榮的強詞奪理所引起。

杜榮自己也知頗有愧於她，尤其在金門服役時，沉思的時間比較多，他就常常想起他跟李苾苾兩個人的事來。杜榮益發覺得自己是個叛逆，與這個社會格格不入，延伸下來，這種觀念不管對自己或別人，均是不道德的。關於這點，只有他在冥想的時候，他才承認，一旦與人說理辯論，他便又強詞奪理、滔滔不絕地演說起來。

他對李苾苾當然有感情，他當然愛著李苾苾，但他的愛並不一定能帶給她幸福。杜榮自然也考慮到與李苾苾結合的事，但是結合嘛，他沒有信心給她優渥的生活環境，與正確的做人處世觀念，而這，一定會給一個家庭帶來不幸。

所以，因爲愛，杜榮才逐漸在她的心目中，塑起一個逞能而又時時唱高調的塑像。他希望李苾苾對他失去信心，對他絕望而離開他。這個意念，早在幾年前就若有若無地出現，直到在金門那一年，才像一團火，肯定地在思想裡明晰起來。

可是，杜榮到底還是深愛著李苾苾的，有時候他會在猶豫之間露出眞情。他也會痛苦，他在清醒的時候就生活在矛盾中。

金門回來那一晚，杜榮把李苾苾氣走以後，他沒有想到李苾苾會跟著他妹妹來這個山中探訪他。事情總該要解決的時候了，人生有幾個五年可以拖？尤其對一個女孩來說，青春的五年，是人生最珍貴的歲月啊。

杜榮下定決心，覺得這次不應只是吵吵，他應該明確地告訴她，把感情做個最後的了斷。

杜榮走進候車室，杜麗仰著臉在看掛在牆上一面大幅看板上的里程和票價表。李苾苾依然托著腮，陷入沉思中。他在她的旁邊坐下。

「苾苾，妳不快樂嗎？」

李苾苾幽幽地抬起頭坐直身子，看了杜榮一眼，但是沒有答話。

「妳眞的不快樂？」杜榮再問上一句。

李苾苾突然別過臉來，把一頭蓬鬆的烏髮甩到面頰遮了一半，她沒去理它。她快速而激動地說：

「我當然不快樂！你看人世間有那麼多的不平，從昨天到今早，我看了這麼多，叫我從何快樂起——而你，我的一個四、五年的同學、朋友，這麼的頹廢、消極，對生命充滿怪誕的觀念，一樣好不到哪裡去，叫我怎能快樂，叫我……」

杜榮看李苾苾那麼激動，他反而若無其事地：

「人間的不幸，社會的黑暗，讓社會家或政治人物去解決，用不著妳操心，至於我——我是一個無可救藥的人，站在一個同學或親密朋友的立場，妳應該放棄我！」

「哈哈，」李苾苾冷笑一聲，她瞪大了眼睛。「你少往自己的臉上貼金——你以爲我纏著你嗎？你以爲我放棄不了你嗎？哈哈！眞是笑話。」

這時杜麗聽到他們在爭執，便走回來身邊，在長條凳上坐下，但沒有插嘴。

「苾苾，」杜榮很溫柔正經地叫著：「我覺得我們不該意氣用事，是好好討論一下的時候了。」

「我從不跟你意氣用事！」

「但是……」

「我覺得我生活得不快樂是眞的，尤其是跟你在一起的時候，好像許多的事情都離譜了，都不對了，嚴格地說，是整個觀念的不和諧……」

「所以說，苾苾，我眞不願耽誤妳——與其這麼痛苦地耗在一起，不如我們分手……」

杜榮語氣很自然，很緩慢地說。李苾苾雖然一直處在激憤中，但當杜榮說到分手時，她大大愣住了。他們雖是吵吵鬧鬧，但兩方面都從沒有從自己嘴中明確地說出要分手的事。因此，李苾苾怔住了。

李苾苾臉部表情雖然盡量克制著，但內心洶湧起伏的感情，使她幾乎要崩潰，因而她的臉色頓時變得鐵青，而且扭曲著。

「我……我們當然要分手的，但想不到卻由你提出，我……我……」

李苾苾非常激動，以至她的話沒辦法控制，顯得口吃而語無倫次。

杜榮感到李苾苾感情所受的壓力，他不知要如何去安慰她。他伸過一隻手要去抓她氣得發抖的手，卻被她用力地拍開了。

李苾苾怒目而視，她的眼光露出燃燒的火焰。杜榮不敢正視李苾苾，他別過頭，低聲地說：

「我是爲妳好，我希望妳去結交另外一個男朋友，我看以妳的條件，隨便找一個都會比我強……」

「我的感情是由你支配的？我要另找男朋友是要你決定的？告訴你，杜榮，你不配！」

「苾苾……」

李苾苾馬上打斷他：

「不要叫我！」

李苾苾的聲音很大，雖然候車室內沒有人，但是一直沉默在一旁的杜麗，還是覺得很不自在，她走到李苾苾的旁邊坐下，偏著頭安慰她：

「苾苾，妳犯不著跟他生這麼大的氣，我哥哥莫名其妙這又不是第一次，他盡說些違背自己良心的話，我媽媽還不是常常被他氣得半死……」

杜榮緊接下去說：

「可是，我有時候雖然常常鬧著玩，說著笑話，還有強詞奪理等等，但是現在，我講的話卻都是眞的，一點也不可笑，我覺得我不是一個有責任感的男人，道德敗壞，我和苾苾分手，完全是爲她好，我不忍再虛張聲勢，沒有結果地拖下去。」

「哥哥，」杜麗叫著：「男女之間的感情不是這樣解決的，不是一方說『切』就切得斷的，你跟苾苾四、五年的感情，竟然如此無情無義，不要說李苾苾不好受，我這個做妹妹的也要替她抱不平！」

「我是爲她設想，爲她好……」

經過杜麗一緩衝，李苾苾已平靜下來。只是現在她像一具木偶，面部毫無表情，麻木而森然。她改變了剛才激動的語調，她茫然地：

「我是了解你的，我以前一直期望你能變得有理智，有責任感，都是自欺欺人的，我一直盼望，一種落空的盼望……現在，誠如你所說的，該是了斷的時候了……可是，爲什麼等到由你提出來，我眞是作賤啊！」

「苾苾，妳怎麼那麼在乎誰先提誰後提呢？妳並不是同他們一般見識的人。」

「我也是有自尊的人，我怎能不重視……」

「其實，我們之分開，妳並沒有錯，是我要妳去尋找一個好的歸宿，是我辜負了妳。」

「爲什麼不是我辜負了你呢？四、五年的相處，再惡劣也有感情了，卻落得被人家辜負了。」

「不是辜負與被辜負的問題。是如果分手，能夠比在一起快樂的問題。」

「可是，不該由你提出啦，今天在這裡你這樣對待我，我是會記住一輩子的。」

杜榮爲之甚爲無可奈何，他想不通李苾苾爲什麼一直記掛由誰提出分手的問題，而不去深究倘若這樣各分東西，是生命的失落與蒼涼呢？抑是生命另一種追尋與幸福？

這是一種傷害嗎？杜榮在內心問著自己，答案是肯定的。可是這並不是杜榮的意願呀，他希望把對方的傷害降到最低限度。

因而他轉變話題，低聲地說：

「我希望我們即使分開，也還是朋友，我盼望我們和和氣氣的，不要弄得像有很深的冤仇似的，將來妳有了歸宿，我會由衷地祝福妳……」

「很可笑的一場演講，好像是很差勁的國片中，男主角娘娘腔的對白，這個如果在早幾年說的，我一定會爲之心碎的，可是，現在——」

「現在，是我們最理智的時候，也是最清醒最需要果斷的時候！」

這時，候車室走進來了幾個人，在售票口買票，他們吱吱喳喳地像很快樂，並沒有注意到角落裡三個各懷心思的旅客。

他們沉默了一陣，李苾苾把背脊靠在堅硬的木條靠背上，她目光注視著在她腳前一塊由破隙漏進來的陽光，那塊陽光像經過穿透鏡似的，一條斜斜的垂直線裡，飄揚著好多的灰塵，照在水泥地上，有一個拳頭般大小。陽光裡有一截香菸屁股，李苾苾一直注視著它，好像它就要燃燒起來一樣。

杜麗在李苾苾的左側，她的身分和地位很尷尬，由於她是杜榮的妹妹，又是李苾苾的朋友，而且直覺上，他們吵吵鬧鬧，又吵著要分手，都是哥哥的不對，因此她雖然有許多話要說，但一直不好開口啓齒，一直插不進去，只好在那兒傻傻地發愣。

當她們靜下來，杜榮的內心反而不能平靜，他頻頻地看著候車室外白濛濛的一群人，圍在派出所前面看熱鬧。他看看他身邊的李苾苾，李苾苾好像已不察覺他的存在。

他看看手腕上的手錶，一點差五分，離開車的時刻尚有三十五分。

他找不出話來談，於是，只好沉默著。

忽然一條人影飄到杜榮面前，他抬臉一看，原來是美智，她手上拿著一個繪有華麗圖案的日本製綢布做的錢包。她跑得有點喘地說：

「杜小姐，這是妳忘記拿的吧？」

一看，那是李苾苾的皮包，是他在大三時在台北西門町路過一家委託行，花了兩百元買給她的，那是他們感情最好的一年。杜榮想到此刻他們就要分手，而這個皮包竟然在這個時候出現，心頭很黯然。

「不，那是李小姐的。」杜麗展開笑容說。

李苾苾從美智手中接過錢包，她打開它，把裡邊的一些雜物，包括化粧品及一些零錢倒出來放進她的手提包裡，然後慢慢地合上錢包。

她忽然說話了，面部的表情很奇怪。

「美智——這個錢包送給妳吧！」

這個舉動，包括杜榮在內，三個人都愣住了。美智更是覺得突然，一時不知所措。

「這，這怎麼可以呢？」美智說。

「實在不像一個禮物，不過它已跟我好幾年了，它已經有我的感情在。主要是要感謝妳對杜先生的照顧，他可能要在這兒住很久，一切還要費神……」

美智一時不知如何是好，她僵在那裡。

「這怎麼好意思呢？杜先生住在我們旅社，是我們的客人，我們替他服務，是我們的職責，我怎能因此接受妳的禮物呢？」

「就算我個人對妳的特別感謝吧！」李苾苾說著站起來，硬把錢包塞在美智的手裡，美智拒絕都來不及。「妳收下吧！」

杜榮整個心都涼了，這裡只有他知道這個錢包是他送給她的，而李苾苾這樣堅持地要把它送掉，可以看出李苾苾是多麼的堅決和痛心。這樣也好，這不是正好達到他的心願嗎？

「杜先生雖然大學都畢業，也當兵回來了，但是他還像小孩子似的，妳好像跟他比較談得來，希望妳能多照顧他——」

她說著說著有點泫然，而美智心裡暗暗一驚，莫非她與杜榮的事，李苾苾知道了。於是，美智顯得很不自在，她偷偷地看了杜榮一眼。而杜榮正好也用疑慮的眼神在看著她。

美智爲了打破這個僵局，她顧左右而言它：

「那，我就收下吧，非常多謝。」

杜榮看看她們三位，她們表情各異，他夾在中間，覺得應該說說話，便說：

「美智是個歷盡滄桑的人，她人生經驗豐富，閱歷深，我可以在她那兒學習很多，是不是，美智！」

「杜先生——你過獎了。」

「誰說過獎，妳本來就是這樣！」

「不跟你鬧了，」美智說：「店裡沒有人，我得趕回去了——對了，店裡少了一個經理，只有累死我們，我覺得杜小姐和李小姐應該多勸勸杜先生，人家老闆娘既然那麼誠意，幹這個經理有什麼不好，又輕鬆，又……」

舊事重提，話題又離開感情的轍兒，大家心情就開朗一些。杜麗便笑著說：

「是呀，我們也是這樣說，但是我這個妹妹的話沒有用，只有靠妳了。」

「那裡，那裡。那麼，我得走了，希望妳們有空多來山上玩玩——再見！」

美智說著，揮揮手，就走進光輝燦爛的陽光下，一個穿著百褶裙上著白襯衫的豐腴婦人，就在轉角處消失了。

美智走後，大家又陷入沉默中。

杜榮一直期待時間趕快溜過，以解除這種不和諧的苦況，他頻頻朝外面的車場看，車場上空蕩蕩的，只是一部拋錨的舊車留置在一邊，其他空無一物。

杜榮想這樣悶坐在這裡也不是辦法，他正想站起來到外面走走，李苾苾卻開口了：

「我覺得你的意見很好，這次回去以後，我可要好好交個男朋友，適當的時候就談談嫁娶，我們學校裡有個男同事，是師大正科班出身的，他教英文，對我頗有好感，我也覺得他不錯，以前都是因為你而拒人於千里外，此後，如果他追我，我就接受他……」

杜榮聽她這一段訴說，頗覺意外，他一直覺得李苾苾是一個相當固執的人，想不到她會忽然開竅了。說不定是氣話，但即使是氣話，也表示心裡多少有這種打算了。杜榮的心裡像一個結被打開了，充滿愉悅。

「苾苾，妳怎麼啦！」倒是杜麗聽不過去，她叫著：「哥哥老是喜歡胡言亂語，妳怎麼可以同他一般見識呢？」

「老早就應該擺脫了，老天爺，妳不知道這四、五年來，我的感情生活受了多大的壓力……我像皮影戲裡那些皮人，成天被人操縱著，別人要我動，我就動；要我停，我就停，別無選擇……」

「但是，我哥哥他……」

「這世界上，再沒有人比我更了解妳哥哥了，他是個雙面人！」

「什麼是雙面人！」這下輪到杜榮抗議了，他說：「我個性中可能有很多缺點，但絕不是一個有雙重性格的人。妳不能這樣侮辱我！」

李苾苾看到杜榮聲音大起來，她並不退縮，反而反唇相譏：

「侮辱你？你說的是一套，做的又是一套，不是雙面人，是什麼？」

「我獨斷獨行，敢作敢爲，我就是這種個性，妳又不是不知道，怎麼可以說……」

「你差勁……」

「我承認我差勁，我承認我不能給妳幸福的家庭生活，所以才要放棄妳，讓妳去追尋更好的對象，過快樂的生活……」

李苾苾不等杜榮說完，便打斷他的話：

「又是放棄我？爲什麼不是我放棄你呢？爲什麼從頭到尾，你都以爲是你在主動？」

「好吧！」杜榮說：「妳既然計較這個，就請妳放棄我吧！」

「……」

李苾苾沒有再答話，他們就又沉默下來。這時離開車的時刻逐漸到來，在候車室走動的人就多起來了。因此，實在也不便在這種公共場所再行討論傷感情的問題。

杜榮站起來，走到售票口去買了兩張車票。然後走出候車亭，一輛破舊的客運車，正在下坡處氣喘喘地爬上來。

車子在車場停住，下來了一群年輕人，像是渡假來的，身上均背著背包、旅行袋。大聲地說話，大聲地笑鬧，充滿著年輕人無憂無愁的形態。

杜榮很羨慕，看著他們一群人慢慢地走開，從土產店的北端那邊消失。

那邊躺著兩個死去的孩童，無人照顧，只有看熱鬧的人群。這兒有傷逝的感情事件，怔忡的兩、三個人。杜榮想起來是頗爲悵然的。

客運車下光了客人後，馬上又擁上一批要離去的人。在大太陽下，那輛漆著水藍和乳白色的大客車，像一只大蒸籠，在秋老虎的淫威下冒著煙。

杜榮走回候車室內，杜麗在發愁，而李苾苾托著腮在沉思。杜榮靠近她們說：

「要上車了，慢了沒有位置坐！」

杜麗站起身子，順便提著手邊的旅行袋。她用帶點懇求的口氣說：

「哥，我覺得你今天說的話對苾苾很不公平，你們那麼多年的感情，怎能說斷就斷，多可怕的事。」

「這是爲她好！」

「可是，她並不覺得這是爲她好呀，如果她覺得這是一種騙局，她被出賣了，又是多麼殘忍！」

「好啦！好啦！」杜榮不耐煩起來，便擺出當兄長的臉孔：「感情的事本來就很莫名其妙的，它尤其不容許第三者的干涉。」

「哥，」杜麗抗議著說：「我可不是干涉你們，我只是建議啊！」

「我們不談這件事了，上車去！」

杜榮說罷，等著李苾苾的反應，李苾苾神情漠然地拎著一只小旅行袋站起來，就逕自朝停車場走動。杜麗和杜榮跟在後面。

直到上車，他們沒有再講一句話。杜麗和李苾苾在後半段的車廂找到了座位，杜麗臨窗，李苾苾坐在裡面。杜榮在車窗外對杜麗講話：

「阿麗，回去跟媽說，我在這兒生活得很好，請她不用操心，有空，妳下次帶她來這裡玩，洗洗溫泉，住幾天。」

「我會的，你自己照顧自己……還有，我還是覺得你應該接受那個經理的職位，人總該有個著落和責任的，我覺得……」

「阿麗，我考慮就是——我這個做哥哥的，近來老是受妳教訓，那還得了。」

杜麗終於笑了笑，然後又對杜榮使使眼色，她希望杜榮跟李苾苾講講話。

杜榮知道她的意思，但他知道現在多說無用，反而引起毫無意義和結論的爭論。因此他寧願沉默，也沒再對坐在內角不理不睬的李苾苾說話。直到車子要開了，司機發動了柴油引擎，杜榮才踮起腳尖，對著一臉悽楚的李苾苾說：

「苾苾，請妳記住，我一切都爲妳好，我實在是不適合做一個……」

車子開動了，杜榮跟了幾步，又說：

「希望妳接受別人的追求，希望妳找到一個好對象，希望妳將來幸福，我由衷地祝福妳──」

車子一晃一晃地開快了，李苾苾用哀愁的目光看著杜榮講話，她一直沉默無語，直到杜榮跟不上車子，她還回頭去看他，然後，當車子轉彎，杜榮在她的視線消失後，一顆忍不住的淚珠，終於從她的眼眶溢出。

杜榮在她們走後，他的生活很快地恢復了正常。白天看書做筆記、泡溫泉以及午睡，晚上再到林鄉土的飲食店吹牛聊天。

日子又過得很適意，大約李苾苾她們回去一週後，有一天午餐時間，老闆娘舊事重提，要他幹旅社的經理，美智在旁一直慫恿，杜榮固執的心態有點動搖，他是個自由人，他不願受到拘束和干擾。可是，遊說他的人那麼多，幾乎他身邊的人都贊同他做這個工作。結果，他猶豫，不知如何決定。

老闆娘看他已經在動搖，不像先前每提起這事他便堅決拒絕，便加強地說：

「再者，這個工作很輕鬆，你只要坐坐櫃枱，結結賬，填填住宿表，晚上拿到派出所報備，如此而已，一點也不妨害你的自由生活！」

「可是，坐在櫃枱我便失去自由啦，我既然拿妳的薪水，我便必須要有責任。」

「唉呀，美智和阿霞都會幫你忙，連阿彬也都可以替你分擔一些呢！」

「可是……」

「唉呀，可是什麼?就這樣決定吧！」老闆娘好像事已成定局，充滿信心地說。

杜榮被逼得走投無路，他看看坐在對面的美智，美智也正以焦盼的眼光看他，她於是說：

「老闆娘既然那麼誠意，你就答應下來吧！你可以先做做看，不適合再辭掉也不遲啊！」

「是呀，是呀，」老闆娘順水推舟地：「美智說得對，如果不適合，你不幹就是啦！」

「……」

「就這樣決定！」老闆娘說著站起來，笑著說：「算你幫我的忙吧，你知道我那個『夭壽短命』出走後，我被這間店綁住了，連打場麻將都走不開，眞是……」

「好吧！」杜榮像卸下千斤的擔子，非常不容易地吐出這句話。

表現得最高興的當然是老闆娘，但在私心裡最滿意杜榮這個決定的，恐怕是美智了。在美智的願望裡，她一直希望杜榮能長久在這個地方住下，她想不通有什麼辦法可長期留住他，後來剛好有這個機會，簡直千載難逢，可是由於他們的關係又是那麼曖昧，她便不能明目或大方地要求杜榮接受這個職位。何況，她也察覺得出，杜榮是個主觀很強，不容易接受別人意見的人。

而現在，一切都那麼順利，杜榮已答應下來，一切都已成定局。

「哦，感謝老天爺！」美智不免在心裡這樣低呼著。

杜榮就職前，他又去了一次北回寺，他覺得那個小小寺廟，及廟堂裡的人，尤其清水，都像生命中的一塊磁鐵，深深地吸引住他。

他三去北回寺，當然已經跟青苔他們搞得很熟。在風和日麗的松樹陰影下，他可以一面跟清水聊天，一邊教他讀初中的國文課本，也教他唸ABC。

清水生性聰穎，又勤勉吃苦，一張稚氣清秀的臉蛋，使杜榮又愛又憐。

下午三、四點鐘，日影斜斜，穿過隨風飄搖的葉隙，金黃的陽光，灑落在杜榮他們的臉上，一片的金色碎點，飄飄忽忽。清水坐在一根砍平的樹頭，而杜榮斜靠在松根上。

杜榮忽然很關懷地問清水：

「清水，你有志願嗎？我是說，你將來有什麼打算？」

清水一時不知杜榮的意思，他轉動烏溜溜的眼球，一臉的不解。

「每個人都要立志，譬如有些人將來想做醫生、想做作家、想做科學家等等這類的志願，你對將來有什麼抱負嗎？」

「哦，」清水恍然大悟，他微笑地說：「我從小被師父帶大，雖然還未受戒，但是我已算是一個出家人，北回寺就是我一生生活的地方……我立志要做一個清心潔性的出家人。」

「就這樣終其一生嗎？」

「是啊！」

「沒有想到過再到外面的社會去過活，還俗到十丈紅塵的俗世？」

「阿彌陀佛，阿彌陀佛……」清水一直欠身為禮，好像冒犯了誰，「這是不可以的啦。」

「但是，你不覺得要做一個心胸坦坦然、毫無雜念的和尚，是一件痛苦的事嗎？」

「如果心無雜念，四大皆空，我師父說，那人就不會有憂愁和痛苦了。」

杜榮想不到清水懂得真不少，他被駁得啞口無言，果真，清水真是一個佛緣深重的人，再大的外力也沒辦法左右他了。杜榮不信，他又挑釁著他：

「但是現代文明的社會，充滿聲色逸樂，出家人，尤其是你們又自絕於現代文明，隱居於這麼僻遠的深山裡，是一種損失啊。」

「我們自得其樂，把信仰歸於佛，我們寧靜淡泊，拒絕俗世種種的誘惑。」

「再清的水，都有沉沙，難道你每天除了工作、工作，以及拜神禮佛外，心都無雜念……」

「有，」清水挺直腰桿勇敢地說：「如果我亂想的時候，我會唸阿彌陀佛，或者是《地藏菩薩本願經》等，直到心裡平靜……」

稚氣的清水，嘴裡滔滔不絕，小小的年紀能說出一大套道理，使杜榮既驚訝又讚嘆。

那天下午，他和清水直談到日暮，中間他還教了一、兩課國文，清水的領悟力很強，而且也認識了許多字，只是他不會用國語唸。他很準確地用標準的漢文台語唸出來。雖然有些字不懂詞意，但經杜榮一點，他就霍然貫通了。

杜榮走時，青苔和青潭一直來挽留他留下過夜。但杜榮還是拒絕了，因爲從明天開始，他便有職務在身，他順便就把這個消息告訴了他們。

「師父，從明天起，我將在溫泉區的一家旅社上班，我當經理，」杜榮說到這兒，自個兒地哈哈大笑起來，「我當經理一定很好玩……所以，以後可能就比較沒有空來了。」

「恭喜杜施主高就！」

青苔住持和藹地說，清水偏著頭好奇地看著杜榮。清水如有青苔住持他們在的時候，他就很有分寸，不會亂插嘴。

「是我現在住的那個旅社，老闆出走了，老闆娘硬要我幹的，我從來沒有做事的經驗，甚爲惶恐。」

青苔住持說：

「以你的能力，必能勝任。」

杜榮告辭北回寺時，山中起了風，暮色中的樹林，像一群手舞足蹈的人，站起來鞠躬相送。

杜榮正式上班的第二天，他便搬離了旅社的客房，而改住到旅社旁邊的一排平房裡與老闆娘他們住在一起。杜榮在靠近山崖旁邊分到一間房子。窗子正向南方，窗前的葡萄架上，掛了好多盆蝴蝶蘭。在夜晚，他可以聞到蘭香，也可坐在窗前看到一片閃爍著星光的天空，充滿詩情畫意。杜榮覺得很滿意，這個小小的房間，雖然只擺著一張竹床和一張小桌子，卻使杜榮喜歡得不得了。

杜榮很快地習慣了他的工作，在美智她們的幫忙下，他過的與起初來此度假的生活並沒有兩樣。如果硬要說有所改變的話，那就是晚間他必須坐櫃枱，必須登記客人的資料。因此，杜榮與林鄉土的來往就少了一點，吹牛聊天，有時候就改在下午時間。

阿雪依然喜歡跟他開玩笑，只有蔡勇，他每次開了末班車來此山林時，因杜榮走不開，他反而移樽就教地乾脆跑到杜榮的旅社來吹牛。

日子沒有改變，日子仍然在自由自在和曖昧中快樂地消逝——直到有一天，這個旅社因杜榮而發生了一件意外，而惹起了一場風波。

杜榮每天坐在櫃枱上，因爲業務上的方便，他和阿彬更熱中於閣樓的窺探。杜榮接受阿彬的建議：每天來旅社開房間休息或住宿的，如果是年輕的漂亮的情侶，他便特別把他們安排在閣樓下的二〇五室。然後兩個大男人便乘機爬上閣樓，飽看春宮表演，樂此不疲，逐漸成爲一種病態。

有一次，那天是週末，剛好是台灣光復紀念日，因此從各地湧來的旅客特別多，大概到了下午時分，整個溫泉區的旅社已到了客滿的狀態。

杜榮那天正忙得不可開交，剛送走了二〇五室客人，杜榮正在暗忖，希望再來的客人，是一對漂亮而年輕的愛侶，好把他們推進二〇五室，晚上好有個娛樂。

門口進來了一對客人，杜榮抬頭一望，不免有些失望，因爲進來的雖然是一對，卻是一對母子，四十開外的一個中年婦人，帶著一個怯生拘謹的少年走到櫃枱前問：

「還有房間嗎？」

杜榮看他們一眼，發覺那少年臉色出奇的蒼白，而那問話的婦人，操著正確的國語，是個外省人，那婦人也有點畏怯，她問過後便避開了杜榮的眼睛。

「要一個房間嗎？」杜榮問。

「是……」

「我們只剩下一個房間，只有一張床，有沒有關係？」

「沒關係，可以的……」

蒼白的少年一直沒有講話，他跟在她的旁邊，有點發愣的樣子。

杜榮有些失望，這個房間在他的預想中，並不是要給他們這種角色的，但因爲旅社已客滿，他並不能因此就不租出，所以他很粗魯地：

「你們要休息還是要住宿過夜？」

「過夜。」婦人低聲地說。

美智她們正在整理房間，櫃枱這裡沒有人可差遣，因此杜榮走下櫃枱。

「來，我帶你們去房間！」

杜榮帶他們到二〇五室，美智和阿霞在整理房間，正換上一床乾淨的白床單，看到杜榮又帶來了客人，白了他一眼。美智說：

「好了好了，請進來。」

「他們要過夜，妳招呼他們，」杜榮跟美智說完轉向那個中年婦人，「等一會兒把你們的身分證交給她，我們要登記一下。」

杜榮說完要走，那婦人卻膽怯地指著那更害羞的少年問著：

「他也要登記嗎？」

「他沒有身分證嗎？」

「他有。」

「那當然要登記！」

杜榮在櫃枱坐下不久，美智就把他們的身分證拿回來了，杜榮拿來一看，女的果然是個外省人，名叫趙湘津，四十二歲，住虎尾鎮糖廠巷。小男孩的身分證使他嚇一跳，他只有十八歲不到，雖然也住在虎尾，卻不同一個地方，而且他名叫陳國隆，是土生土長的虎尾人。

身分證的記載顯然地證明他們既不是杜榮想像中的母子，可能也沒有親屬關係，可是現在他們竟然一道來開房間，到溫泉區來旅行，除了玩之外，顯然不能辦什麼事。

因此杜榮的腦海中閃過一種畸形的關係，一種曖昧和不道德的形象。杜榮很好奇，他不知道這兩個人到底深陷到何種地步，他們兩個的關係像一顆熟透了的果子，外表好看，卻不知內裡腐爛了沒有？這是杜榮覺得要深深去挖掘的。

第九章

她猥褻著那蒼白的少年

時間是他們致命的厄運
她猥褻著那蒼白的少年
她愛，他死
好像身邊的消逝的風聲

杜榮把登記好的身分證往桌上一摔，他坐在那裡嘆息。美智看他情況有異，便問道：

「你幹什麼嘆氣呀？」

杜榮正沒有辦法消除他內心的困惑，經美智一問，他便向她傾訴：

「奇怪，二〇五那一對我以爲是母子，可是看身分證卻不是啊！」

「喔！」美智也表示懷疑：「那又怎樣呢？」

「可見他們的關係不正常呀！妳沒看到那個少年，臉色的蒼白，好像很虧一樣。」

「唉呀，你滿腦子的黃色，想得那麼遠，並不一定開房間便有不可告人之事！」

「可是這個地方純粹是一種玩的地方，這裡又不是台北或哪個大城市，他們來住宿是爲了辦事，他們純粹就是色情這玩意……」

「好了好了，你想得太過分了，你沒看到那個女的年歲都可以當這個少年的媽媽嗎？」

「是呀，問題就是出在這裡，如果他們的關係如我所想，那就太不道德了。」

什麼叫道德，如果不道德是指男女之間的一種不正常的關係，那麼他與美智，何曾不是一種不正常的關係，這也是不道德的，但杜榮沒有想到自己的處境。

這時坐在門口破沙發的阿霞也插嘴進來，她說：

「到這裡來的不正常的人和事太多了，不用大驚小怪的，那對我看是有點問題，是老牛吃嫩草啦！」

「太不像話了。」

杜榮說著站起來，拿起桌上的身分證，他對美智露出一個好奇的笑臉。

「我把身分證拿去還給他們，順便再看看他們，我就是很奇怪，如果他們是我想像的那種不正常關係，他們是如何碰在一起的。」

美智看他興致濃厚，便笑他：

「好像好色和好奇，都是男人的劣根性？」

「美智，妳搞錯了，如果好色和好奇是男人比女人強烈，那是天性，而不是劣根性！」

「討厭，不跟你理論，你要去就趕快去吧。」

杜榮伸伸舌頭，他走下櫃枱，阿霞這時取笑他：

「記得要敲門喔！」

「我不敲，我要看看裡面的好光景。要敲門，我還能看些什麼？」

「缺德！」阿霞和美智一同罵著他。

杜榮走上走廊，就躡著腳尖走，惟恐腳步聲太大，驚醒他們的綺夢。他站在二〇五房前，發覺自己的心跳得很快，他做個深呼吸，一切準備就緒，他眞的沒有敲門，一下子就把房門推開。

裡面的人驚叫一聲，映入眼簾的跟他的想像沒有多大的出入，因而杜榮雖鎮定，可是裡面的人措手不及，慌成一團。只見少年坐在彈簧床上，那婦人又坐在少年的大腿上，那少年把臉埋入她的胸窩裡。

經杜榮一打擾，那女人慌張地下來。杜榮馬上又把門關上，在外面嚷著：

「對不起，我把身分證登記好了。」

「眞是，也不敲門……」裡面的那女人嘀咕著。

女人走過來打開門，杜榮假裝很窘，手上拿著的身分證並沒有立刻遞給她。杜榮很快地在她身上打量一遍，那女人已經脫掉外套，上身穿著一件緊身的化學纖維的圓領運動衫，兩隻大乳房，在那兒上下起伏著，杜榮看得有些不好意思，就發著呆。

「給我啊！」

「什麼？」杜榮眞的愣住了。

「你不是要來還身分證嗎？」

「哦，是呀！」

杜榮把身分證遞還給她，這時他看到她的臉一片桃紅，頭髮蓬鬆地披著，很像張仲文那種妖嬌的披法。那女人並沒惱意。因此杜榮仔細地打量她，又把目光往裡頭掃，那少年把背朝著外面，杜榮沒能看到他的表情，覺得很失望。

「還有事嗎？」

「哦，沒有沒有……」

「啊！」她說著，有一層奇怪的笑意在她臉上漾開，就把門關上。

杜榮還在門外發了一會兒愣，只聽裡面的女人在說：「沒關係，那是服務生，已經走了……」他把耳朵伏在門扇上，但已聽不到他們的談話。杜榮回到櫃枱，美智和阿霞正以好奇的眼光看他。

「怎麼樣？」美智問道：「有沒有看到什麼好戲呀？」

「看到了……」

「你看到什麼？」

杜榮興奮而誇張地：

「我看到那女人坐在那少年的大腿上，注意，是大腿上，然後把那少年的臉，緊緊地靠在她兩隻大奶上，而且還在摩擦……」

「好了，不要再講下去了。」美智阻止著他充滿色情的描繪。

「眞的嗎？」阿霞不相信地問。

「從他們進來，我就感覺他們關係不正常，妳看是不是沒逃過我厲害的眼力。」

「眞是世風日下，人心不古……」

美智突然像在背詩一樣，唸了這樣一句，還押韻，杜榮就奇怪地問她：

「妳們不是在這種地方看多了奇形怪狀的事物，怎麼也會人心不古起來啦？」

「他們年齡的差距，是過分了點。」

這個傍晚，杜榮整個沒有心思了，他腦海裡想的盡是二〇五房那對男女，揣摩他們可能的關係，幻想他們在床上的激情……

他等待著夜的降臨，他可以又在閣樓窺視，享受從視覺神經經過大腦所傳來的刺激。

晚飯時間，他在餐桌上碰到阿彬，阿彬近日來對他不甚和氣，一是最近阿彬發覺美智對杜榮很愛慕，阿彬本來就對美智頗有好感，一直想找機會染指她而不可得，現在突然殺出了一個杜榮，機會更渺茫了。另外是他現在是旅社的經理，不再是客人，雖然職位是經理，但仍然是傭，地位與他平等，往日與他的熱絡與和氣，現在已不多得。阿彬老是用冷眼看他，使杜榮覺得很不是味道。

杜榮本來想等蔡黨他們等人離桌後，跟他報告二〇五房有好戲可看的消息，可是看到他那副比撲克更陰冷的臉時，他便打消了這個念頭。

阿彬吃完了飯，把碗筷重重地摔下，他朝著杜榮指著鼻子罵：

「想不到啊想不到，我們這個大學生竟然愛上旅社的女中！」

杜榮想不到阿彬會這樣無緣無故地向他挑釁，他很生氣也很驚訝，他便嚴正地問他：

「阿彬，你說什麼？」

「我說什麼？我說什麼你心裡明白，哼，大學生都市狼！」

「你意思是說我不能喜歡美智？」

阿彬嘿嘿冷笑，故作輕視地瞄了杜榮一眼說：

「誰說你不能喜歡，你就是愛死人也沒人管！」

「那麼你對我摔碗筷是什麼意思？」

「我就是高興！」

杜榮心頭升起一團火，阿彬的無理使他再也按捺不住。他站起來，隔著一張餐桌，他怒吼著：

「阿彬，你欺人太甚！」阿彬冷笑著，有恃無恐地說：

「怎麼樣，要打架？」

「你猖狂，我便教訓你！」杜榮說完，他忽然打過去一拳，阿彬雖然有準備，但拳來得太快，他沒有來得及躲開，下巴挨了一下，他踉蹌地倒退了一步，靠在牆壁上。

「唉喲，你打人啦，幹你娘，我跟你拚了。」

阿彬一腳踢翻了桌子，嘩啦一聲，碗碟摔碎了一地，阿彬跑進廚房裡。

杜榮知道阿彬一定去拿刀器之類的東西，但他一點也不害怕，一股強烈的自尊心頑強地支持著他。他在原地抓起一張椅子，以應付阿彬的突擊。

這時樓梯乒乒乓乓地傳來了急速腳步聲，美智和阿霞一前一後地跑進來，看到餐室打翻得亂七八糟，杜榮一個人抓住一把椅子挺在那裡，她們一時還不知發生了什麼事，正在困惑的時候，阿彬這時像一隻大黃蜂，手上拿著一把菜刀，無頭無腦地衝進來，嘴裡高叫著：「我要殺死你啦……」

兩個女人嚇了一大跳，阿霞奪門而出。倒是美智大吼一聲：

「阿彬，你發瘋了！」

阿彬愣了一下，但馬上又展開他的攻擊行動，他把握菜刀的手高高舉起，劈頭就往杜榮砍下。

同一時間，杜榮舉起椅子，很快地用力打過去。

一陣碰擊之聲響過以後，阿彬握著一隻手在那兒痛得大叫，血從他的手掌虎口淌下來，一把菜刀鏘然一聲，掉在牆角下。

杜榮本能地前進一步，準備繼續出拳，但看到阿彬只是痛得大叫，並沒有要還手的情況，他便氣唬唬地站在原地不動。

這個突變發生在一分鐘之間，等到發呆的美智驚醒過來，打鬥已經結束。她看看杜榮的身體，並沒有受傷，就一把把他連拖帶拉地推出去。

這時餐室門口圍滿了人，蔡黨、老闆娘他們還有一些客人都下來了，只見在牆角的阿彬，看著自己的手，臉色蒼白，驚慌失措地大叫：

「唉呀，我流血，我要死了……」

老闆娘撥開眾人，她走到阿彬的身邊，看著阿彬的手掌，大拇指和食指之間有一道很深的傷口，血不停地從那兒流出來。

「打架，打架，我看你死了算了……」她邊嚷著，從碗櫥上抓下來一條蓋碗筷的布塊，把阿彬的傷口摀住，然後包裹起來。

「你活該，還發什麼呆，趕快下山敷藥啊！」老闆娘怒斥著他，然後轉過頭，叫著人：「阿霞，美智，趕快去叫一部車，我們下山去看醫生！」

阿霞一溜煙地跑開了。

「沒什麼好看的，走開，走開……」

圍觀的人逐漸離去，蔡黨站在門口不走，他問老闆娘：

「為什麼打架啊，還動刀……」

「誰曉得他們發什麼神經？」

阿彬看到蔡黨，這個對杜榮印象本來就不好的人，覺得是他訴冤的好對象。他便哇哇地大叫，並且流著眼淚說：

「他，他搶走了我的愛人啦……」

「誰是你的愛人啊？」老闆娘奇怪地問。

「美智呀，我愛美智很久了……」

老闆娘搖搖頭：

「可是，美智愛不愛你啊？」

「我從來這裡就愛上她了，已經兩年啦，而他，才來一個月就眉來眼去啦，真不要臉……而且，你看，前天他妹妹才帶他的一個女朋友來，那麼漂亮，他要什麼有什麼，為什麼一定要搶我的……」

「走啦，走啦，你的血都要流光了，還哇哇叫什麼？以後你們再打架，而且動刀子，我不只把你辭掉，還要交給警察辦你！」

那個晚上，杜榮到林鄉土飲食店去吐吐悶氣，剛好又碰到蔡勇和黃水仙，他們就一起喝酒，阿彬拿刀要殺他的事馬上傳到這個店裡，飲食店的上上下下，包括阿雪在內，都一直以這個話題尋他開心。

阿雪聽說杜榮是因爲愛美智才引起阿彬的殺機，頗不諒解杜榮，她覺得杜榮的條件不錯，又有那麼漂亮的女朋友，犯不著去追美智，一個三十出頭的旅社服務生，杜榮眞是自己作踐。

阿雪便嘲笑著他：

「杜經理啊，想要近水樓臺先得月也未免太快了吧？何況也犯不著跟阿彬搶呀！」

「我並沒有搶！」

「沒有搶？那阿彬爲什麼用刀子跟你拚了？」

「我承認我是喜歡美智，但，我從來沒看過阿彬對美智有什麼表示啊，而且美智也不愛他……」

「是呀，她當然只愛都市狼和美少年啦……」

林鄉土看阿雪實在奚落杜榮太厲害，便阻止她再說下去。他替杜榮倒了一杯雙鹿五加皮酒，安慰著杜榮說：

「阿彬是單戀，這個我們知道，只是我不明白，你怎會喜歡美智呢？」

杜榮悶悶地喝著酒，又丟了幾顆花生米到嘴裡，他冷冷地說：

「有什麼不對，你覺得美智哪一點配不上我？」

他這麼一說，把在場的人唬住了，黃水仙偷偷地看了蔡勇一眼，林鄉土瞠目結舌，而阿雪呢，她把手上的一條濕抹布重重地往桌上一摔。

杜榮更強調地說：

「你們說，她哪一點配不上我，她那麼善良，那麼弱小……」

蔡勇輕輕地搖動著二郎腿，他裝著很內行、很有學問很有研究地說：

「阿杜，我看你恐怕不是愛美智，而是同情美智喲！」

「同情和愛情是有很大的分野的，我懂得同情和愛情的定義，你誤會了，我肯定我是愛美智，而不是同情美智……」

「好，那美智愛你嗎？」

「我看是的……」

「好啊，」林鄉土爲了沖淡今晚的不愉快，他誇張地叫著：「眞是厲害的台北狼呀，你看阿杜來此地不到一個月，已經追到一個查某啦，而我在這裡蹲了二十幾年，一隻蚊子蒼蠅都沒有抓到……」

林鄉土這麼一說，大家的視線就同時移到阿雪身上，阿雪知道有人要作弄她，她想溜走，蔡勇卻不慌不忙地叫住她：

「阿雪，妳聽阿土講得那麼可憐，妳怎麼那樣無情啊，妳就姑且變成一隻蚊子，叮叮他呀，哈哈……」

「他呀，」阿雪說。「他又笨又呆，面皮比牆壁要厚，叮也叮不過去呀。」

蔡勇猛推林阿土一把，直拍手地說：

「聽到沒有，阿雪說你是一個呆頭鵝，你是傻瓜啦，趕快追她呀，追呀……」

「唉呀，我可不是這種意思，你們眞是……」阿雪辯解著，後來看有理說不清，乾脆跑掉了。

嘻嘻哈哈地鬧了一陣，動手動刀的晚上所帶給杜榮的不愉快氣氛，總算沖淡不少。他們互相勸酒，又猜拳，直鬧到深夜。

臨走時，他們都有幾分醉意了，林鄉土已趴在桌上不省人事。蔡勇搖搖晃晃地，被黃水仙扶著，他瞇著眼睛很正經地對杜榮說：

「阿杜，我想了一個晚上……我覺得應該提醒你一下，美智那女人聽說已結婚生孩子了，而且聽說是偷跑出來的，還沒有……離婚呢……這個很麻煩的呢，如果……如果她先生將來發現你跟他老婆在一起，他可以告你的呀……你就得坐牢喔……」

杜榮當然知道美智的過去，也知道她是跑出來的，躲著她凶暴的先生。但他倒是從來沒有想過如果她先生找上來會怎樣，結果又如何，現在經蔡勇一提，這眞是問題了，於是，他沉思著。

「是不是……阿杜你說是……不是，你可要注意……啊，呃……」

「我知道……」杜榮若有所思地說。

蔡勇忽然雙腳一軟，他整個傾倒在黃水仙身上，幾乎要把黃水仙壓垮，杜榮適時地去扶他一把。

「你趕快回去睡覺吧，明天一大早，你還要開車下山呢！」

「幹，我一雙腿都無氣力了，明天還要開車？」

「他已經醉了，」杜榮對黃水仙說：「妳趕快扶他回去休息吧！」

黃水仙一臉桃紅，在街燈下黃弱的光線也掩蓋不了。她雖然沒有醉，但也嬌慵無力了。

「是呀，每次這樣喝酒，是很傷身體的，而且給公司知道，會被開除的呀！」

黃水仙說著，跟杜榮點頭說再見，便歪歪斜斜地扶著蔡勇，彳亍在下坡處的橋頭，像一抹光影在空曠中消失。

杜榮回到窗前掛滿蝴蝶蘭的小房間，他捻亮了燈，發現美智像一具木偶似地坐在床沿發呆，看他回來，臉上流露出一種期盼。可是杜榮沒有表示什麼，好像沒有美智的存在似的，他逕自脫掉襯衫，身上留下一件背心，便嘆了一口氣，朝床上躺下。

美智看杜榮不高興，她便不敢說些什麼，她知道今晚上的事是因她而起，她覺得很對不起他，心裡難過而處境尷尬。

沉默了好一段時間，美智終於忍不住地說：

「讓你受累，眞是對不起……」

杜榮在床上翻個身，把背朝著美智。他沙啞地說：

「把燈關了吧！」

美智站起身子，伸手把垂下來的日光燈開關拉了一下，燈便滅了，室內立刻黑暗下來。一抹月光，從窗外溜進來，照在木桌面上一本攤開的書。

這時，美智離開床，在書桌前的一張椅子坐下。她觀察著黑暗中的杜榮。

「我想不到阿彬會那麼瘋狂，他簡直莫名其妙，我從沒有對他有什麼……」

說著說著的美智，終於聳動著肩，哭泣了起來。

杜榮仍然文風未動，他蜷曲著身體朝著牆壁，模糊的視線中，美智感覺那堆黑影逐漸擴大，最後像片黑雲，整個把他籠罩住了。

他的不理不睬，使她更為傷心，她想，杜榮心裡一定也很痛苦，如果為了愛，她自己可以無情地受傷害，可是，她卻不願杜榮受到一丁點兒的糾纏。

她無助地哭泣著，一面是感嘆自己命運的不幸，一面是為了杜榮的沉默。杜榮的沉默，簡直像一把利刃在分割著她的內心。

「你說話呀，你說呀，阿榮……」美智嚎啕地哭著；「你把我打死吧……」

雖然美智已經瀕臨歇斯底里，杜榮仍然無動於衷，他背著臉在黑暗中冷冷地說：

「妳回去吧！讓我靜靜想一想！」

美智聽到杜榮說話了，一切的聳動及哭聲都停止了下來。她猶豫了一會兒，本想再說些什麼，可是她了解杜榮的個性，既然他想安靜，多說也沒用，於是，美智用衣角擦擦淚痕，輕輕地站起來，朝黑暗中的杜榮看了一眼，然後輕輕地走出去，又輕輕地把木板門關上。

杜榮自從美智走後，他思潮起伏，在床上輾轉反側，一直不能成眠，他的眼皮澀重，就是睡不著覺，或許是酒精的作用，他感到燠熱，身上一直冒著汗，把草蓆都沾濕了。

紛亂嘈雜的思緒中，他一直惦惦不忘美智，他想到他與她不可預測的命運，她的將來以及她的絕望。杜榮沒有想到的是他置身於危險的處境。

他在似睡似醒的狀態中，持續地作著噩夢，他夢見美智在一道狹小的吊橋上與他道別，在橋的兩端，他們激烈地爭執，然後分道揚鑣。沒有淚，只有灰塵滾滾，遮蔽了天空，使太陽大為失色，變為風雨欲來的沉悶氣氛，甚且，在杜榮的懼怕中，美智的丈夫也出現了，他相貌凶惡，像一隻長滿獠牙的狼狗，使人驚悸和憎恨。

他們在一處背景模糊的地方談判，好像是在一處斷崖風口上，杜榮一直看著他舞牙弄爪，後來又看到他揮著一把巨大利斧，一路吶喊著朝他砍來——杜榮一側身，斧頭躲是躲過了，可是只覺得腳一落空，他便後仰著掉入了一個深淵。

他在恐怖中嘶喊了一聲，然後驚醒過來。

杜榮發覺自己冷汗淋漓，全身濕透，他看看窗外，一片涼涼的月色照在窗前，像一片乳暈。天未亮，他看看手腕上的夜光錶，才四點多鐘。

於是他起床，開燈拿了些內衣褲，打開住家的側門，便通往旅社的地下室，他想到澡房裡泡溫泉，以洗滌身上的臭汗及污垢。

當他脫光衣服正要下池時，他忽然想起昨天下午他所登記的那對疑爲母子的男女，他好奇而邪惡的心態又在他的思緒裡湧起，他想著，昨晚上阿彬找他的碴，幾乎使他整個忘掉了此事。

杜榮哪敢怠慢。他馬上又穿起內褲，便往上層跑，然後又躡手躡腳地爬上了閣樓。

他輕輕地趴下身子，即使那麼輕，在更深夜靜的時刻，仍然弄出窸窣的聲響來，他停了一會兒，然後才把眼睛貼在那個洞孔。

起初他不能適應下面二〇五房的光線，因爲他們只點著附屬在日光燈上的五燭光的燈泡。他看不到什麼東西，大約過了一、二分鐘，底下的狀況就像在顯影液裡的相片，影像逐漸明晰起來，於是他看到的不是睡眠中的靜態。那麼湊巧，好像他們的情慾和性愛，就是要來表演給杜榮看的，這是一個無可奈何的宿命。

帶著暗房那種紅色調的光線，照在床上的一對男女，那成熟的女人脫光了衣服，正坐在那瘦弱的少男身上，在撫弄他的性器，女的惺惺作態，並嗯嗯作聲，時而細細耳語，時而把臉埋在少年的胸膛，而她那兩隻已經有點下垂但碩大的乳房，顫動著，讓看在眼裡的杜榮充滿慾火。那少年平躺著，兩隻眼睛空洞無神，好像一直朝著杜榮的洞口中看，他像一隻代罪的羔羊受一隻發騷的母狼擺弄著，臉孔痛苦而癡呆。

後來那女人躺下，要求著男孩子騎上去，少年不知是疲倦還是年幼的敏感，只看到他一上去抽動沒有兩下，便啊啊地洩了。

下馬的少年與她平躺在床上，杜榮可以正面地看到他們赤裸的身體，女的像一堆肥肉，像一堆牛糞般地窩在床鋪的中央，那男孩直挺他瘦長的身體，在床沿上。女的臉上有失望的神色，兩個人，就彷若在遙遠的邊界失落了行囊的旅人一樣，怔忡癡呆。

杜榮覺得好戲已完，看他們的情況，不可能在短時間內發動第二次的大戰。所以他小心翼翼地撤退，離開黑暗的閣樓直奔溫泉室去了。

他在溫泉裡泡了一會兒，直到溫度使他額頭冒了汗，他才起來沖冷水，他把他心中的一腔慾火壓了下來。他在地板上做了幾十下的伏地挺身，擦乾身子，穿上內褲，才推開浴室的門，外面一個人影使他嚇了一大跳。

兩個人幾乎同時叫出聲音來，杜榮驚魂甫定，在五燭光微弱的光線下，那人影他立刻辨認出來，就是剛剛在二〇五房作指揮官的婦人，此時竟然只穿著一條小三角褲，赤裸的上身，只有手上的一條毛巾遮住她的胸部，有一隻乳房幾乎都暴露在杜榮的視線內。

那女人表現得很驚恐和害羞，她低著頭說：

「我要洗澡，女浴室在哪兒？」

杜榮覺得很好笑，女浴室就是左邊那兩間啊，他指給她看，然後他的視線又落在她半裸的身上。

女人嘴中說著謝謝，聲音充滿磁性，當她抬起臉，那雙眼睛，勾魂似地著著實實與杜榮的相接。霎時火花四濺，那水性般的柔情，那熱火般的飢渴，使杜榮幾乎按捺不住。

爲什麼她只穿一條露著一大片臀部的三角褲就下來呢？杜榮忍不住在嘴裡這樣唸著，他像中邪似的，眼睛就盯在那三角的突出部分，他心旌搖蕩，有若陷入虛脫的病人，視線模糊。

女人於是從他面前走過，近得只要伸出手，便可撫摸到她的乳房，她背著他開浴室門的時候，那個呈大提琴形有很美的弧度的屁股，白皙皙地露了一大半在三角褲外，杜榮看得眼睛冒火，他同時也發現，女人屁股的誘惑性，不下於兩隻豐滿的乳房。

杜榮看著她開門進去，還沒來得及關上門，便又驚叫一聲地跑出來，這時她攤開雙手，震動的兩隻乳房簡直驚心動魄，直往杜榮的懷中衝。

當然杜榮順勢地抱住她，感受到她的重量和熱量，以及她異樣的體香。

那女人嬌喘地說：

「裡面有一隻好大——的老鼠！我怕！」

「妳說什麼？裡面有一隻好大——什麼？」

「好大——好大——的老鼠……」

杜榮一直聽她說好大好大——心裡就鼓盪著一股洶湧不止的慾流。他喘息著，她的髮兒在他耳畔輕拂，甚至一陣誘人的髮香，直襲入他的鼻孔，使他幾乎窒息。他們坦蕩的肉體相見，擠在一塊，那女人好像有意地挑逗他，因此驚悸過後，她不但沒有離開，反而在他面前吐氣如蘭。

有一道道德藩籬在杜榮的面前若隱若現，使杜榮的思想多少有點矜持，但是這樣一道薄弱的藩籬，在感官刺激的激盪下，已起不了什麼作用。所以，杜榮手臂用力，把那妖嬌的女人勒緊在懷中，使之不得動彈。

那女人哎喲一聲，輕翻著白眼，顯得不勝的嬌慵無力。她低哼一聲：

「你這人——」

可是並沒有強烈的拒絕，她象徵似地扭動身體，反而把下部拚命往杜榮擠。

杜榮感受那種凸出物的柔軟和堅硬，他的一顆心噗噗猛跳，幾乎要從口腔跳了出來，而他更是神馳意往，整個人的靈魂像脫掉人體的軀殼，騰雲駕霧地飛上廣闊的宇宙空間。

杜榮野獸般的動作和心理又在這種挑撥下表露無遺。他連拖帶拉，把那女人擠進澡房。自從第一次跟美智在澡房發生肉體接觸後，或許是由於硫磺味的刺激，還是場景的異樣，使他特別沉迷這種情調。

女人在他擺布下，表現得很合作，甚至主動地調整了某種姿勢。

一個屬於肉感型的女人，身體淌滿了汗珠，雖然是嬌弱的一個女人，她的呼吸像打鐵店的古老風鼓，呼呼作響，嘴巴裡除了呻吟，還講些莫名其妙的話，顫抖的，咬牙切齒的……

女人抬高一條腿，像一隻狗在撒尿一般，杜榮從後面迎上去，像動物的一種交媾……

於是天地昏暗，禮教、規範、道德之類的字眼或約束均飛到十三天外，只是慾燄像森林大火，蔓延而席捲——在飄滿硫磺味和霧氣的小小的澡房。

女人和那個蒼白的少年是在午間走的，結賬的時候，她曖昧而愉悅的目光直盯著杜榮，並且問著杜榮的名字和職位。

杜榮唯唯諾諾，因爲美智就坐在沙發椅上看著他們，他是做賊心虛的關係，所以一直自然不起來。

「說說名字有什麼關係呀，我又不會吃人的！」那女人說著吃吃而笑。

杜榮無奈，就只好說：

「我姓杜，是這裡的經理。」

「哦，杜經理，你們這家旅社雖然舊一點，但滿有情調的，我很喜歡！」

「歡迎妳再光臨！」

他們的對話，使美智覺得很不是味道，雖然只是普通的客套應對，她就是覺得那女人的笑和模樣有點邪門。而那個從來沒講過話的少年，在太陽光灑在外面水泥地上而反射到室內的光線照著的臉上，更加地蒼白了。那少年提著一只小旅行袋，毫無主見地尾隨著那豐腴的女人，簡直像一隻喪家之犬。

杜榮看在心裡，覺得他眞可憐，他不曉得他在何種情況下掉入這個慾網。他當然自慚形穢於這種墮落，他憂鬱的神情裡可以看出他心裡的矛盾和掙扎，只是他掙脫不開而已。

他們離去之時，在門檻上，那少年回過頭來深深地看了杜榮一眼，那眼神好像有所企求和期待，杜榮在這一剎那間怔住了。他腦海浮現一個和這少年很彷彿的影像，他一時想不起這個影像是在哪裡看過的。

他們很快地消失在白花花的中午強烈的陽光下。可是留在杜榮腦海中的影像卻愈來愈清楚。杜榮在心裡暗叫一聲，原來那個與少年很相似的影像是他在大學時讀過的一本小說裡看過的，那本書叫《河童》，那個人是日本自殺的天才作家——芥川龍之介的十八歲照片。

這個震撼是相當大的，對於那少年也是冥冥中命運之神的安排吧？

阿彬手掌的虎口縫了七針，老闆娘帶他在市內敷藥以後，乾脆就放他的假，因此這幾天來，阿霞和美智就接下了廚房的工作，忙得不可開交。

杜榮一個人看櫃枱，也比從前忙碌，但是只要靜下來，有時候甚至在晚間他讀書，或沉思的時候，他會不由自主地想起那個跟芥川龍之介很相像的憂鬱蒼白的少年。這像個夢魘一直盤據在他的心中，變成杜榮一種很沉重的負擔，使他萌生一種解救某人的神聖使命感。這是一個很不耐煩的念頭，這念頭如果不做，便使他廢寢忘食。

幸好，在這種意外的不順遂中，由於美智的婉約柔情，很快地便驅走因阿彬所惹起的芥蒂與不快。他們已經和好如初，杜榮從那以後，便更喜歡美智的個性，他把她看成一種優雅的美德，因而，杜榮對於美智的愛，更深，付給美智的情感，也更多。

杜榮不是忘記美智是一個已婚婦人所存在的障礙；而是他豁出去了。他才不管這一套。眞正的愛是有眞摯和誠實之分，而沒有偏頗或獨占。杜榮的觀念就一直充塞著這些，似是而非也罷，反正，杜榮認爲這種觀念，是他的心態模式，是正確而不能顚破的。

大概是那少年走後的一週吧。有一個晚上，杜榮終於忍不住，他把那少年所登記的姓名地址找出來，然後攤開信紙，準備寫一封信給他，因爲那蒼白憂鬱的容貌促使他，還是因爲他同那女人也有一手，出自自私的心理呢？他一時也分辨不出來。

他在信紙上這樣寫著：

國隆小弟：

你一定會很驚訝地收到這封信，雖然你我陌生，但是你不用奇怪，因爲當你看完了這封信，你就知道我是誰了。

我之寫這封信，下了相當大的決心，我是不忍看你年紀輕輕地就這樣沉淪下去。你我知道，那是一種違背道德的行爲，對於那個女人，說不定那是一種變態的樂趣；但對於你的身心，則是一件最嚴重的傷害。

我寫這封信的目的，主要是在提醒你，在你迷失的時候，幫你敲著鐘，使你驚醒過來。

你和趙湘津那四十開外的女人的關係，我看得很清楚。年輕人，拒絕她和放棄她，否則，你會擔當很大的後果。你會受到倫理道德批評，而不能見容於這個社會。

記住，這封信是在警告你，而不是嘲笑。勇敢而理智地脫離這慾海吧，爲你的前途，我爲你祝福！

最後，我嚴肅地再說一次，請你像打一場勝仗似的，堅強地、新生地站起來。

祝好

旅社經理　杜榮敬上

杜榮寫完了這封信，看了又看，文詞雖不華麗，但寫得很誠懇，也很含蓄。杜榮在想，當陳國隆突然收到這封信的時候，他可能會錯愕一陣，然後羞慚交加，痛哭一場後，就幡然而悟地醒過來。

杜榮覺得這是件好事，因此心情很輕鬆，馬上把信套入信封，吹著口哨，親自地拿到郵筒投寄。

那天下午天氣很溫和，陽光也軟軟的，好像整個世界，就因爲他寫了這封信，而美好起來。

這封致陳國隆的信發出十天左右，杜榮心裡就一直有個預感，他覺得陳國隆應該會感謝他的拯救，而親自到山上來謝他，但是陳國隆彷彿在遙遠的某個地方在呼喊著他，使他的內心逐漸不能平靜。

那天下午，杜榮在櫃枱下面的榻榻米上睡午覺，忽然被進門的客人叫醒。他睡眼惺忪地站起來，看到站在面前的是兩個老人，一男一女。

男的約有五、六十歲左右，一副善良農夫的模樣，可是現在的他，卻錯愕而生氣地睜大了眼睛。跟在他背後的是一個典型的鄉下老婦，五十歲開外，卻因為長期暴露在烈日寒風下，皮膚顯得又乾又皺，她好像哭過，眼皮紅腫，把一張黝黑的臉陪襯得很不調和。

那老人踏前一步，有些畏怯地問：

「請問你就是這間旅社的經理？」

有些莫名其妙，但是他還是答道：

「是的。」

「你就是杜先生，杜榮……嗎？」

「是啊。」

那兩個老人便激動起來，男人在口袋裡掏出一張信箋，拿在手中顫抖著。

「這是你寫的信沒錯囉！」

雖然那張信箋弄得又髒又縐，但杜榮仍然一眼就看出那印有旅社名銜的信紙是他寫給陳國隆的信沒有錯，他的心裡悚然一驚，這封信落在這兩個老人的手裡，莫非出了什麼事？杜榮為了保持冷靜，便說：

「你借我看看好不？」

老人把信箋在杜榮的面前揚了揚，並沒有交給他，老人把那信當成一個很重要的證據。所以杜榮只好說：

「是的，那是我寫給一個少年囝的信！」

杜榮的話一完，那兩個老人同時呼天搶地哭嚎著，男人搶先一步，一把要把杜榮當胸抓住，農婦在後面聲嘶力竭地叫喊著：

「還我的兒子來啊，還我的囝仔啊……」

杜榮嚇呆了，他不知道發生了什麼事，但他現在明白過來了，面前的這兩個老人，想必就是陳國隆的父母親，但是，發生了什麼事啊？

「放手，放手，有什麼事慢慢講……」

杜榮說著掙開了農夫的手腕，退開了幾步，他拉拉衣襟。這時因爲這一陣騷動，加上悽厲的哭聲，引來了許多人。美智和阿霞匆匆忙忙從地下室跑上來，也被這景象嚇呆了。

「你這個夭壽人……你害死……我的兒子……你賠命來……」

農夫怒不可遏，他氣得渾身發抖，口齒不清，他一直要翻過櫃枱找杜榮算賬。

「阿伯，阿伯……」美智費了九牛二虎之力抱住了那老人，她和緩妥協地說：「有什麼事慢慢講，何必氣得這樣呢？」

「賠命哦，賠命來哦……」

「阿伯，到底發生什麼事情啦，你不說，光是賠命賠命，我們也不懂……」

「他，他……」老人猛指著杜榮，就是說不出話來。

最後，兩個老人在美智和阿霞的安慰苦勸下，激動的心情逐漸平復。因爲看熱鬧的客人不少，美智便請他倆到地下室的餐廳談，以免影響觀瞻，兩位老人在美智和阿霞的拉拉扯扯下，勉強地跟到地下室。

在餐室，除了阿霞在櫃枱看店外，杜榮和美智陪著二老在椅子坐下，美智並且倒了茶，給在啜泣嗚咽的他們。

「到底是怎麼回事？」等一切都就緒，美智才不急不緩地問。

那農夫從腰帶上抽出一條粗布毛巾，揩著淚水和鼻涕，他是一個樸實忠厚的老人，歲月在他臉上刻下了很多無情的痕跡，構成了層層疊疊的皺紋，充滿了苦命的相貌，一眼看來，他就是道地的一個社會底層的勞動者。

他坐在杜榮的對面，對杜榮充滿敵意，他操著甚至不太流利的台灣話，開始訴說他的傷痛。

「陳國隆是我的獨生子，是我們四十多歲才生下來的一個孤子，我們把他看成比我們的生命還要重要，我們雖然活得很苦，只種了一分地的水田，但是，我們省吃儉用，給他讀到中學——他實在是個好孩子，沉默寡言，不跟那些不良少年、太保廝混……可是，怎麼也想不到他會愛上一個外省仔的狐狸精……」

老人的這一段陳述，使美智知道這兩個老人原來就是大約十天前來旅社住宿的那個拘謹的少年的父母親，美智恍然大悟，但是杜榮呢，杜榮已經猜到他們是陳國隆的父母親，只是，他的心裡有一股不祥的預感，形成一種沉重的壓力，使他幾乎要窒息。

那老人深深地嘆一口氣，繼續說著：

「前幾天的中午時分，郵差送來一封國隆的信，我是不識字的，剛好那天鄰居的三光叔仔——

國隆的三光叔──在我家，那封信的信封印著溫泉旅社的名字，我們就很奇怪，爲什麼那麼遠的溫泉區，有國隆的朋友呢？在好奇心的驅使下，我們把那封信拆開看了──三光叔把信的內容唸一遍，又解釋一遍，把我們都嚇呆了。爲什麼會有這種事呢？而那個狐狸精又是誰呢？我們在焦慮中過了一下午，終於等到國隆下課回來。」

農夫停下來喝了一口茶，看看杜榮，然後說：

「本來我是很感謝你的，我和三光叔也知道你寫那封信是出自一片好意，可是，當國隆這孩子因此而自殺，你就是個禍首了……」

杜榮心裡一沉，他脫口而出：

「他自殺了？」

「是啊，是啊……」一直在旁邊低低啜泣的那位老農婦，突然忍不住，搶著說：「他跳大堀自殺了，現在，現在他就躺在大廳裡，我的心肝喲……」

突覺眼前一黑，杜榮幾乎要暈厥過去。他按住胸口，做一口深呼吸，同時吐出一句：「我的天呀！」便癱在椅子上。

美智自然也受到很大的驚駭，她定定神，看到杜榮一臉痛苦的形狀，她趕緊走過去，端起桌上的一杯開水讓他喝下。

「那天國隆一下課回來，我們就逼著問他，到底那四十幾歲的狐狸精是誰？起初他堅不吐實，他沉默著，採取不理會的態度，我一氣之下，拿起扁擔就朝他猛打，直到他流血爲止……之後，他就把這件事全盤說出來，那個女人是他同學的媽媽，是外省人，已經在一起有半年了……

「我們當然怒斥他，那是傷風敗俗、違背天理良心的事，後來，他就跪下來求饒……我的孩子是個老實人，他是被人陷害拖累的，那時，我就對我兒子說：『你帶我們去找那位狐狸精，看她面皮有多厚，做出這種見不得人的事情來……』我兒子聽我說要他帶我們去找那女人，他驚慌失措，臉色嚇白了，他堅決不去。他說，這件事由他一個人擔當下來，他已覺得沒面子見人，不需要再去困擾她……我自然不能忍受這樣，我的一個乖孩子，年紀還那麼小，卻被一隻狐狸精迷住了，我能見死不救？我當然不能。後來，當我聲色俱厲地說非去找她算賬不可時，我兒子臉色拉下來，他一臉寒霜，鐵青著，他斬釘截鐵地說：『阿爸，如果你一定要去丟人現眼，你只有打死我……』我一個巴掌打過去，他連躲都沒躲，因此把他打個踉蹌。我說：『你怎麼可以威脅我，你以爲我不敢打死你？』接著，我又連續打他幾下，他的嘴角滲出了血絲。」

老頭子又停下來喝口開水，已經快要平靜的情緒突然又升高，他眼眶蓄滿了淚水，如果他讓它掉下來，一定是一副使人同情的老淚縱橫啊！

他繼續說道：

「我說：『好，如果你不帶我們去，我和你三光叔一道去找她理論，看她要不要臉……』我帶著三光要走出門檻的時候，他飛奔過來，跪在門口攔著，仰著一張沒有血色的臉，哀求著說：『阿爸，請你原諒我吧，我發誓再也不去找她，我們再也不會互相往來，就請你饒我這一次……如果阿爸你一定要把這件事掀開……我實在不能活下去，我只有自殺……』」

「我聽了心中一驚，但我總以爲他說著玩的，因此我就把話頂回去，教訓著他，我說：『我一定要把這個狐狸精找出來，她是一個壞人，我一定要把這事抖開，讓她無法做人，至於你恐嚇著我，說要自殺，那麼，你就去自殺吧，大堀沒著蓋，你就去跳吧……』說完我們就走，我兒子再也沒有攔我，只見一張絕望的臉，很淒涼……」

杜榮癱在那裡，聽陳老頭的哭嚎，那聲音，像很多的蜜蜂在他的耳畔飛繞，他整個心死了，他的一生從來沒有像現在所受到的重創。他一手撫著胸口，一顆晶瑩的淚珠，在眼角發光。

美智神情恍惚，她沒想到這一個星期以來，在她身邊有關的人竟發生那麼重大的事件，這簡直是一個晴天霹靂，她也泫然欲淚。

「他就眞的去自殺了嗎？他眞的就去跳大堀嗎？」杜榮有些近似自言自語地說。

「是啊，他眞的就去死啦，死啦，我兒啊……」老頭子說到死字，再也忍不住，便像小孩子般，盡情地嚎哭起來；他的老伴看他那麼傷心，也跟著鼻水涕零地哭叫著。

美智站起來，安撫了他倆，要他們節哀，有一陣子，他們才平靜下來。接著，那老頭又繼續說：

「我和三光在天晚了才在糖廠附近找到了那狐狸精，她知道了我們的身分和來意後，把我們迎進那日本式的房子，在客廳裡，她差開了兩個小孩，其中一個男孩像國隆那麼大，胸前也繡著與國隆同樣的學校名字。我在想，那少年可能就是國隆的同學，但是他們一下子就離開了客廳。

「那女人並沒有否認她跟國隆的關係，甚至我跟她說他們到溫泉旅社去開房間的不可告人之事，她也沒有否認，她甚至口氣堅決地說：『我愛國隆！』哎喲，我的天啊，她的年歲那麼大，足足可以做國隆的母親而有餘，她竟然大言不慚地說她愛國隆，我當時就罵她不要臉，三光也跟著啐她，可是她仍一本正經地坐在那裡，不亢不卑，她用一種帶著奇怪腔調的台灣話說：『愛情沒有什麼要臉不要臉，只要我的愛沒有虛假，我是眞愛著國隆的。』

「『妳給我住口，妳眞不要臉，還口口聲聲說愛國隆，我不准妳這樣說，妳也不想想看妳的年齡，妳都可以做他老母啦。』

「『愛情不應該有階級或年齡之分，等一年後國隆高中畢業，我準備跟他結婚！』

「我幾乎在當場氣炸了，我從來就沒有看過這樣不要臉的，便罵著：『妳是死了丈夫了嗎？擋不住啦……』

「『是的，我先生已過世十年了，我的孩子也都長大了，我有資格結婚啦……』

「我從來沒有見過這樣不要臉的查某，我們搖頭嘆息之外，還一直憤怒地警告她，如果她再纏著我的兒子，我們便要剁掉她的後腳筋，毀了她的面容，讓她求生不得，求死不能，活得很痛苦……我們是幾乎在氣炸心肺的情況下離開那個狐狸精的家的，可是她，那個妖精，竟然一直堅持她的說法，面不改色，毫無所懼……

「我們回到老厝時，我兒國隆已經不在家，我老伴一直哭著說，擔心國隆眞的去自殺跳大堀了，我自然也有些驚駭，帶著一群親戚和厝邊的朋友，深夜到大堀邊去尋找國隆，一夜沒有結果，我一直安慰著阮某，國隆只是離家出走而已，明天就會回來的，但是……」

老人說到此喉嚨被一口痰哽住了，他實在極其悽慟，只是他的悲傷已過了極限，因而變得麻木，已沒有眼淚可流。他的老伴，更是哀傷欲絕，她坐在那裡搖搖欲墜，美智坐在她旁邊，安慰著她，叫著節哀也沒有用，一條污髒的手帕都濕透了。

「但是，但是，」老人沙啞地說：「他永遠不會回來了……第二天中午，他的屍體，從大堀裡浮起，他眞的去死，去自殺了，沒有顧到我們這對孤獨的老人，眞的去了……」

像一齣悲劇，在達到最高潮的時候，突然地落幕。杜榮心神交迫，彷彿一把被拉緊的弓，當箭簇射出，他整個人鬆弛下來。他癱在椅子上，像一具被雕刻的人形，在怔忡發呆。

平靜了一會兒，哀慟的老婦突然聲色俱厲地拉住杜榮，幾乎是吶喊地：

「都是你這個人，都是你那封信，如果沒有那封信，國隆就不會自殺，就不會默默地去了，連交代一句話都沒，撇下我們這對孤單的老人，你要賠命啊，你要賠我的一條命哦……」

衝動的老婦說著站起來怒指著杜榮，以洩她心中的怨恨，被在一旁的美智壓下了。

「大家有話慢慢說——這件事如果平心靜氣下來想想，其實杜先生也沒有什麼錯！他寫的那封信，完全是一片好意，他也是希望國隆從苦海中脫離出來，錯就錯在他沒有考慮到他的這封信，會被你們拆開看了……」

「什麼話都免講，」老人因爲喪子之痛，他意氣用事地說：「都要怪你那封信，如果沒有那封信，便什麼事情都不會發生了。」

杜榮一句話也不回答，他像陷入冥想中，不知道有沒有聽到他們的話。

「你要賠我一條命來……」老農夫說。

「你要賠我阿隆來……」老農婦說。

杜榮就在他們嘮叨不停的時候，突然脫口地說，聲調平靜，好像風和日麗，沒有發生什麼變故一樣。

「你兒子的死，我當然有責任，我自有打算，只是我有個要求，讓我到你家去看看國隆……」

美智「啊」一聲站了起來：

「爲什麼要……」

杜榮打斷她說：

「去看看他，說不定能減輕一點我內心的歉疚，日後生活過得平靜些……」

「但是，」美智突然改用國語說，怕給他倆聽懂：

「倘若你表現得很內疚，倘若你跟著到他家去，他們便認為他兒子的死是你的過失、你的責任，那麼，他們可會要求你賠錢或什麼的，一大堆事兒纏著你……」

杜榮看著那兩位可憐的老人，他低沉的語調，完全沒有理會美智的勸告，他說：「那也是應該的，這一切後果，我要承擔下來。」

杜榮和美智跟著那兩位老農老婦，換了好幾班鄉下的客運車，終於在黃昏的時候，來到了虎尾。

當汽車快接近一座大橋而進入虎尾市街時，在遠遠的蔗田裡伸出一支巨大的糖廠煙囪，正在冒著煙，施施然地進入杜榮的視線，這裡沒有山陵，只有一片開闊的平原，種滿了甘蔗和稻米，向遠方眺望，幾乎可以看到海的出口。這樣美麗的風景，如果在平時，一定非常吸引著杜榮，可是今天的杜榮，他心中念念不忘那蒼白的少年，他一直責備自己，就如年老的父親所說，如果沒有他寫的那封信，一切的不幸便不會發生。

下了客運車，杜榮和美智跟著兩老走過廟埕，然後彎入一條曲曲折折的泥土路，路兩旁蓋著稀稀落落而且矮小的茅屋，或住著人，或做為豬舍，豬糞和尿污流滿了土地，播著惡臭。

杜榮他們在這條路走了十來分鐘，終於來到一處圓仔花做為圍牆的磚造屋前，那就是陳國隆的家，本來在路上走得好好的，一接近自己的家門，二老就又唏哩嘩啦地哇哇哭起來。

這一哭引來了好多的鄰居，大家都來到庭前看杜榮和美智。這時大廳的門呀然一聲地開了，走出一位四十多歲的中年人。

那人迎住杜榮在門口，他眼露凶光地問：

「你就是寫那封信的杜經理——杜榮嗎？」

「是的。」

杜榮才點點頭，那人一個箭步，就朝他的胸口一拳打過來，杜榮沒防這著，胸口被襲擊了一下，退了兩三步，那人又要揮拳過來，美智突然挺身而出並且大聲地喊道：

「你怎麼可以打人呀，你是誰？」

那人因美智出面而收回拳頭，他扠著腰，凶巴巴地說：

「我是誰？我是誰你管不著，我就是要打死你這個雜種仔！」

這時老農夫把那人拉開，有氣無力地說：

「他人來了，就讓他去看看國隆吧！」

杜榮和美智跨過高高的門檻第一眼就看到一個人被蓋著白布躺在那裡，在黝黑的大廳，顯得特別的陰森，兩枝大白燭，在紅檜桌上默默地燃著，像爲誰在掉眼淚。

做父母的在死者身邊哭得死去活來，杜榮傻傻地站住，美智尾隨在他的背後；當老農夫在裡頭掀起一角白紗布時，他嗚咽著對杜榮說：

「你來看他吧！你看他昨天還活生生的一個人，現在冷冰冰地躺在這裡了，你來看吧，來看吧……」

杜榮繞到農夫的旁邊，從掀起的地方，正可以看到陳國隆的臉部，那臉比一星期前更蒼白了，表皮有些浮腫外，他閉著眼睛，嘴角略帶憂鬱，就像是一個早熟的少年正熟睡一般，是那麼安詳，那麼平靜。

杜榮看著心如刀割，他的眼淚奪眶而出，在心裡頻頻地叫著陳國隆的名字。但是逝者已逝，再千呼萬喚也追不回隨著呼吸停止而逝的靈魂啦。可是杜榮就是不甘願，爲什麼他那封出自一片好意的信，換來這樣一場可怕的後果。

「國隆，你眞傻呀，你眞傻……」

在還沒入殮的屍體前，他們一直哭了一陣，後來，有人把他們帶到一個小房間，那是國隆生前的睡房兼書房。四十開外那個揍他的人就是死者的三光叔，他坐定以後，便開口說：

「你也看到了——杜經理，那個少年就因爲你一封信而死了，他是陳家的獨子啊……現在撇下這樣兩個可憐的老人，你看要怎麼辦？」

杜榮還在傻傻愣愣，就隨口說：

「你要我怎麼辦呢？」

「我們覺得你有責任，因此，希望你能拿出一筆錢來，做喪葬和安家……」

「什麼？」美智聽到他們要拿錢，便抗議著：「怎麼要他拿錢呢？他只不過寫那一封信，何況他是好意的，他是怕他墮落下去，至於他去自殺，那不關他的事，他在道義上是有些過失，但怎麼說，不管在法律上或情理上，都輪不到他付錢啊……」

圍著一屋子的人，老的少的，也包括因屋子小而擠在門外、窗外的，都發出一片罵聲，都說這種話沒有良心。有人甚至在窗外喊打。

三光臉色一沉。他說：

「人明明是他害死的，他能不付錢嗎，我們便去告他！」

「好，你們去告好了，看法官能定他什麼罪，看法官要不要他賠錢……」

美智的話被杜榮打斷，他機械地揮手，像疲乏已極，他對著三光說：

「我願意負擔他的喪葬費，還有給二老一筆錢，你們看要多少？」

美智吃驚地看他。

老農夫和三光可能沒有料到杜榮會這麼乾脆，問到數目，便愣住了，幾個人交頭接耳後，還是三光做代表，他提出了他們決定的數目：

「十萬！」

「哎喲，驚死人了，要十萬，要到壁頂拔嗎？」美智驚呼地說。

這時杜榮抬起臉看看大家，然後用堅定的語調說，不理會美智在一旁的阻攔。

「好，我就給陳先生十萬元。」

不只美智受驚，連屋子裡的人也起了一陣騷動，有些人交頭接耳，有些人議論紛紛。

「那，那這樣就好……」三光說著，輕輕地舒了一口氣。

而那兩個老人，也在一驚詫之間，顯得很不自在。

「不過，」杜榮在他們滿意下的情況說：「不過，我身邊並沒有帶錢，要等我回去明天拿來。」

「什麼?讓你回去你不是跑掉了嗎？」

「跑掉，要跑掉我就不會來啦！」

「這樣好啦，」三光建議著說：「你可讓你太太回去拿，你留在這裡！」

美智聽著他把她看成杜榮的太太，心裡著實有些喜悅，但是剛才聽到杜榮那麼飛快地就要付給人家十萬，她想起就有氣。她現在不想插嘴，就是想知道杜榮再怎麼說。

「我說話算話絕不食言，再說你怎能留住我，只要我不願意，你們就是妨害自由呀。」

「妨害自由?我們都可以把你打死，一命賠一命啦，你還用什麼法律來嚇人？」

「我並不是嚇你，我只是說你們可以信任我，我不會跑掉！」

「不行。」三光斬釘截鐵地說。

後來他們研究的結果，他們想到用電話的辦法，三光把杜榮帶到里長家打電話。電話接通，美智在旁邊低聲問他：

「你家明天能籌出十萬元嗎？」

「雖然緊急，但大概沒問題！」

「我說，我有點積蓄，大概六萬元，要不要先從我這裡提出！」

杜榮倒是很意外，想不到美智能幫這麼大的忙，可是他不想接受，那是美智辛苦賺來的錢，而且也沒有理由要她的錢。他很感激地回絕她：

「非常謝謝，但是，我想我母親會給我這筆錢的，我也是個獨子。」

第十章

農夫農婦已經老邁

農夫農婦已經老邁
屋角又長出蔓草
荒原極目
一列小火車正馳過落日處

電話接通的時候，當杜榮把原委說了一遍，他母親在電話的彼端哭了起來，但是，她還是答應明天去想辦法把十萬元叫他妹妹杜麗帶到虎尾。

那個沉重的晚上，他們幾乎是被軟禁在陳國隆的房間裡，黎明前他們才互擁而睡，杜榮的眼角滲著淚光，美智不知他到底是爲什麼傷心，是那十萬元？還是爲著那少年之死？

杜麗在次日的下午趕到虎尾來，兩兄妹見面時，做哥哥的一臉茫然，而杜麗泫然欲淚。她一直爲著哥哥的遭遇抱屈。

妹妹似是從媽媽的口中聽來有關杜榮所惹的禍，詳情並不太了解，見面時，本來想好好問他，但是，在那麼多淳樸和悲哀的農人中，還有杜榮及美智無告的表情，她便不忍再問，隨著一片悲苦，她也立即陷入愁雲慘霧之中。

杜麗是帶來十萬元的，也帶來杜榮家人對他的關懷與親情，當杜榮把十萬元交給喪家的代表三光時，死者的親屬多少才舒了一口氣。三光把現款十萬元當場交給那可憐的老人。

那老人用顫抖的手，接過那疊他生平見也未見，更不要說摸過的鈔票時，他的眼淚又奪眶而出，他情緒有些激動，他對杜榮說：

「多謝……」

杜榮看到老人的心地是那麼的善良，爲著十萬元便感激涕零。杜榮想，人世間實在有太多的不平和不幸，因而，他對陳家的人，反而有更深的歉疚。他當著一屋子的人，滿心虧欠地說：

「今天的這種場面，還有陳國隆的死，雖然不是我直接謀殺的，其實我應該負有很大的責任，我在此鄭重地向國隆的父母，他的叔叔三光先生，以及他的親戚們，致最深的抱歉之意。我家裡送來的十萬元，是我們最大的能力，是我對死者贖罪及喪葬、安家費，數目實在太少，敬請原諒……」

杜榮的話一講完，在窗角竟然有人拍手叫好，夠義氣！但是在美智及杜麗聽來，卻不甚中聽，尤其美智知道整個事件的經過，按照道理，杜榮是一點責任也不用負的，可是，他送來了十萬元以後，還一直理虧似地道歉，使她心裡很不是味道。

杜榮到底是怎樣一個人，她一時也無法了解。她只知道他有一種叛逆的個性，像害了一場黑死病一樣，忽冷忽熱，時而發作，時而隱伏。

那對農夫農婦，在喪失了獨子後，忽然憑空地得來了十萬元，他們的心情非常複雜，悲痛加上一筆他們勞碌一生都沒有辦法積蓄的錢財，使他們在已經哭乾了眼淚的現在，又啜泣嗚咽起來。

於是，三光便代表著他們，對杜榮說：

「今天，眞是一場不幸，國隆那小孩，實在是一個乖巧的囝仔，爲什麼他會做出那種事，又爲了一點出自愛心的責罵，而走上了這條路……實在想不通，不過，這好像命中注定的，他命中的劫數，逃也逃不掉的，他的年老的父母，終究要朝這方面去想……至於杜先生，在我們收下了這筆款項後，我要由衷地，從內心裡感謝你，由於你這十萬元，他兩個老人的晚年，才不會無所依靠，悽慘過日子……」

「非常抱歉……」杜榮低首爲禮地。

「杜先生，你既然是一個有心人，國隆他明天就要出殯，我們有個不情之請，是否能請你留到明天，送他到荒塚才走，我想，如果是這樣，無論是死者或是他的父母，都會非常感謝你才對！」

過度的刺激已使杜榮心中空洞而茫然，從昨天以來，他憂愁、無助，像國隆的死，使他的人生觀蒙上一層灰色。因此，有時他的心思老是在恍恍惚惚之中。三光的話他是聽到了，但來不及思考，美智便插話進來：

「我覺得杜先生對那個囝仔的死，也非常傷心，你們沒有看到他失魂落魄似的，好像死了自己的親人一樣，所以明天的出殯我看不用他了，你們就放過他吧！不要再折磨他了。」

美智說完，看看三光及屋子裡其他的人，大家都有些失望，但鴉雀無聲，等待杜榮的反應。沒有經過猶豫，杜榮立即說：「明天的出殯，我看我是應該參加的，我留下來就是……」

美智一聽杜榮這麼說，她顯得非常的失望，她失望於杜榮的反常言行，他的獨斷獨行，她每次替他解圍，他不但不感謝她，反而都當場給她漏氣。她當然不痛快，於是便有些生氣地說：

「杜榮，你又不是他的什麼人，爲什麼一定要留下來陪人家出殯，他又不是你害死的，你已經拿來了十萬元，這一切都夠了，你發瘋了嗎……」

「住口！」杜榮突然大聲地打斷美智的話，他眼睛裡露出一種陰森眼色。「什麼發瘋，妳懂得什麼？我說留下來就留下來！」

杜榮的憤怒使美智嚇了一跳，她一時錯愕著，不知如何是好，忽然間，這個她愛的，曾經有過密切的肌膚之親的男人，好像變成一個陌生人似的，像一個獨角怪獸，氣燄非凡地在那兒囂張著。

到後來，他們眞的鬧得不歡而散，所謂不歡而散，是指杜榮和美智二人。

那天傍晚時分，美智和杜麗相偕離開虎尾這個僻靜村莊，趕回溫泉區去了。

杜榮送她們到車站，分手時，杜榮平靜地說：

「那個少年雖然不是我直接害死的，但無可諱言，他的死是由我那封信引起的，我有義務和責任留下來，請妳們不要責怪我，尤其杜麗妳，我用了那十萬元，實在很對不起媽，不過……」

「媽媽說，只要能解決問題，她一百萬也要花的，媽媽那麼疼你，我都沒話說。」杜麗安慰著她哥哥。

「十萬元也有妳的分啊！」他突然露出一個悽然的笑容，調侃他的妹妹。

「可是，將來我嫁了出去，所有家裡的財產，不都是你的嗎？」杜麗看杜榮的心情好了一些，便也開玩笑似地跟他說。

「謝謝妳了解我，阿麗，謝謝妳。」

「哥，」杜麗反而有些不好意思，「你怎麼客氣起來了，我只是覺得，你如果能體會媽媽對你的愛與關懷就好了。」

在即將入夜的傍晚時分，到站的客運車，就從車上湧下一群一群放學的中學生，那些人無憂無慮，有很多人的影子，在杜榮看來，多麼像那蒼白的陳國隆啊，除了一具即將腐爛的軀體外，他的靈魂到底到了哪兒去呢？杜榮不免爲了這事而深思著。

這時，美智一個人靜靜地站在一旁，她對杜榮有些灰心。杜榮對這件事的處理一直很反常，她一直摸不清他對於事與物所持的是非和價值標準到底用什麼做基點的？她不免對杜榮產生莫大的疑惑，而她的落寞，最主要的是來自於她自己的挫折感。

一聲喇叭聲驚醒他們，上車的時候，杜榮對美智說，他的口氣已較緩和：

「妳們先回去，我妹妹妳照顧一下，我大概明天下午參加他們的出殯後，就可以回去，我知道我留下來妳不太高興，但是，妳想想，死了獨生子的那對老人，雖尚不至於貧無立錐之地，但是也夠悽慘的了，他們既然希望我送他的孩子，我怎能拒絕呢？」

美智仰起臉，她拂了披到一邊的長髮說：

「送死人總是不大好吉兆，尤其無關的死人，我只是顧慮這點而已，你既然認為非做不可，你就照你的意思去做吧！」

車子開走以後，杜榮直看到那車尾紅燈在遠方消失，他才如夢初醒，一大片的停車場，現在孤零零的剩他一個人，彷若被這個有生氣的大地所遺棄一般，那麼傷感、那麼孤單。

杜榮回到陳宅，三光招呼他吃飯，但他沒有胃口，他在黑暗中走到埕前一棵棵葉樹下，坐在一張圓凳子上發呆。

大廳內進進出出的一群人，陳國隆的父母忙著替他洗澡換衣。他們聽了道士的建議，選了是夜十一點三刻的時辰，要為國隆入殮。

晚間九點多鐘，三光才僱了一部三輪機踏貨車，從鎮上運回了一具薄薄的棺材。

這時屋子裡的人又騷動起來，有些年老的鄰居，看了棺木，觸景傷情，偷偷地掉眼淚。

漆著褐色的棺木前後還噴著金色的「壽」字，對於陳國隆來說，是個大諷刺，現在那具棺材就放在國隆的旁邊。他的一些遠親近鄰就圍攏在他旁邊，因為他年紀輩分小，因此沒人跪著，但哭泣的、拭淚的一些人此起彼落。

深夜時分，入殮的時候，三光來請杜榮去見死者最後的一面。

杜榮進入大廳時，大家已哭成一團，死者母親的哀嚎聲更是讓人心膽俱裂。這時死者已被搬入棺木裡面，他平躺著，穿著一身卡其的學生制服，面容除了略帶憂鬱外，幾乎看不出他已離開了這個世界，他好像很熟地睡著了，正在作著很深的夢。

杜榮站在他的靈前，也無聲地掉淚，淚珠從眼角滴下，他在心裡低叫著那少年的名字，一遍又一遍。

「國隆，你眞傻，」杜榮終於從嘴裡逼出這些話，但聲音沙啞，連他自己都不認得這是他的聲音。「你眞傻，爲什麼呢？是因爲在另外一個世界，有比這裡更美好更値得追求的事與物在等著你嗎？如果是這樣，你沒想到留下年老的父母，晚境是多麼淒涼啊，你也眞忍心……」

杜榮變成自言自語地夢囈著，又像對著親密的兄弟在娓娓地交談：

「我現在在跟你講話，不知你聽到沒有……我是誰你知道嗎？我就是寫那封信給你的那個禍首呀，我在這裡向你懺悔，希望你聽得到……我更希望你不管在什麼樣的一個世界，你過的日子不要像在世時，那麼蒼白、那麼憂鬱和那麼貧窮……」

杜榮說著說著，像一枝燃盡的蠟燭，忽然萎縮地跪了下去，那麼深沉與無言的悲慟。

站在一旁的三光把他扶起，請杜榮退位，因爲時辰已到，幾個土公仔把棺木的蓋子抬高，就在要蓋下打釘的時候，哭聲震動房屋內外，更形淒切，更爲恐怖。

這時遠遠的天邊響來沉悶的雷聲，沒有閃電，豆大的雨點卻隨著雷聲俱下。一下子，雨聲和哭聲，在這時間末梢與曠野的邊緣，溶成一片。

次日中午時分，細雨綿綿不停地下著。一個道士帶頭一小隊人馬，包括鄰居和從高雄回來的那死者的姑姑，大約十來人，他們出殯的行列從家宅出發，出了大門，就立刻轉入一片片甘蔗田的田埂小徑。十月底的季節，甘蔗已長得與人齊高，蔗稈和葉子，被雨水淋得青青翠翠，好像無視這悲哀的場面。

杜榮跟在他們的後面，嗚嗚咽咽的哭聲之外，就偶爾只有風打蔗葉的沙沙聲響。杜榮的頭髮不久就被雨水沾濕。雨水順著髮梢流下臉龐，他也不去拂拭它，由它浸入眼睛，造成視線模糊。

在長高的甘蔗田裡彎來彎去，看不到外界的天日。突然間前面的人起了一陣騷動，一條雨傘節的毒蛇從前行的人面前溜過，引起了驚嚇。

不一會兒，他們來到墓園，所謂墓園，只不過是在一片空曠的花生田上闢出的一角。

陳國隆是個獨子，因此他死了之後，便絕了後代。死者雙親覺得僅有這一分地，原本就是國隆的，他既然死去了，便決定把他埋在自己的土地裡，而不引葬到亂葬崗的公墓地。

這也是一份很好的意思，父母愛子之心，充分地表露無遺。

土公仔已經把坑挖好，道士穿著用金線銀線縫成的外袍，用一層透明的塑膠布罩滿，他一面嘴中唸唸有詞，一邊搖著手上的銅鈴，又一邊朝天吹著牛角哨，態度並不莊敬，活像一個小丑。

這樣過了一會兒，道士示意可以落葬。當四、五個土公仔七手八腳地把棺木抬下坑洞時，兩個老人呼天搶地悲慟異常，那農婦歇斯底里地喊叫著：

「我兒啊，我兒啊……我跟你去啦……」

猛然間，便一頭撞進墓穴，幾個土公仔把她抬起來時，她已昏厥。把她平放在新挖的黃色泥土上，雨水已經把新土打濕。

她的老伴在種種刺激下，也把持不住，在一陣激動的呼吼中，也昏了過去。這時在墓旁的那些人慌成一團，三光和高雄回來的老人的妹妹跪在地上爲他們做人工呼吸，送葬的鄰居在一片紊亂中驚呼，且有人抱怨，根本就不應該讓白髮人送黑髮人。

儘管悲慟，儘管時有爭論，但是，一切已發生都已不能喚回，逝者已去，活者何堪，而雨，那雨像遊魂，在這田野裡徘徊不去。

杜榮的心智已經麻木，他變得很空茫，他看著那些哭著的人們，那些跪著的、站著的，以及在坑底下裹著國隆的一具新木棺，已經被濕土污髒，他覺得這是人生的一場悲劇，他是戲中的一個配角，高潮已過，是落幕的時候。

他漸漸退出人群，漸漸在叫嚷的聲音中消失。

他走回剛剛來時的那條田間小埂，剛轉彎，一條黑影突然竄到眼前，杜榮定睛一看，那人不是別人，就是惹禍的那個外省娘。

她一身暗色的衣服，頭髮被雨水弄濕，雨點又滴到面孔，那樣子狼狽不堪。她看到杜榮，一臉的怒容，側身過來用拳頭捶打著杜榮，嘴裡喃喃地罵著：

「爲什麼，爲什麼啊……現在，你總心滿意足了吧，他就直條條地躺在那兒了，你這魔鬼……」

惡毒的咒語和急驟的拳頭不斷落在杜榮的身上，杜榮無動於衷，也不躲避，他走他的路，在雨中，在泥濘的田埂上，他的步伐維艱……而那女人捶打了一陣後終於聲嘶力竭地停下來，她站在原地哭泣，對著杜榮不理不睬地離她遠去，好像犬吠火車一般，充滿迷惘又無可奈何。

杜榮終於走出了濃密的甘蔗園，他站在一個崁頂上，那一片濃鬱的蔗園，以及蔗園裡邊的那一堆傷心人，現在都已看不到，只有一片雨的迷霧，籠罩著整個淳樸貧窮的田莊。

第十一章

在客運車上看見北回歸線的座標

屹立在縱貫公路旁
那北回歸線的座標
一直是他心裡的一塊碑石
那形象是他內心深處不滅的記憶

杜榮回到溫泉旅社就病倒了，他直條條地躺在床上發軟，整個心志好像經歷一場長久的戰爭而鬆垮下來了。他怔忡、空虛，像虛脫了一樣。

杜麗看她哥哥那種情形，也覺得很憂慮，她一直勸哥哥回家去，至少有個照顧。但杜榮拒絕了。杜麗無奈，也只好回去向母親交差。

而美智在從虎尾回來之後，對杜榮便冷淡些了，在杜榮躺在床上的時候，她雖然照常服侍著他，給他餐飲，但那是同事間的情誼而已，杜榮看在眼裡，雖有所感，但他並不在乎。

他在乎的是，當他從那個遙遠而偏僻的村莊回來的晚上，老闆娘便在餐桌，當著眾人，包括蔡黨以及休假回來的阿彬、美智他們，責罵著他。

那個晚上氣氛明顯的不對，當他拖著疲倦的身體走入餐廳時，那些人已坐在那兒，像一場馬戲正要開始。他是主角，而那些人是看熱鬧的觀眾。

老闆娘坐在餐桌的中間，她面色陰冷，用眼梢斜瞄著杜榮，她的話好像從鼻孔裡哼出來的。她說：

「杜先生，我實在對你很失望，本來看你大學畢業，又長得一表人才，所以我一直很熱心地請你留下來，當本店的經理，但是……你自己想想看，你這個經理沒幹上一個月，便首先和店裡的女中有染，繼之又跟阿彬相鬪，動手動刀還流了血，現在，在你多管閒事之餘，終於鬧出人命來了……這種事多可怕，你幾乎就要把這個旅社毀掉……」

老闆娘頓了一下停住，看看杜榮的反應，杜榮眼中無神，他視線直直的停在牆壁上，那裡有一隻壁虎正在嗟嗟地叫著。

老闆娘繼續說，她冷嘲熱諷地：

「你想想看，我們旅社靠什麼生存？還不是靠一些來休息的客人，那些人不管情侶或情婦，差不多十之七八關係是不正常的……如果是正常的話，他們在自己的家睡，在自己的床幹就好了，何必那麼遠地跑來這裡？果眞洗溫泉嗎？連我都不相信，如果有，也惟有那些老人們才純粹來泡溫泉的。我們賺的錢其實就是烏龜錢，而你竟然寫信去告狀，簡直不可思議，天底下哪裡有人像你瘋成這種樣子的……」

杜榮仍然不說話，其實他可能沒有聽到，他整個心思正飛揚在一個空曠的空間，若隱若現，他彷彿跟某人正在神馳交會。

蔡黨以一種不屑的眼光輕視著他，阿彬在一旁冷笑，而美智的心情很複雜，她實在不忍看杜榮這樣受奚落，但想到杜榮那麼獨斷獨行，又覺得他罪有應得。因而她變成一個已無所偏倚的旁觀者。

老闆娘看杜榮仍然無動於衷，便乾咳了兩聲，加重了語氣說：

「杜先生，所以我跟你講，你的經理職位就到今天為止，免了吧，至於你要在這裡長住，恢復你以前的客人身分，我也要考慮考慮……」

老闆娘說完就站起，環顧一下各人，甩甩手地走開了，另外的那些人也都用過了飯，一個一個幸災樂禍地離開了餐室。

美智站著看杜榮手上端著一碗飯，神情癡呆，尤其從背後看杜榮的背影，他顯得好孤單啊。但是美智已不能說什麼，老闆娘已經告誡過她，不能再跟杜榮有感情與肉體的關係，否則只有請她走路一途，再加上杜榮在陳家的表現，使她寒了心。她覺得杜榮根本無法捉摸，也無法駕馭。她曾經夢想要與杜榮結合，現在想起來，簡直在作白日夢。

美智暗暗地搖搖頭，也不聲不響地離開了杜榮。小小的飯間現在只剩杜榮一人。眞靜啊，那些湧出石壁和鐵管的溫泉的聲音，也清晰可聞，噗噗地，像一群不甘屈服於地層下的生命，在不停地反抗、吶喊……

杜榮當然聽到老闆娘的話，尤其是後面那一段解聘他的話，他聽得清清楚楚，但並不覺得難過。傷他心，使他在心底淌血的少年之死，他都經歷過來了，這個算什麼？只是這變故，他必須冷靜地想想。

杜榮放下沒有動過的碗筷，離開飯間，在玄關，蔡黨他們正圍坐著談論他，看他上來，立即沉默下去。杜榮沒有看他們，他逕自朝黑暗中的室外走去。

杜榮信步走到林鄉土的飲食店，阿雪看到杜榮走進來，用一種詫異的眼光瞪著他。杜榮輕飄飄地在一張椅子坐下。

這時林鄉土從裡面跑出來，看到杜榮那樣無神而落寞的表情，也覺得很難過，那少年之死與杜榮所惹起的禍，已在這個溫泉區傳開，幾乎到了無人不曉的地步。林鄉土便拉著一張椅子在他旁邊坐下。林鄉土還來不及跟杜榮打招呼，阿雪便已說話：

「杜先生，你眞是活該，吃飽飯沒事做也不是這樣，你看，你惹起的事情有多大，幾乎所有溫泉區裡的人都對你不諒解，我看，我看你是走投無路了……」

「阿雪，沒有妳的事！」林鄉土制止了阿雪的奚落，但杜榮一直沒有說話，他有一種難以言喻的困阨使他失魂落魄，他低垂著頭，怔怔地看著林鄉土。

林鄉土不知如何安慰在困境中的杜榮，他先哈哈兩聲，然後搓著手說：

「其實，阿雪的那些話也有些是對的，你實在不用多管閒事，惹來一身的麻煩，結果，那少年眞的死了嗎？你還私自付出了十萬元錢？」

杜榮機械地點點頭。林鄉土接下去說：

「算了，你就把他當成一個舛，是運氣不好啦，歹運過去，接著就是賺錢運來啦！」

杜榮知道林鄉土是在安慰他，他著實由衷地感激，在大家齊相打落水狗的時候，只有林鄉土關懷他，和了解他的心境。

「阿土，眞謝謝你，這次事件後，我回到這個地方，沒有一個人給我好臉色看……只有你還在安慰我，你眞是我的好朋友，非常謝謝……」

「哪裡，你老兄怎麼突然客氣起來了。」林鄉土反而不好意思起來。

「可是，阿土，我自問沒有做錯什麼事啊，是的，我是寫了一封信給那少年，但我也是一片好意，只是一萬個想不到，他竟然會爲此就這樣輕易地結束了自己……自然這便是我的責任了。」

「你也別再去想這些事，反正事情已經過去，再說，你也拿了十萬元給喪家，這個，無論在道義上、在情理上都說得過去，你就放下心吧！」

杜榮一方面是因爲林鄉土實在太夠朋友，所有的委屈只有林鄉土體諒他，一方面是提到那少年，那少年躺在大廳內那副蒼白的形象，再度浮上他的腦海，因而不由自主地從眼角滲出淚光。

林鄉土看著杜榮痛苦的神情，他也爲之動容。他戚然地說：

「你幹麼，掉什麼眼淚呀！」

「我眞是悲傷，那個少年之死，我是個罪魁啊，你沒看到那兩個垂老的死者雙親，哭得死去活來……」

「算了算了，你就把這件事忘掉吧……」林鄉土說，看著杜榮消瘦了許多，整個臉形都變了樣，他的下巴拉長得像刀削的一樣。可見只是一個星期左右的時間，把他折騰得多麼厲害。

杜榮的一顆淚珠從眼角掉下，他立即用左手拭掉它，他喃喃地說：

「怎麼能算了呢？怎麼能算了呢……每日，我都可以看到那少年蒼白憂鬱的臉容，他不時好像就站在一處汪洋中在向我招手，那麼近，那麼清晰……他手中像勒緊一條繩子，在絞著我的心肺啊！」

「阿杜，我知道目前你很痛苦，遭遇到這種變故，沒有人能過得很舒服的，不過，我要向你建議，這個地方是發生事端的地方，你目前在此容易觸景傷情，容易加深你心靈的負荷，我覺得你應該暫時離開這個地方，回家去避避吧，或者，到一個陌生的地方去走走逛逛，我相信這樣對你的創傷，有治療的作用……」

林鄉土的話倒很有道理，杜榮經他一提，腦中立即閃過一個意象，小時候跟母親到臨海的親戚家，那個海村有一大片蚵田和沙地，大海在面前起伏，視線所到之處一望無際，所謂偉大，就是從這種景象裡充分發揮出來，那大海與落日，眞是一個心曠神怡的地方。

杜榮想著想著，並沒立即回答林鄉土的建議，他反岔開了話題。

「最近有看到蔡勇和黃水仙嗎？」

「有呀！」雖然林鄉土很奇怪，爲什麼杜榮突然問起蔡勇，但他還是回答他：「他們昨天又輪到末班車，他們還在關心你的事呢！」

「我覺得他們也是不正常的，應該趕快結束那種關係，否則有一天……」

「是呀，我也說過，不過，那是蔡勇的本性，一種不好的劣根性，我看他不容易改過來。」

杜榮突然很正經地說：「恐怕有一天，會出了紕漏……」

「我也曾勸過他，可是他把這種事，看得像一個英雄事蹟，他反而洋洋得意。眞是沒辦法。」

林鄉土看著杜榮，他在跳躍的日光燈光下，從側面看著杜榮，發現向來狂妄和充滿自信的他，突然變得非常的困頓，非常的絕望。他神情恍惚，彷彿他的心志已脫離了他的肉體似的。

「我眞想看看他和黃水仙，他們……」

杜榮說著說著，像要睡著了，他把臉伏到桌面上，就輕輕地閉上眼睛。

那晚上一直等到末班車的到來，仍未看到蔡勇，來的是另外一對司機和車掌，男司機年紀已很大，杜榮也認識他，寒暄了一會兒，杜榮沒有心思，便藉口地離開了林鄉土那裡。

他走入黑暗裡，然後沿著向上延伸的小徑走上去。今晚沒有月色，除了一些閃閃爍爍的路燈外，路途非常幽暗，可是杜榮並不在乎，他覺得這樣反而舒服，好像這個世界所有的虛僞和醜陋，都被這一層深深下降的黑幕所籠罩了。

杜榮終於又來到山頂的樹林裡，又在那塊大石上坐下。

夜風輕拂，細碎的樹葉隨風摩擦的聲音，柔和而親切，好像一個知心人在對他喃喃細語似的，他抬頭看穿過樹梢的夜空，剛好有一顆閃亮的星星，發著曠古的光芒在睥視他。

杜榮想，它是多麼孤獨呀，在遙遠的天邊，多像他現在的心境，被整個世界遺棄似的。

那晚上杜榮在山巔待了很久，也想了許多事情，他走時露水已沾濕他，寒意自他的內心寒顫起來，可是，他下了一個決心。

次日天濛濛亮的時候，他攜帶著一只簡單的行囊，躡手躡腳地要出走的當兒，在推門時被美智發現了，美智一臉的惺忪，她一時尚未清醒過來，狐疑地問他：

「這麼早你到哪兒去呀？」

杜榮停下來，若無其事地：

「我想到外面走走。」

美智逐漸清醒，她看到杜榮肩上揹個旅行袋，覺得事情不單純，便說：

「你就要走了嗎？」

「不是，我只是要到外面去走走，旅行幾天而已。」

「就這樣不告而別嗎？」

杜榮不出聲，沒有具體回答她的這個問題。但是，他無可奈何地面對她。

「事情已到這個地步，你應該堅強起來，接受挑戰，不應該逃避……」

「我沒有逃避！」杜榮突然大聲地斥責說，這意外的反應，使美智嚇了一跳，她看到杜榮倚在門邊，像一頭受傷了的、走投無路的野獸，眼露凶光。

而開著一半的門縫，濃濃的晨霧，一陣一陣地飄進來，杜榮就站在那樣迷濛的霧中，好像離她很遠似的。

美智走下榻榻米，來到玄關的沙發前，伸個懶腰，然後坐下。

「但是你要不告而別呀！」

「我告訴過妳，我只是要到外地走走，到一個沒有人認識我的地方走走，旅行旅行……」

「但是，你至少也應該跟我說一聲呀！」

杜榮突然覺得很不耐煩，他覺得美智怎麼這樣嚕嗦，像一個長舌婦似的，以前那些溫柔和關懷都消失得無影無蹤了。

「有這個必要嗎？這些天來，變成眾矢之的，變成了一個活靶，所有的人都在攻擊我，包括妳在內，所以，我的行爲已跟你們這些人無關……」

美智瞠目結舌，她發傻地：

「你怎麼可以這樣說呢？」

「反正，我做的事我個人擔當，絕不去招惹和麻煩別人，所以，我有單獨行動的自由！」

「杜榮，你這樣說就未免太絕情了，我雖然也一再反對你跟陳家來往，譬如給他們十萬元等等，但我還不是爲你好，我甚至說，如果你錢不夠，我要把我所有的積蓄六萬元拿出來……不是嗎？何況，我們……我們已不是普通的身分啦！」

不是普通身分是什麼身分呢？杜榮覺得美智的話中有話，未免太抬舉自己了。就像她現在坐在沙發上，穿著一件蓬鬆的睡衣，像一堆肥肉似地蜷在那兒；她的浮腫的臉皮未經化妝，蒼白得怕人，尤其腮間有一片贅肉，胖嘟嘟地墜著，整個中年人的臃腫表露無遺。

杜榮實在想不出當初他爲何會沉迷於她，除了性慾以外還是性慾，感情的成分可以說等於零。

現在，杜榮覺得他們情分已盡，是各奔前程的時候了，杜榮尤其對男女間的愛慾已看破，人生種種，不過是過眼雲煙。

所以，他聲冷意絕地說：

「我將到很遠的地方去旅行，對任何人任何事均毫無牽掛，我厭惡這個虛僞、假的、做作的社會，和這批人渣，我憎恨……」

「你要拋棄我嗎？」美智囁嚅地說。

「美智，」杜榮拉著臉孔說：「我可對妳從來沒有什麼承諾，妳別表錯情！」

美智打從內心寒顫起來，她同時又很驚惶，她想不到，她以為她一生中所碰到的最好的一個「貴人」，卻是這樣地無情，她悲從中來，鼻角一酸，不聽話的眼淚便像一群小雨點，聚集在她靈魂之窗內，使她唏噓和視線模糊。

「唉呀，唉喲……」美智只有這樣哭泣著。

「妳不要一把鼻涕一把眼淚的，我可沒有虧欠妳什麼，我們都是自由人，我們有各人各自走的路，而路有崎嶇坎坷，也有平坦。」

杜榮毫無感情地說，像背熟了的臺詞，更像從一部錄音機裡放出來的。聽得美智啞口無言。可是美智能吞下這口氣嗎？她看著停在門口即將離去的杜榮，雖然很失望，但也退而求其次地說：

「那麼，你不回來了嗎？」

「我還沒決定要不要回來，妳台灣話聽不懂嗎？我暫時要出去旅行而已，倘若我再回來，我會是妳的客人，我跟妳的關係，不會是同事或什麼的，記住，我是你們旅社的客人。」

美智聽懂他一再強調他「客人」的身分，是有弦外之音的，她很傷心，不免一再看著這個她曾經深愛過、並且期以終身的人。

「那麼，我告訴妳啦，我要走啦！」杜榮在美智流淚的時候，反而調皮地說。

美智聽到杜榮走開的腳步聲，也聽到他把門再度關起來的聲音，她猛抬起頭，只見大門的窗玻璃透出早晨的曦光，一層迷霧，在門前不停地飄繞，除此，杜榮的蹤跡，已經消失無影。

杜榮從山區搭客運車下山，在嘉義像幽魂似的晃了半天，一條街走過一條街，一條巷走過一條巷，大太陽頂在頭上，滿身的汗臭，他都不自覺。踩三輪車的車伕曾經招呼過他，香菸攤的老闆也投以詫異的眼光。可是杜榮依然神不守舍地走來走去，累的時候，他就在亭子腳的陰影下稍停歇息。

到了中午，他的肚子餓得嘰哩呱啦響，他在一個小巷口找到一個搭著藍色塑膠布篷的麵攤，老闆是一個濃眉大眼的退伍士官，他是山東人，賣著陽春麵和饅頭。

杜榮叫了一碗陽春麵，切了一塊豬頭皮，便津津有味地吃將起來。

老闆看杜榮出了一身熱汗，滿頭滿臉的，而且衣服都濕透了，覺得很奇怪，他便操著一口充滿北方腔調的不標準國語，問著杜榮：

「你老鄉幹啥的，那麼熱哪？」

杜榮笑笑，他用濕透的手帕擦了一下額頭的汗，他注意到五十歲以上的老闆，老闆雖然塊頭高大，又濃眉大眼，可是歲月在他的臉上留下很多很深的痕跡，除了滿臉的皺紋外，可能小時候出過天花，整個臉龐，布滿了像月球上的坑洞。

但是他卻是一個樂觀的人，他即使不跟人講話，他也露著和藹的笑容。

杜榮便被他的這分樸眞和忠厚的形象感化了，他滿肚子的屈辱和憤世感，在他的笑容，和他的搭訕下都解除了。杜榮想，這種小市民克難的生活方式，他都過得那麼知足和持久，自己惹來的禍，還有什麼値得憤懣的。

杜榮陷在沉思中，還未及跟那老闆回答，對方倒又繼續開腔了。

「你是怎麼啦，我是說你滿身都是汗！」

「沒有啦，剛才走了很多路。」

「怎麼？你從哪兒來著的？」

「哈，」杜榮終於開懷地笑了一聲，「我只在街上走來走去啊！」

「發神經啦！」

杜榮心裡想，眞是有點神經了，要不然不會沒目的地在街上走來走去走了好幾個鐘頭。杜榮有點失望，他訕訕地說：

「心情不好，所以……」

那老闆正用刀柄猛搗砧板上的蒜頭，聽到杜榮說他在街上遊蕩了兩、三個小時，就是爲了心情不好，他把舉起來的大菜刀停在空中，咯咯地笑著說：

「年輕人，被女朋友甩啦，哈哈……」

「哈哈……」杜榮也跟著大笑起來，好久都不能停止，「我像一個失戀的人嗎？我只是好管閒事，不能見容於這個社會，我是被許多人摒棄的，一個被社會遺棄的可憐蟲。」

「你這個年輕人說得很玄，我可聽不懂，我沒有唸過書呢！」

「唉，其實嚴格說起來，是我不滿這個社會，這社會中的種種現實……」

「喔，」山東大漢恍然地說：「我知道年輕人都有這種毛病，好高騖遠，不滿這個不滿那個，我過去在部隊，那些充員戰士都是這種樣子。」

杜榮無話可說。

那老闆自己便又接下去：

「其實，你們這一代是做爲中國人最幸運的一代，中國自清朝以來，戰火連綿，家破人亡，從來沒有一天好日子過。像我，我十二歲就出來當兵，經過剿匪、抗日，我每天在砲火中打滾，而且經常餓著肚子，這種日子，幾乎占去我的大半生，我都活得很滿足，都沒有什麼話說，而你們這些年輕人，還有什麼怨言的？」

「社會進步，知識水準提高，人的慾望便也跟著提升，所以，我們的要求比較多，付出的比較少。」杜榮婉轉地說。

但是他心裡想，這一代的人，實在比上一代那些在飢餓邊緣，在死亡線上掙扎的幸運得多。杜榮這樣一想，便覺得心裡平靜了許多，這一週來的困阨、失望與悲哀，便逐漸在他的心底化除。

「是啊，這些年輕人，眞是人在福中不知福，不知天地幾斤重！」

杜榮便一邊吃麵，一邊天南地北跟他閒聊著，兩個人，一老一少，他們眞是來自天南地北兩個遙遠地域，卻很融洽地扯談著。

直到兩個人已經沒有話說，杜榮也該走的時候，那人關心地問他：

「待會兒你準備到哪兒啊！」

「我也不曉得，不過，我想找個山明水秀的地方去走走！」

「這附近有個水庫，叫烏山頭，有山有水，你可以到那裡去！」

杜榮離開了那個山東老鄉的麵攤，就決定聽他的話到烏山頭去散心，他費了半天勁，才找到通往大甲的客運車。

下午天氣還是很熱，杜榮夾在旅客中，魚貫地上了客運車，他在後面靠窗的一個位子坐下，他的旁邊坐的都是一些莊稼人，有的還挑著擔子，像是從田裡挑來農作物到市內來販賣的，現在有了收穫，臉上帶著笑容，要回家去報喜的模樣。

沒好久車子便開出客運站，在市內繞了一圈，便朝往南的省道開。

杜榮的心情逐漸平靜，他消極而困頓的心態，也萌轉爲一種淡然，至少，他已沒有被濃重的憂傷氣氛所包圍。他靜靜地看著窗外消逝的景物，好像，整個不幸的事件，在綠色的視線內，靜靜地隨著物體散失。

他忽然像一個幼兒，腦海裡已沒有什麼複雜的思想，而一變得單純，便沒有什麼負荷和痛苦。車子交會，路樹急急隱退，只有這平凡的事物給他所感而已，憤懣不平的杜榮已不存在。

忽然在杜榮癡呆的感覺中，在路邊，他的眼前飄過一座紀念物般的碑塔，那碑塔非常吸引他，等他定睛一看，原來是北回歸線的座標。但是，車子一下子便把距離拉遠，儘管他站起來跑到最後面去看，那座標，像一個回歸的精神標的，逐漸地隱去。

杜榮恍惚的心志又活躍起來，他突然有個衝動，他要下車，他要回到北回歸線的那個紀念座標那兒去，也沒有什麼理由，他只是想這樣做而已，就好像一個溺水的人，忽然抓到一塊足以救生的漂浮物，他急急地攀附上去一樣。

他著急地對著車掌大叫下車，車掌以及車內的人都因他突如其來的舉動而側目，司機也在照後鏡中看熱鬧般地看他。

「下車，下車！」他還是慌慌張張地叫著。

車掌小姐這時回頭給他一個晚娘面孔，她不悅而輕視著說：

「現在在公路上怎能停車，還沒到站呢！」

「我要到北回歸線的碑塔那兒去，拜託停車給我下去，拜託……」

這時司機開口了，他從照後鏡裡看著杜榮，大聲地斥責說：

「現在未到站，而且在縱貫路上怎能說停車就停車，交通警察開紅單怎麼辦，眞是沒有常識！」

「那，那……」杜榮氣急敗壞，結結巴巴地。

「馬上就到了水上，你在那兒下車吧！」司機給他最後一句話後便不理他。而整車的乘客，雖然沒有人講話，大家均以奇怪的目光看他。杜榮視若無睹，他彷若武俠小說裡的一位高僧我行我素，置身度外，他提著旅行袋，慢慢地走到前面，焦慮而迫急地等著到站下車。

車子終於來到一個人煙稠密的地方，經過一個十字路口，在派出所旁的招呼站停下。

「哪！你在這裡下車！」車掌冷冷地說。

杜榮才不理會她的口氣，也不理會車上傳來轟然的笑聲。反正他一下車，便往來路走，在兩旁高聳的芒果樹下，他邁著急急的步伐，恨不得一、二里路的路程，一分鐘便把它走到。

二十分鐘後，他終於來到北回歸線的座標下，那樣一座用水泥和鋼筋疊起來的一座無生命的建築物，竟然會像遠方的親情，或是他內心的一種精神召喚，那樣深刻地吸住他。

一條溫帶和熱帶的分界線，北緯二三．五度，就穿越小小的台灣。在意義上不祇是最佳氣候的明證，也是難得把台灣推向世界的一種偉大的識別。這一點感動了杜榮。

那座標矗立在公路旁約十公尺遠，孤零零地站在田中央，杜榮走下公路，在收割的稻田中，他越過水窪，然後就跳上孤島般的北回歸線座標的基地。

杜榮在雜草叢生的四周轉了一圈，又抬頭看看那鏤刻北回歸線座標字樣的塔樓，他深深地滿足了。

後來他在座標的臺階上坐下，背向公路，他的視線可以看到二期水稻收割後的一片廣曠的田野，甚至遠方暗鬱的山影，在幾百公尺外，縱貫鐵路的路軌在日頭下閃閃發光。

杜榮背靠著塔的基幹，在碑下沉思。西下的太陽被座標擋住，因此杜榮所坐的地方一片陰影，清風徐徐，吹得杜榮昏昏欲睡。

這時一列南下的火車從北方呼呼開來，火車頭冒著濃濃的煤煙，像一條黑色的巨蟒，氣喘著拖拉十多節車廂，轟隆轟隆地從杜榮的正面經過。那是一列客車，有許多旅客，有些探頭窗外，有的站在門口，尤其是穿著白色衣裳的，特別顯眼。

列車一會兒便在視線裡消失，可是卻給杜榮留下一個深刻的印象，他想起在巴斯特納克《齊瓦哥醫生》的小說中，有一幕描寫一列火車穿過俄羅斯大草原的場景，現在歷歷清晰地呈現在眼前，現實與想像相互交融，使他深深地感動。

杜榮的思想馳騁在往昔的求學之途上，尤其許多偉大的文學作品中主角的個性和面貌，或是他們悲劇性的命運，像在上演的一場戲劇，不停地出現，像湯瑪斯．曼《威尼斯之死》中的那個老作家巴哈和波蘭少年泰齊奧，在一場被隔離和遺棄的悲劇裡，書中充滿著美麗與腐朽、青春與衰老、生存與死亡、疾病與健康、愛情與痛苦，以及藝術與生活等等……

然後是印度泰戈爾，那被印度聖雄甘地稱為「最偉大的哨兵」的文藝美學大師，他是亞洲人在文學上最大的榮譽者。杜榮在大學時迷上他的詩集，至今他尚能琅琅上口他那些境界清澈、文字優美而含意深刻的詩篇，其中有一首他對死亡的看法，杜榮深深地記著他的詩句：

我已經請了假，弟兄們

祝我一路平安吧

我向你們鞠躬啓程了

我把我門上的鑰匙交還
我把房子的所有權放棄
我就要上路——

這是泰戈爾老年時對死亡的謳歌。其中對生命的厭倦，對死亡的不懼，充分表露無遺。泰戈爾的詩是天意，順其自然而無懼。少年陳國隆的死，雖然也是無懼，是一種哀歌式的自殘，態度有別，對生命的認知，也介於慈悲和殘酷的分野。

杜榮在耽想中，於是把身體平躺在粗糙的洗石子上。這個北回歸線的座標，寂靜無人，只有風聲以及從公路上奔馳而過的車聲，干擾到杜榮的清夢。

黃昏漸漸來臨，夕陽在天邊沉落，夜降臨了。

杜榮在涼風中，在種種的回憶中睡著了。他迷迷糊糊地作著斷斷續續的夢，時而驚險萬狀，時而神采飛揚，他所有的思維，都只在夢境飄繞——杜榮恍恍惚惚地看到自己，走在一條充滿沙礫的路上，那是個大沙漠，他斷糧缺水，匍匐在滾燙的沙上，已經絕望，他舌敝唇焦，因此他忍不住痛苦，想到死亡，他在沙堆裡找到一把刀子，那刀片大得有一個人那麼高，他迎上去，就要割頸自盡時——突然，整個景象一變，像舞臺換布景似的，剛才炎熱的大沙漠，現在變成一片無涯的森林，生意盎然地充滿了綠。

他鮮血淋漓，看著自己要掉落的頭顱一點懼怕也沒有。這時，從眼前的一片迷霧中，一個老人慢慢出現了，杜榮覺得這個面孔很熟悉，好像是一個他尊敬的長者，或者他的老師，或是鄰居的長輩，但是他一時就是看不清楚。

那滿頭白髮的老人走近他的身邊說：

「我是聖者，我是來解救你的……」

杜榮搞不清楚他是誰，但是他就是不能拒絕，也不能回話，他癡呆地任由他擺布。

那老者手上拿了一枚靈芝，雙手一絞，便從他的掌中流出一股綠色的汁液，他往杜榮臉上一潑，頓覺生冷灌入心肺，頸子的傷口不縫而合。

杜榮感覺從死亡中脫逃回來。

老者說：

「輕生是罪惡，更不是年輕人的權利。人之髮膚受之父母，理應愛惜——」

那聲若洪鐘在山谷中回響。杜榮亦步亦趨，跟他走入深山中。

老者飄忽的身影在前面導引，他沒有回頭，一頭銀髮及腰，在狂風中飄飛。他繼續地吐出如金石之鏗鏘的語句：

「我憶往昔恆河沙劫，有佛名超日月光，教我念佛三昧。譬如有人，一人專憶，一人專志，如是二人，若逢不逢，或見非見。二人相憶，二憶愈深，如是乃至從生至生，同於形影，不相無異。

「十方如來，憐念眾生，如母憶子，若子逃逝，雖憶何爲，子若憶母，如母憶時，母子歷生，不相違遠。若眾生心，憶佛念佛，現前當果，必定見佛，去佛不遠，不假方便，自得心開，我本因地，以念佛心，入無生忍。今於此界，攝念佛人，歸於淨土。佛問圓通，我無選擇。都念六根，淨念相繼。一心不亂，必成正果。……」

杜榮聽得渾渾噩噩，那老者腳疾如風，就要消失在杜榮的眼前時，他突然一轉臉，那紅潤的臉孔，和藹的微笑——啊，杜榮驚呼起來。那人不是北回寺的青苔師父嗎？

杜榮興奮地叫著，可是那老人已飄然遠去。只餘滿山的風聲，在拍動，在喧譁……

「師父——」

於是，杜榮從夢中醒來。

黑暗的四周顯示夜已深，滿天星子的天空閃爍，把夜空襯得更遼闊更高遠。

杜榮坐起來，他的頸子有點痠麻，可能是因爲沒有墊枕頭所引起的不適，但是他立即想到剛才活生生的夢，夢中刎頸的鏡頭，使他回想起來仍心有餘悸。

然後他想到最後出現的老人，雖然滿頭白髮，但竟然是北回寺的青苔師父。

師父話中有話，他覺得這是命中的差使來促使自己皈依，杜榮深思良久，那夢境中的問號，終於像雪球越滾越大，挾雷霆萬鈞之力在杜榮的心中爆發。杜榮終於明瞭過來，他像重生一樣地心平氣和，入禪靜坐。然後，他冥想他將來的命運。他的人生觀、理則概念，就要從北回歸線這座標的夜晚和夢裡去轉變和實現。

四周蛙鳴鼓譟，大地俱失，黑暗之中，惟有人的心靈是光亮的。

第十二章

是入世不是出世，是回家不是出家

是入世不是出世
是回家不是出家
塵歸塵，土歸土
我是土中深埋的一顆正果

杜榮坐在北回歸線座標的基座沉思了一夜，下了決心，他決定到北回寺去，皈依佛門，與青苔、青潭師父以及清水，共研佛學，渡化自己。

他在拂曉時離開了北回歸線，回到了城內，他在郵局買了一個郵票信封，就在郵局的寫信檯上，快速而平靜地寫了一封給母親的信。

他在信上說：

母親大人：

兒已決定皈依佛門，入北回寺做青苔師父的弟子。兒深感此生不能報答母親的養育之恩而歉疚。但兒塵緣已盡，請母親原諒。

在佛說裡，出家即回家，兒爾後將生活得更有意義，心靈亦更趨安寧。這是兒的決心，任何事物均不能改變此志。

請　母親放心，也請母親寬宥兒在俗世的不孝。

敬祝平安

不肖子

榮　上

杜榮把信寄走之後，他重重地舒了一口氣，一切都已成定局，一切都無所挽回和改變。而他，一點也不後悔這決定，在崇山峻嶺人跡罕至的地方，他要做個入世的隱遁者。

杜榮厭倦於這種傾軋和虛僞的十里紅塵的世界，他拒絕妥協，他要在這個心靈閉塞的社會消失。杜榮的內心起伏著這股思潮，他愈想愈來勁，像一個壯士，慢慢地走入滾滾的歷史風沙中。

頭尾兩天而已，杜榮又回到溫泉區，但是他好像脫胎換骨似的，變成另外一個人，一個嚴肅而不苟言笑的新人。

從下了客運車的第一刻開始，他懷著又膽怯又畏生的心情不敢正視這個熟悉而破舊的客運車站，一條向上伸展開著各色各樣的土產店的街坊，也因他的心情變換而顯得格外蕭條。

杜榮低頭踽踽而行，他不願意抬頭望著各家店市，因為在這兒沒有人不認識他，尤其是他出了那個事件以後，幾乎所有的當地人都以一種幸災樂禍的有色眼光看他。

他走上那座拱橋，他忍不住地朝橋下的奔流投以一眼，在杜榮的心中，似乎它們的本質才是清純的，才是與世無爭的，它們遠遠地從高地奔馳而下，或是唱著歌，或是呢喃低語，它們無憂無慮，像一群受上天庇祐的無生命的歌者！

杜榮在橋頭站了一會，直到有商家發現他，店內夥計在對他指指點點，他才離開那裡。

接著，他來到了林鄉土的飲食店，他有點猶豫，心裡正拿不定主意，到底要不要去跟林鄉土辭行。正在轉念之間，林鄉土從店裡看到他了，他走到門口跟杜榮打個招呼，熱絡而親切地說：

「怎麼，你到哪裡去啦，怎麼一天就回來了？」

杜榮站在路口苦笑。

「沒有，我只是回來收收行李，我馬上就又要走，特地向你辭行。」

「又要走，到哪兒去啊？」

杜榮走進他的店裡，然後跟林鄉土並排站在一起，杜榮緊緊地抓住林鄉土的手，激動地說：

「阿土，我實在很感激你，我在這山裡住了幾個月，你是我最好的朋友，你是最了解我的人，是我一生最難得交到的真朋友……」

林鄉土想不到杜榮會有這種表現，因而他顯得很意外，他訕訕地：

「阿杜，你幹嘛呀？」

「非常感謝你，非常……」杜榮一再地說，在離開的當兒，杜榮心裡思量著，到底要不要告訴林鄉土，他即將入山出家的事。

林鄉土是一個值得信賴和深交的朋友，但是他想，如果將出家當和尚的決定告訴他，林鄉土一定會驚駭異常，並且加以反對。可是不告訴他，他還是遲早會知道，這樣反而會使林鄉土覺得杜榮不夠朋友。

當杜榮在猶豫間，林鄉土開口問：

「你又要走，到底要到哪裡去？回家嗎？」

杜榮眼露著一種奇異的光，亢奮中帶著堅決，他逼近林鄉土說：

「我要告訴你，這是一個祕密，同時也是我心靈上最確切的決定，我將離開這個俗世，到深山林內去，我將去修煉，成爲一個四大皆空的人……」

林鄉土一時聽不懂他的話意，便奇怪地問：

「你這是什麼意思，你要去修煉。莫非像武俠小說中的人物，不食人間煙火？」

「不是虛幻的武俠小說情節，而是實實在在去面壁、去苦煉。我將遠離人間的喜怒哀樂，我要做一個修心養性的和尚。」

林鄉土一驚，但他仍不相信他所聽到的，他很懷疑地問，語氣很驚訝：

「你要去出家嗎？」

「是的。」

「做個剃光頭的和尙？」

「是。」

果眞不出所料，他驚愕得目瞪口呆，久久不知再說些什麼。

杜榮拉過來一把椅子坐下，他面對著林鄉土，好像一個老師在對小學生說話，緩慢而充滿自信，他說：

「那邊的山上在峭壁下不是有座小廟，叫北回寺嗎？我曾經到那兒去兩、三次，認識了那裡的住持，那裡的風景很好，生活與世無爭，那種虔誠的信仰，和澹泊的人生觀，很使我羨慕，我覺得人的生命本來就是一種殘缺，我尤其是有這種毛病，自私而不合群，現在，出家的路，是我追求的人生境界，我將到那北回寺去，請青苔住持收我爲徒，我將在那山中終其一生……」

「不可能的，不可能的……」林鄉土喃喃地說：「如果僅爲著最近所發生的事，你不要犧牲那麼大，再說，你的家人同意你出家嗎？」

「出家並不是犧牲，是奉獻。而且我已成年，我的家人和朋友已不能干涉我的思想和作爲，雖然我知道，當我的母親知道我的決定時，她一定會很傷心，但那也是沒有辦法的事，養育子女只是盡一個做人的責任和義務而已，子女長成了，他們就像鳥禽一樣，可以自由地飛翔……」

「阿杜……」

「沒有什麼遺憾的，阿土，我的決定並沒有錯，我希望在這山區只有你知道這件事，不要告訴任何人，包括阿雪和蔡勇他們。」

林鄉土眞是神情黯然，他眼看著杜榮一步一步地沉溺下去，而不能伸以援手。

「那，再見吧，」杜榮說著，並站起來，「如果有緣，我們會有再見的一天。」

杜榮揮揮手，便丟下發呆的林鄉土，走出他家的門檻，向旅社走去。

林鄉土的喉腔彷彿被一口濃痰噎住，他張開嘴巴，卻說不出話，眼看著杜榮向小徑的陡坡走去，而他身後的背影，顯得多麼的孤單。

杜榮從側門走進去他的房間，那窗外吊滿蝴蝶蘭的小屋，沒有碰到一個人。他對著這個溫泉旅社，以及這個木頭和竹子搭起來的小屋，有很深的感情，此後離開這裡，他就不可能再回到這裡來。因此，他在整理收拾日用品時，從心底湧出一層悵惘。

窗外傳來一陣木屐擦地的聲音由遠而近，杜榮抬頭望望窗外，就看到美智的身影正走過窗前，繞進門廳，一會兒就在房門口了。

美智有些喜悅和意外，她輕聲地說：

「回來了。」

杜榮的視線和她接觸，沒有特別的表情，不經意地打個招呼，便又彎下身子，把零碎的衣物，塞進一只藍色的旅行袋。

美智覺得有些不對，她看著機器人一般的杜榮收拾東西，心底湧上一股不祥的預感。

「怎麼，又要走了？」她囁嚅地說。

「嗯。」杜榮連頭都沒有抬。

一陣沉默在他們的四周蔓延，美智僵在那裡，她找不出適當的話來質問，呆若木雞。

杜榮終於把他的東西整理好，把旅行袋的拉鍊拉上，然後轉過身子來面對她。他平靜地說：

「謝謝妳這幾個月來的照顧。我就要遠去，無論在什麼地方，我不會忘記妳！」

美智並不感動，她是整個傻住了，事情的發生與變化，都來得太突然，太急遽，毫無軌跡可循。眼看著曾經在她身旁溫存的一個男人，竟然好像小時候所吹的肥皂泡泡，一下子就要破滅消失了。她的心，除了惘然以外，已沒有其他的感覺。但是，她就是不情願，因此她悽然地說：

「爲什麼要走呢？這個地方不是你所喜歡的嗎？山水與溫泉，不是你口口聲聲所讚美的嗎？如今，爲什麼要走呢？如果只是爲了那少年，以及老闆娘辭去你經理的職位，你也可以以客人的身分住下來啊！」

「這都不是問題，關鍵是我對這個繁華世界已灰心，失去興趣。」

美智突然堅強起來的大聲地說：

「你不是灰心或失去興趣！你是被這個環境所擊敗，你是失去鬪志了。」

「失去鬪志也罷，反正，這個地方已沒有什麼可使我留戀，況且，我還有另要追求的境界。」

「對我一點也不留戀？」

杜榮移開視線，把臉朝向窗外。

「留戀，不！我有另一層面的生活在等著我，那裡的生活和思想，是不容私情的。」

「你到底要到哪裡去啊？如果我也離開這裡，你是否能讓我跟隨……」

「不，」杜榮斬釘截鐵地：「我要提醒妳，妳是個有夫之婦，妳最好收收心，才對得起妳的丈夫。」

「啊！」美智哇的一聲叫出來，她沒想到杜榮是這般的卑鄙，當他跟她在一起有需要時，爲什麼他都沒想到這一點，現在，他要走了，才提出這個。她眞想哭，但就是哭不出。

「請妳轉告老闆娘、阿霞及阿彬，我就走了，天涯海角，說不定還有碰面的一天，請大家珍重！」

杜榮揹起旅行袋，看著惘然若失的美智，頭一甩，就走出門外了。

美智追出去，她看著杜榮穿過吊滿蝴蝶蘭棚架的庭院，在竹籬笆前消失。杜榮連頭都沒有回，他好像一個陌生人，正從此地路過。

美智頹然地靠在門柱上，她彷彿病重的患者一樣，那樣徬徨無助，那樣淒然。

杜榮離開那溫泉旅社便沒有停腳，他急急地朝山上跑，在小徑上的一塊平地，也就是三百多石級好漢坡的終點，他居高臨下地對這個被輕煙和繞霧所籠罩的溫泉區，做最後的一瞥。

此時，他的心緒非常的紛亂，男女私情、親人朋友一一湧上心頭。他回想山腳下那塊盆地幾個月來的生活，充滿了他的快樂和笑聲，如今，他就要離開這個地方。此地，是杜榮整個生活的分水嶺。

杜榮在陰鬱的下午抵達了北回寺。在田間工作的清水先看到他，他遠遠地叫著：

「杜施主呀，來坐喔！」

清水說著就奔跑過來。杜榮跟他握手，清水表現得很熱絡和快樂，可是杜榮的心情說沉重不是沉重，卻有一種難以抗拒的冷意侵襲著他。

因此他的臉色勉強笑一笑，便問道：

「師父呢？」

「他在大殿裡呢。」

「我去看他……」

清水發覺杜榮的神情有異，走在前頭回過臉來問：「杜施主有事嗎？」

杜榮迎上去，雙手扶著清水瘦弱的肩膀。他嚴肅地跟清水說：

「清水，如果我在這裡長久住下來，你歡迎嗎？」

清水轉動著一雙骨碌碌的大眼睛，他在想，杜榮的話到底是什麼意思。

「當然歡迎！不過長時期？多長啊？」

「出家，永遠地住下來。」

十來歲的小沙彌被杜榮的話驚住了。

「杜施主愛開玩笑！」

杜榮沒再跟清水說下去，他們直朝廟堂走，剛上了石級，青苔住持已經聽到他們的談話聲而站到廟門口來。他展開和藹的笑容說：

「杜施主，罕走啊！」

杜榮雙手合掌，鞠躬爲禮。走到他面前，杜榮突然雙膝一軟，撲跪在青苔住持的腳前。

青苔有些措手不及，他忙不迭地把杜榮扶起來，吃驚地：

「杜施主，你這是幹什麼啊！」

杜榮跪地不起，他抬起臉已可看到眼眶裡蓄滿了淚水。杜榮衝動著說：

「師父，我希望你收留我這個弟子，我已看破紅塵，我要剃髮出家，永遠皈依佛門！」

「你先起來再說，」杜榮的言行確實出青苔意料之外，他半拉半扯地把杜榮撐站起來。「年輕人受點打擊，就胡言亂語！」

「師父，我是眞心誠意的。」

「你受了什麼打擊嗎？」

「我是受點打擊沒有錯，但那不是主要因素，重要的是，我已徹悟皈依佛的眞理。」

「你如果是誠心誠意，而且有堅定的決心，我當然可以收你做弟子。但怕你是一時衝動，你知道，做個和尚是很清苦和寂寞的，完全沒有物質生活可言，精神上也要有很深定力和信仰的人才忍得住那初來的苦悶煎熬，而且受戒以後，就完全不能回頭，要不然就變成佛門中的叛徒囉！那是絕對不准的。」

杜榮低頭聽著青苔住持的告誡，他謹記在心，他出家的心意已決，任何念頭也動搖不了他。

他們站在廟門口，密雲低垂，那些潮濕的霧氣從他們的身上飄過。

「師父，我出家的心意已決，絕不回頭！」

青苔住持幽幽地嘆了口氣，輕輕地說：

「是緣哪！」

他們在大廳上，當著司事青潭及清水，反覆地討論了一個晚上關於杜榮剃髮皈依的事。所有做個和尚的全部困難及後果，青苔他們都說盡了，請杜榮詳加考慮，但杜榮眞的心意已決。後來，青苔住持拗不過他，就答應了他的要求，並且決定在次日為他落髮，至於點疤受戒，倒要考驗一段時間再行從事。

夜深深地落下，在高遠的山中寂靜無聲。杜榮和清水睡在一間禪房內，他是失眠了，腦中反覆著好多的人間往事，也第一次感到命運的不可捉摸。

明天，明天凌晨當他落髮以後，所有的男女私情，個人恩怨便從此隔絕，明天，是杜榮新生命開始的一天。

下午兩、三點鐘的山中，尤其在十一月，多雲多霧。北回寺正籠罩在一層薄薄的輕紗中。一切像往常一樣，這個時候青苔他們正下田在耕作，所不同的是如今多了一個杜榮而已。

這是三天後的下午，從古松下的樹林出口處，恍惚地走來三個人，那會是誰呢？沒人注意到她們，她們慢慢地走近北回寺，在右側的一片薑田上工作的清水，忽然看到她們，清水起先一怔，原來那三人不是別人，是上次來過的杜榮的妹妹及女朋友，還有一個年紀比較大的，大概就是杜榮的母親。

清水叫著跪在泥土上拔草的杜榮，杜榮抬頭，看到清水驚奇的神情，他頻頻指著下面：

「師兄，你妹妹她們來了。」

杜榮早就想到會有這麼一天，他斷定妹妹和母親一定會來看他，只是想不到她們的行動會這麼的快。

他起身站起來，一身鬆鬆的灰色羅漢袍在風中吹動，他看到逐漸走近的來人中，除了母親及妹妹，還有李苾苾。他甚覺意外，他想不到李苾苾會來，這下，使他覺得很困擾。

杜榮堅定異常，他在內心低語著：

「我是回家了，這是我自己追尋的路，媽媽，你們應該高興才對。」

這時，青苔住持走過來，他雙手合掌，躬身爲禮，嘴裡唸唸有詞。

三個女性的表情不一，當她們看到杜榮，第一眼映入她們眼簾的，是杜榮那一片鐵青的光頭，這樣一種不同的形象，都使她們怔住了。

當母親的是一張驚訝失措而痛苦的臉。

做妹妹的臉充滿了惘然。

而李苾苾目光黯淡，表情癡呆。

她們三個人，像電影中的特寫鏡頭。停格住了，只有迷茫、失望和痛苦布滿了整個畫面。

而杜榮，他站在曠野中，雖然迷霧纏繞著，可是仍可看到他孤傲地站在那裡，臉上流露一種堅毅而不可動搖的表情和精神，任何力量也搖撼不了他。

他頂天立地地站著。

母親首先快步地跑過去，她衝動異常，一把投入杜榮的懷抱中，歇斯底里地叫著杜榮的小名。

妹妹站在旁邊哭，李苾苾冷靜地看著他們一家人，眼角泛出一片淚光。

「爲什麼啊，爲什麼啊！」

「阿彌陀佛，阿彌陀佛，善哉！善哉……」青苔迎上來，他並且對著杜麗和李苾苾這兩位舊識，點頭爲禮地打招呼。

杜榮輕輕地推開了懷中的母親，他母親眼皮浮腫，像是已經哭過很久，現在，母親仔細地端詳著兒子：

「爲什麼你要這樣做啊，你是我們杜家的單傳，是我一生的依靠，你爲什麼呵……是我前三世殺人放火作孽的報應嗎？阿榮，你替阿母想想啊……」

杜榮面無表情，他冷冷地：

「阿母，我已不是叫阿榮，那俗名已廢掉，青苔住持已幫我取了個名號，叫青雲。還有，阿母，我的出家，是一種緣，是精神上一種很神聖的皈依，請別爲我叫屈，我感覺對不住您的，是我不能在您身邊，奉養您的晚年，請阿母原諒……」

杜麗聽哥哥說得那麼堅決，覺得大勢已去，她走過來扶住啜泣的母親，杜麗說：

「哥，你現在只是落髮修行而已，還沒有受戒點疤，所以我做爲杜家的一分子，請你仔細地考慮考慮，你是杜家的獨子，我嫁出去以後，如果你不在家，就只剩媽媽孤苦一人。爸爸那麼早就過世，媽含辛茹苦地把你養大，你卻要一走了之……我期望你回頭，李苾苾她也爲你犧牲很多——」

「請妳孝順母親，我的心意已決，請原諒。」

這時站在一旁，一直像一個局外人，一直沒有開口的李苾苾也走近過來。李苾苾憂鬱的臉龐罩著一層迷惘，她的眼睛看著這個她作夢也夢不到的杜榮這樣一個奇特的形象。她緩慢地問著杜榮：

「杜榮，你這是爲什麼，自我們同學以來，你從未有過出家的念頭，現在，你爲什麼？你不看看你那可憐的母親，你從來就是那麼自私，從未替別人著想，杜榮，你……」

杜榮眼神空茫，他望著遠方說：

「我叫青雲——」

在山崖下的一片薑田中，那些人被午後的雲霧所浸溶，像一幅色調憂鬱的水墨畫，有些人嘆息，有些人低迴。而青苔住持，他細說佛法，解釋吃齋唸佛與六根清淨的好處，他以一個凡人的口吻來講，雖然做爲一個和尚有許多的戒條要遵守，可是他的最終目的，是結善根開正果。這也是人生最完美的極致。

杜榮在家人的苦勸下，仍然無動於衷，他已拒絕回話，每次，他只是說：

「我是青雲，是個小沙彌，是個出家人，阿彌陀佛，阿彌陀佛……」

哀傷的母親和妹妹，以及憂鬱的李苾苾，終於死了心，她們沒接受青苔住持的挽留，在山裡過夜。在天色昏暗的下午四點鐘，終於離開了北回寺。

大大小小的四個出家人，在大古松下送她們。

母親邊走邊回頭，邊啜泣著，嘴中呢喃著一些誰也聽不清楚的話。杜麗一直要他哥哥在未受戒前好好考慮，希望他能回頭。而李苾苾最後也流下了眼淚，她以最大的勇氣說出她心裡的話：

「阿杜，只要你回頭，我一輩子都等你……」

「阿彌陀佛，阿彌陀佛……」杜榮嘴裡直唸著，他的視線不敢注視李苾苾，他把視線移到密雲低垂的樹林入口處。

「阿杜……」李苾苾哀怨地叫著。

「我的名號叫青雲……」

後來，她們走入樹林時，天地都暗了，只有杜榮——不，只有那個出家人青雲像一抹灰色的影子，點綴在晚暮裡，那樣黯淡，而又那麼執著，彷若一塊青銅，在北回寺的屏幛中發著幽微的光。

一九六八年初稿

一九七九年九月脱稿

〔附錄一〕

在蒼白年代裡的蒼白青年

鍾肇政

林佛兒兄從事出版事業，當已超過十年以上。在這一長串歲月間，據我所知，他的作品產量幾乎到了難得一見的地步。這期間，我與他雖也見過不少次面，但彼此都忙，不易有細談的機會。記憶裡，他好像也提過等安定下來後再回到創作的崗位上一類的話。其實，提過這種話的，在我的朋友之中就有不少位。我總覺得，這恐怕也是無可如何的吧，但內心裡總不敢遽置可否。

拿佛兒爲例來說，他是極年輕的時候就已經發表了不少作品，享有了文名的，短短幾年間即出過好幾本小說集、散文集、詩集。然後，在二十幾歲的感受性與創作力正要邁向巔峰的當兒，染手出版工作，創作活動戛然而止。一個早熟的天才，豈這麼早就對創作失去了信心？抑碰上了江郎的困窘？再者，他側身出版界的民國五十七、八年那段期間，正是此間吹起了一陣出版旋風的時候，新成立的出版社恰如雨後春筍，形成所謂一窩蜂的情況。出版業又豈是易與的——這些心中的疑問，想來也是做爲他的一個朋友所應有的吧。

事實證明他的抉擇並沒有錯。他的出版事業在開頭的一段困苦掙扎之後，很快地走上順境，幾年來已成爲成功的出版家之一，新書一批批不斷地推出。然而，他這算是安定了吧。創作呢？正當我這麼懷疑的時候，平地一聲雷，他的第一部長篇小說寫成後，在報上開始連載了，如今單行本也快出來了。我想，在佛兒本人來說，應是有得償夙志之快，做爲他的一個朋友，自然也分享到一分愉悅與興奮。

本書時代背景大約是五十年代那一段存在主義狂飆吹襲到寶島，年輕朋友們個個把卡繆、沙特等名字掛在嘴邊的年代。本書男主角正也是這樣一個醉心於存在主義的青年，甫自外島役畢返鄉，卻以反叛的角色自許，帶著一筆服役期間積存的款子，跑到山間溫泉地去「隱居」，因爲他「一直認爲這個世界是墮落的醜惡的，充滿罪惡和不平，所以我要離開它……我是拒絕現實，而不是逃避現實……」還對母親說：「難道我的一生就這樣注定的在這個鄉下完蛋，我個人一點點嗜好和理想也要被所謂家庭拘束壓垮，人生眞的如此無聊嗎？」

這位在蒼白的年代裡的蒼白青年，就帶著這麼蒼白的自以爲荒謬、自以爲背叛的意識，來到山中。他不懂得反叛的眞義，幾乎是爲反叛而反叛，離開慈母與幼妹，和一個與他同學四年卻未能發展成更親密關係的情侶。他想衝破舊道德的藩籬，追求荒謬的人生態度，卻不免有畫虎不成的窘態。在山中，恰如其分地展現了一些屬於這個膚淺而蒼白的年輕人的情節。他那麼輕易地就與溫泉旅社的下女發生了曖昧，甚至和帶著一個與自己尚在唸中學的兒子的同學來開房間的中年婦女也勾搭上。末尾是他原本自以爲叛離的道德意識促使他寫了一封信給那位正陷溺於不正常關係裡的少年，勸他回頭是岸，以致造成使少年自殺身死的悲劇，使得這位蒼白的青年竟而突然「悔悟」，決心出家爲僧。

作者寫這本書，想必有了莫大的野心，企圖塑造如今已逝去，卻是確曾存在過的時代與青年，或許也不無回憶與內省的成分在內。因此他赤裸裸地描寫醜陋的獸慾，未加保留，俾達到誠實的要求。至於作者這項企圖，在本書裡究竟達到何種地步，明眼的讀者自然會有個判斷，也就不必筆者來妄置一詞了。

我想，這部作品在作者來說，意義必定不凡。做為佛兒的朋友，最希望的是他事實上已經回到創作的崗位上，且已有如許可觀的成果，這自然是一個起步，在往後的日子當中，應有更多更好的作品一部部產生。

一九八〇年春月

鍾肇政　識於九龍書室

原一九八〇年初版《北回歸線》序

〔附錄二〕

「色即是空」的生活

葉石濤

林佛兒大約從四〇年代的末期就離開往昔西拉雅族盤據的故鄉——鹽分地帶，去闖廣大的世界。他的父親是鹽分地帶老作家林清文。因此，毫無疑問地，在他的身體和性靈裡充滿了浪漫的詩人情懷。我們不難想見，這窮苦的少年在這冷酷的社會裡嘗到了多少歧視和折磨。他是眞正來自庶民階層，深知社會階層各種人生痛苦的人。

不被這現實社會的無情所擊碎而仍然力求上進的林佛兒，他依靠的一股力量是備受踐踏而仍然欣欣向榮的那雜草一般的生命力。構成這生命力的一部分是窮苦的鹽分地帶的歷史性生活傳統所塑造的。我們在鹽分地帶出身的許多作家、詩人裡可以看見同樣的生命力；例如楊青矗、鄭炯明、陳冠學、羊子喬、周梅春、黃勁連、蕭郎以及陳艷秋。這種不被現實生活和惡劣的境遇打倒而屹立不倒，倒下去也要抓一把泥土站起來的氣質，這堅韌和黏性，是鹽分地帶民眾的標幟。吳三連、吳豊山、吳尊賢以及其他鹽分地帶出身的政治家、知識分子和工商業人士大多具有這種特徵。

林佛兒在六〇年代初期出版的詩集和散文集，如《芒果園》（一九六一）、《南方的菓樹園》以及小說集《夜晚的鹽水鎭》都充滿了慘綠少年的浪漫、飄泊、傷感等豐富詩情。然而這些作品都不是蒼白的知識分子的作品；因爲在這些作品世界的濃烈的抒情，卻掩不去觀察現實人生的冷酷的寫實。同時這些作品也並非象牙之塔的產物，作品裡的庶民性非常的強烈。這種庶民性也就是後來林佛兒決心在八〇年代的台灣文學裡開拓大眾文學的新領域——推理小說的決定性潛力之一。

從六〇年代末期開始經營出版業的林佛兒，也在這個行業裡出人頭地，充分發揮了鹽分地帶民眾與生俱來的精打細算的性格。否則，林白出版社也不會在這樣惡劣的非「書香」的社會裡頑強地生存下來。

有了財富之後，林佛兒也開始漫遊世界，以銳利的眼光把台灣與國外情況做一番比較。他的一些旅行記像一把解剖的利刀戳進了我們社會裡的某一些缺陷；只是很少人知道他觀察文明和文化有獨到的見解罷了。

最難能可貴的是他在忙碌的出版事業之餘，仍能刊行賠錢的各種詩刊，從《仙人掌》、《火鳥》、《龍族》、《台灣詩季刊》。他也常常出版年輕詩人的詩集，毫不考慮銷路的好壞；這顯示他的浪漫的、爲理想而奮鬥的一面。同樣的，他也會出版一些投合時流的翻譯小說，表現他鹽分地帶人士的現實主義。不過令人心折的，應該是他孜孜不倦地創作不輟的作家精神。進入八〇年代以後，他出版了長篇小說《北回歸線》（一九八〇）及推理長篇《島嶼謀殺案》（一九八四）、《美人捲珠簾》（一九八七）、詩集《台灣的心》（一九八六）。可見，他從不放棄作爲作家的天職。

《北回歸線》，正如鍾肇政在初版序文裡所說一樣，是以「五十年代那一段存在主義狂飆吹襲到寶島」時代爲背景，企圖探討那時代青年的思考方式、行動模式及人生意義的小說。書中主角杜榮是荒謬的角色，他堅持擺脫這社會上一切生活規範、禮儀道德，摒棄舊觀念的藩籬，想要毫無拘束而自由自在地活下去。當然，他的這種生活方式是行不通的，後來他不得不遁入空門，過「色即是空」的生活了。一個極端厭惡被束縛的人，竟走進充滿肉體和精神枷鎖的佛門，這不是更荒唐嗎？林佛兒在小說裡雖然安排各種可信的情節來說明主角出家的結局是無可避免的，但缺少系統性的哲理的支持，讓人覺得有些唐突。

這本長篇小說的優越處，在那通俗性吧？造成這通俗性的是小說中隨時出現的那種「性」描寫。而這些「性」行爲的描寫倒是具體、生動而富於美感的。

林佛兒在這本長篇小說裡所呈示出來的技巧、旺盛的描寫能力、安排情節的巧思，在在都表示了他很有可能開拓大眾文學廣大領域的天才。

四十年來的台灣文學一直忽略了庶民階層的閱讀慾望，因此廉價的傷感爲主的言情小說橫行跋扈，且主導了電視連續劇走進岔路去。像林佛兒的《北回歸線》這類型的小說應該是介在純文學與大眾文學之間的一座橋樑。這一類「中間小說」的精緻化，很有可能在台灣開闢邁向「國民文學」的樹立；正如日本作家吉川英治的雄偉的歷史文學一樣。

也許林佛兒就是台灣的「直木三十五」吧！我很期待林佛兒再來一次飛躍，爲台灣文學另闢一條坦坦大道。

原《北回歸線》再版序

文學叢書 241

INK PUBLISHING

北回歸線

作　者	林佛兒
總 編 輯	初安民
責任編輯	施淑清
美術編輯	林麗華
校　對	吳美滿　施淑清　林佛兒
發 行 人	張書銘
出　版	INK 印刻文學生活雜誌出版有限公司 台北縣中和市中正路 800 號 13 樓之 3 電話：02-22281626 傳真：02-22281598 e-mail:ink.book@msa.hinet.net
網　址	舒讀網 http://www.sudu.cc
法律顧問	漢廷法律事務所 劉大正律師
總 代 理	成陽出版股份有限公司 電話：03-2717085（代表號） 傳真：03-3556521
郵政劃撥	19000691 成陽出版股份有限公司
印　刷	海王印刷事業股份有限公司
出版日期	2010 年 1 月　初版
ISBN	978-986-6377-19-8

定價　360 元

國家圖書館出版品預行編目資料

北回歸線／林佛兒著；
--初版，--臺北縣中和市：INK 印刻文學，
2010.1 面；公分（文學叢書；241）
ISBN 978-986-6377-19-8（平裝）

857.7　　98016441